古典文獻研究輯刊

五　編

曾永義　主編

第13冊

清代楚曲劇本及其與京劇關係之研究（下）

丘慧瑩　著

國家圖書館出版品預行編目資料

清代楚曲劇本及其與京劇關係之研究（下）／丘慧瑩 著 — 初
版 — 新北市：花木蘭文化出版社，2012〔民 101〕
目 4+288 面；19×26 公分
（古典文學研究輯刊 五編：第 13 冊）
ISBN：978-986-254-934-6（精裝）
1. 清代戲曲 2. 京劇 3. 戲曲評論
820.8   101014718

古典文學研究輯刊
五 編 第十三冊   ISBN：978-986-254-934-6

清代楚曲劇本及其與京劇關係之研究（下）

作　　者　丘慧瑩
主　　編　曾永義
總 編 輯　杜潔祥
出　　版　花木蘭文化出版社
發 行 所　花木蘭文化出版社
發 行 人　高小娟
聯絡地址　新北市永和區中正路五九五號七樓
　　　　　電話：02-2923-1455／傳眞：02-2923-1452
網　　址　http://www.huamulan.tw 信箱 sut81518@gmail.com
印　　刷　普羅文化出版廣告事業
初　　版　2012 年 9 月
定　　價　五編 20 冊（精裝）新台幣 33,000 元

清代楚曲劇本及其與京劇關係之研究（下）

丘慧瑩　著

目次

第五章　楚曲對京劇單齣的影響（一）

前一章論述長篇「楚曲」對京劇的影響，著重於體製變化的種種情況。相比之下，本章將要論述的單齣戲部份，京劇與「楚曲」劇本間，又有不一樣的關係存在。現存「楚曲」劇本中，與京劇單齣劇作相關的劇目如下：〔註1〕

楚　曲　劇　名	車　王　府	京劇相關劇目
烈虎配		
臨潼鬥寶		
鬧書房		
曹公賜馬		
青石嶺	五聖宮〔註2〕	
探五陽	王英下山	
鬧金堦	鬧金街	
蝴蝶夢	蝴蝶夢	大劈棺
英雄志	安五路	安五路
殺四門	下南唐 殺四門	餵藥
上天臺	姚剛游街 綁子上殿	上天臺（綁子上殿）
新詞臨潼山	臨潼山	臨潼山

〔註1〕　前一章已經比對過的長篇「楚曲」部份，此處不再列出。
〔註2〕　「楚曲」《青石嶺》的故事情節，與車本中所收《五聖宮》有雷同之處，但內容有明顯差異。

大審玉堂春	玉堂春	玉堂春
洪洋洞	洪洋洞	洪洋洞
李密降唐	斷蜜澗	雙投唐
楊四郎探母	探母	四郎探母
楊令婆辭朝	辭朝	太君辭朝
日月圖賣畫	日月圖	日月圖
斬李廣	慶陽圖	慶陽圖
花田錯	花田錯	花田錯
二度梅	杏元和番	
		落花園 失金釵
轅門射戟	轅門射戟	轅門射戟
東吳招親	甘露寺	甘露寺 回荊州〔註3〕

　　「楚曲」劇本與京劇劇本之間的關係，大約可以分成三類：第一類是完全沒關係，這包括了「楚曲」劇作根本沒在京劇系統中流傳下來，或是今日京劇本的源頭為其他「前身劇種」；第二類是完全沿用，也就是今日京劇折子的祖本正是「楚曲」劇本；第三類是沿用「楚曲」劇本的部份情節及唱詞，但卻因某些因素而加以改動。本章著重於前兩種類型劇作的分析，第三種類型的「楚曲」劇作因為與京劇的關係較為複雜，涉及情節更動、編劇技巧等相關問題，故留待下一章專門討論。

第一節　未見京劇流傳的楚曲劇作

　　從本章開頭的列表可以看到，在目前可見的「楚曲」劇作中，有些「楚曲」劇作並沒被京劇沿用下來。不過這些「楚曲」劇沒被沿用下來的情況，還可分成幾種狀況：一是毫無流傳資料可尋；二是車本收有相對劇作，但京劇本卻無；三是車本收有相關題目的劇作，且與「楚曲」本相同；但京劇本相關題名劇作卻不同；四是「楚曲」本同題材劇作，在車本中已產生變化，京劇本也與「楚曲」本不同，因此京劇相關題材劇目，其前身劇種恐非來自「楚曲」。

〔註3〕　「楚曲」《東吳招親》，其實只有《回荊州》的前面一小部份。

一、無流傳資料可尋的「楚曲」劇本

這個部份的「楚曲」劇作，包括了《烈虎配》、《臨潼鬥寶》、《鬧書房》及《曹公賜馬》，在車本亂彈中也未見。

▲烈虎配

《烈虎配》（111～331）為長篇「楚曲」，故事敘述父親早逝的許姣春，奉母命往廣東蔡雲龍家，迎娶早已聘定的蔡蘭英，不料途中惡僕劉青起惡心，謀害姣春，並奪取明珠及書信，冒名成親。然蔡府婢女劉翠蓮見劉青儀容舉止不似公子模樣，故蘭英令婢女多香代嫁。姣春為打虎豪傑劉子英所救，兩人結拜，重至蔡府認親，蔡雲龍將之重刑拷打，幸賴子英闖府救人。姣春再入相府，卻被蔡雲龍當成強盜問斬，周勝卿以己子代斃，姣春進京赴試，得中狀元。嚴嵩進讒，皇上派姣春征討馬洪英，由於馬女滕雲與子英有姻緣之份，因而歸順回朝。劉青懼怕事跡敗露，殺死多香，逃至黑水國，因獻明珠招為駙馬，奉命進貢寶物至京城，皇帝封其為進寶狀元，席間為姣春所見，被子英打死。姣春奏明種種前後因由，皇上依次封賞，全家團圓。

這個長篇「楚曲」沒有任何相關劇目流傳下來，不論在車本亂彈或是京劇劇作中，都不見相關的題材，這在現存長篇「楚曲」是獨一無二的。

▲臨潼鬥寶

《臨潼鬥寶》（1782～698）與《元明孤本雜劇》中所收無名氏《十八國臨潼鬥寶》雜劇故事情節略同，分為四回：《說計進寶》、《曉諭各國》、《上山結拜》、《臨潼鬥寶》。故事敘述秦穆公稱霸，假周天子詔命，設臨潼會，威逼十七國諸侯赴會鬥寶，暗中卻買通紅雀山上自立為王的柳展雄劫寶，製造問罪藉口。伍員護寶前行，打敗柳展雄，並與之結拜；柳並將秦穆公之計謀告知。伍員臨潼會上力舉千斤銅鼎，壓服秦國名將，並逼令秦穆公將妹許楚太子、退還各國寶物，各國諸侯平安返國。此一劇作尚有明邱濬所作傳奇《舉鼎記》，〔註4〕但未見京劇本中有相關題材劇作。僅車本亂彈《長亭》（2～127）中，伍員增加的一長段唱詞與此事有關。〔註5〕

〔註4〕曾白融編：《京劇劇目辭典》（北京：中國戲劇，1989）將《舉鼎記》作者誤作「丘浚」，頁51。《全明傳奇》（台北：天一，1983）中所收《舉鼎記》劇情僅至伍子胥上山與柳展雄爭鬥，由於此本今存鈔本，不知劇情完結與否。
〔註5〕詳見第四章第二節「集折串演本」《伍子胥》部份。

▲鬧書房

《鬧書房》（111～461）敘述男主角梅廷選早年喪父，岳父梁相爺接其至府內攻讀詩書；一日，梅知天子大放花燈與民同樂，遂扮作院子遊街賞燈。豈料此時梁賽英、藍英趁梁父保駕玩燈之際，擅入梅書房，賽英還穿戴梅之衣物，假扮公子。後二人困頓，臥床而眠；梁父回府，見書房中二人同臥，以為梅行為失檢，盛怒之下，欲趕梅出府。

這齣戲運用了傳統戲曲中常用的「女扮男裝」、「錯認」、「誤會」等手法。在乾隆五十九年（1794）成書的《消寒新詠》中，「五慶徽部」潘巧齡所擅演劇目中，已有此劇，〔註6〕然車本與京劇本都未見相關題材劇作的收錄。〔註7〕

▲曹公賜馬

《曹公賜馬》（109～301）一劇，「楚曲」本清楚標示為「高腔」，但是和今日收錄在車王府中的高腔劇作《奉馬》（14～195）相較，劇情雖相同，但所唱曲牌也有很大出入：

楚　　曲	車　　本
曹公賜馬	奉馬
曹操：引	曹操：出隊子
張遼：引	
關羽：一江風、一江風	關羽：月兒高

李調元《劇話》中提到：

> 「弋腔」始於弋陽，即今「高腔」，所唱皆南曲。又謂「秧腔」，「秧」
> 即「弋」之轉聲。京謂「京腔」，粵俗謂之「高腔」，楚、蜀之間謂
> 之「清戲」。〔註8〕

〔註6〕　〔清〕鐵橋山人、問津漁者、石坪居士合著：《消寒新詠》，收錄在張次溪編：《清代燕都梨園史料》正續編（北京：中國戲劇，1988），頁1007。

〔註7〕　周育德：〈乾隆末年進京的徽班——讀《消寒新詠》所見〉《戲曲藝術二十年紀念文集・戲曲文學戲曲史研究卷》（北京：中國戲劇，2000）中，稱《鬧書房》為「亂彈名劇《梅降雪》之一折」，頁349。但車本與《戲考》本所收《梅降雪》故事，狐仙佔重要地位，與「楚曲」本《鬧書房》故事不同，故車本、京劇本《梅降雪》與「楚曲」《鬧書房》恐非同一故事。

〔註8〕　〔清〕李調元：《劇話》，收錄在《中國古典戲曲叢刊》（北京：中國戲劇，1959）冊八，頁46。

由於湖北清戲是在高腔的基礎上發展起來的，〔註9〕不知道這個「楚曲」的本
子是不是沿用原來湖北清戲的劇本。

這些在當時舞台上流行的「楚曲」劇作，不傳的原因已無從考究，正如
李漁在《閒情偶寄》中提到：

> 湯若士之《牡丹亭》、《邯鄲夢》得以盛傳于世，吳石渠之《綠牡
> 丹》、《畫中人》得偶登于場，皆才人徼倖之事，非文至必傳之常
> 理。〔註10〕

李漁雖然說的是文人劇作，但放諸所有劇作的流傳，似乎也能適用。這些當
時曾經演出過的劇作，其戲劇性、趣味性都還有一定的水準，可是卻未被京
劇吸收，，甚至有些劇作在漢劇本身的系統裡也未見流傳，可見所謂戲曲的
「登場之道」實在是「難言之矣」。〔註11〕

二、車本收錄，卻未見京劇流傳的「楚曲」劇本

「楚曲」《鬧金垓》、《探五陽》、《青石嶺》屬此類，但《青石嶺》的情況
又有些不同。

▲鬧金垓

《鬧金垓》（110～211）一劇，車本作《鬧金街》（5～297）故事為趙匡胤
行刺劉化王，卻被崔龍所擒，曹家大小齊上金殿，冒認趙為曹仁，曹瑞蓮裝
瘋賣傻，對劉化王百般戲謔，迫使劉化王不得不釋放趙匡胤。這齣戲是精彩
的旦和丑的對手戲，目前漢劇中依舊流傳。

車本收錄的部份和「楚曲」本略有小異，以下為本劇唱詞比對：

楚　　曲	車　王　府
小生（曹捷） 　心中常把崔龍恨 　苦苦要害我恩人 　回頭便把母親	

〔註9〕相關研究可參見《中國戲曲志·湖北卷》（北京：文化藝術，1993），頁67～69。
〔註10〕〔清〕李漁：《閒情偶寄》（台北：廣文，1977 康熙翼聖堂版影印）卷四《演
　　　習部》「選劇第一」，頁166～167。。
〔註11〕李漁提到「詞曲佳而搬演不得其人，歌童好而教率不得其法，皆是暴殄天物」、
　　　「明知此劇最好，但恐偶違時好，呼名即避」等原因，都是會影響劇作的流
　　　傳。書同前註頁165～167。

老旦（曹母） 姣兒請娘爲何情 罵一聲畜生太欺心 枉在學中讀五經	
小生（曹捷） 母親不必怒氣生 豈做忘恩負義人	
正旦（曹仁妻） 忽聽叔叔一聲請 見了婆婆問分明 罵一聲曹捷說話不中聽 爲嫂豈做傷風敗戶人	
老旦（曹母） 雙膝跌跪呈埃地 媳婦還要三思行	
正旦（曹仁妻） 尊一聲婆婆你請起 搭救恩人奴軮承	
正旦（曹仁妻） 失卻了寸金由自可 失卻了光陰無處尋	
小生（曹捷） 母子們定下牢龍計 搭救恩人轉回還	
小旦（曹瑞蓮） 輕移連步街前走 一霎時吊了紅繡花鞋	
生（趙匡胤） 玉街上拿住了好漢英雄 回頭來不見二相公	淨（趙匡胤） 西門內拿住了英雄漢 回頭不見二相公 二相公好似催命鬼 那崔黨好比活閻君 兩旁將士賽鬼判 俺玄郎好比犯法人 這幾年時不濟來運不通 手拿草杷撞木鐘 粉壁牆上書白字

	皂標旗上畫烏龍
	自古道酒肉朋友朝朝有
	急難之時半個無
站在城樓抬頭看	邁開虎步就把大街上
樓上來了眾弟兄	前面來了許多人
打卦算命苗光義	打卜算命苗光義
張光遠來羅彥威	跑馬賣解郭彥威
石守能來與石守信	慣打花拳張光遠
叫賣香油鄭子明	肩擔香油鄭子明
一個個都講道齊下手	你看他
望梅止渴不前行	一個個磨拳擦掌要動手
	殺了崔黨怎成功
	不免賣一個眼色
	弟兄們散了罷
	八月十五燕州城內再相逢
	老旦、正旦、小生、貼旦
	只為要把恩人救
	巧粧打扮上街坊
生（趙匡胤）	淨（趙匡胤）
將身來在玉街上	穿過了長街並短巷
	耳傍聽得亂紛紛
	睜開二目向前看
男公婦女鬧喧聲	男男女女許多人
老婆子只把孩兒叫	年老婆子他把兒來叫
年幼婦人叫丈夫	年幼書生叫長兄
二相公把兄長叫	中年婦人他把夫君叫
小小花童叫長兄	小小女娃叫大哥
是以來明白了想	是了
是二相公定下巧計生	莫不是二相公定下牢籠計
	搭救玄郎出火坑
走上前來雙膝跪	我不免上前來相認
尊一聲大人聽詳情	羞得豪傑滿面紅
我豈是行刺的趙匡胤	將計就計認了罷
還代家眷進京城	向前就把娘親叫
你何必撥草尋蛇	老方在上聽緣因
打開籠放雀鳥騰空	兒昨晚打從西門
	崔伯父拿住當了河東刺客人
老旦（曹母）	老旦（曹母）
雙膝跪在玉街上	開言就把崔大人叫

小生（曹捷）	小生（曹傑）
尊一聲大人聽詳情	伯父在上聽元因
小旦（曹瑞蓮）	正旦（曹仁妻）
這拿的不是趙匡胤	紅臉大汗不是趙匡胤
正旦（曹仁妻）	貼旦（曹瑞蓮）
是我兒夫叫曹仁	他是我大哥叫曹仁
付（崔龍）	生（崔黨）
曹家滿門不害羞	任你說得天花墜
敢在街前賣風流	老夫只當耳邊風
刀斧手押上金鑾把本奏	吩咐兩傍刀斧手
起奏君王定不留	將刺客押上金殿見劉君
老旦（曹母）	
雙膝跌跪在金鑾殿	
小生（曹捷）	
尊一聲千歲聽詳情	
小旦（曹瑞蓮）	
拿的不是趙匡胤	
正旦（曹仁妻）	
是我兒夫叫曹仁	
小旦（曹瑞蓮）	貼旦（曹瑞蓮）
戰戰京京跪在金鑾殿上	曹瑞蓮在金殿啼含弔淚
尊一聲千爺細聽詳情	千歲爺坐龍墩細聽詳情
	小女子家住在本城內
	曹家巷內有家門
我父親曹全公黃堂太守	我爹爹坐過了黃堂知府
我母親誥命老夫人	母親誥命老安人
大哥名曹仁三十二歲	我大哥貿易昨晚歸家轉
我嫂嫂張氏女與兄同庚	崔大人拿住當了刺客人
我二哥叫曹仁二十五歲	
一件件一庄庄都是實情	
望千歲饒了我大哥殘生命	千歲放我大哥回家轉
我滿門焚香答報你恩	早點燭晚燒香報答你恩

「楚曲」唱段分配在兩個部份，一是曹捷得知趙匡胤被捕，於是回家求救，曹家大小商議的過程；一是曹瑞蓮上金殿與劉化王的對話。車本只選取後一部份，前面曹傑得知趙匡胤被捕，一一說服全家假認趙匡胤為子、為夫、為兄的部份全被刪除。此劇說白多於唱詞，許多曹瑞蓮的作表，如沿路買東買

西、譏諷崔龍、戲謔劉化王，妙趣橫生且天眞機智。

在京劇中有《四紅圖》，〔註12〕說的是曹仁和趙匡胤的故事，車本亂彈收有《四紅圖》（5～262）。據齊如山《京劇之變遷》所載：

> 《四紅圖》一戲係演趙匡胤行刺劉化王，劉之臣火山王楊滾，及崔龍等，奉命巡守城門。崔龍將趙匡胤拿住。適有曹仁面貌與趙一樣，由他方貿易歸來，亦被楊滾認爲趙而誤拿。綁至殿上，二人言語一樣，不知眞假。後命曹仁之弟曹義上殿辨認，亦難判斷，遂命曹義將曹趙二人帶回家中，使家人辨認，遂問出眞假。但曹仁、曹義二人，知趙有大志，暗定計，助彼刺死劉化王。適張光遠、羅彥威前來接應，遂定燕京等情節。按此劇趙匡胤、曹仁兩主腳，極爲重要，唱作相同，頗似《五花洞》、《雙包案》。〔註13〕

《四紅圖》是以「眞假」「趙匡胤」爲劇作重心，雖也是相關故事，但內容明顯與「楚曲」《鬧金堦》重貼旦曹瑞蓮的情況不同。

▲探五陽

「楚曲」《探五陽》又名《王英下山》（109～249），分上下本。在道光四年《慶昇平班劇目》中已有此劇，車王府亂彈亦收《二龍山》、《王英下山》全串貫（2～313），《二龍山》即爲《王英下山》的上本。不過《戲考》中並無此劇。

此劇敘述王伯霸之子王英，因劉秀無道，殺戮功臣，與姚剛各佔據二龍山、太行山。一日，王英下山打探崔元龍夫妻攻打洛陽軍情，見遠處殺氣連天，一女將敗陣而來。二人互報姓名，女將天仙宮主乃劉秀之女，王英意欲降漢。因天仙宮主與弟走散，命王英尋小主回朝，如未尋獲，便提頭來見。王英遍訪基陽城、景陽城、離陽城、胡陽城、洛陽城，仍無所獲。

此劇有明顯說部痕跡，上本一開始，王英一人上場，花了很多篇幅在「自我介紹」，完全是大段的說白，還出現了三次「有詩爲證」。一次是敘述劉秀因王伯霸無子，故罰其「紙花兩朵、涼水三碗」：

> 光武天子重嬰孩，九龍御口把宴排。兩朵紙花含羞帶，三碗涼水實難挨。

〔註12〕《四紅圖》據曾白融主編：《京劇劇目辭典》（北京：中國戲劇，1989）記載此劇有北京大學圖書館藏本，然在今日北大圖書館中未見此劇作，頁495。

〔註13〕齊如山：《京劇之變遷》所載。收在《齊如山全集》（台北：聯經，1979）第二冊，頁39，總頁889。

一次是王英之父盛怒之下，以劍劈開原本是血球的王英，以水洗淨，洗出三根飛毛之事：

> 三根毫毛三寸長，日行千里不歇塘。爲人不可衣貌相，海水何用斗來量。

第三次是王英降服「消洒馬」，劉秀封其爲「神行太保」一事：

> 下邦進馬與上邦，光武天子著了忙。王英降了消洒馬，封爲太保在朝廊。〔註14〕

這樣的表述方式，不像是一般戲曲的代言，反而像是說書人在場講述故事。

下本的探訪五陽城的部份，具民歌俗曲「一唱三嘆」的重覆效果：

第 一 段	第 二 段
王英白： 列位請了！ 內白： 請了！ 淨白： 借問一聲，這是甚麼城？ 內白： 基陽城。 淨白： 適纔有一個小小孩童，頭帶魚巾，身穿海青，年紀不上十二、三歲。列位可曾見他進城麼？ 內白： 沒有看見。 淨白： 若還看見，相煩收留，日後重謝。 內白： 是！ 淨白： 多承了。	王英白： 列位請了！ 內白： 請了！ 淨白： 此是甚麼城？ 內白： 景陽城。 淨白： 適纔有一個小小孩童，頭帶魚巾，身穿海青，年紀不上十二、三歲。可曾見他進城麼？ 內白： 沒有看見。 淨白： 若還看見，列位與我收留，日後重謝。 內白： 我們知道！ 淨白： 多承了。
（王英）唱： 問罷言來是基陽 岑彭鎮守在此方 教場中與馬武比刀比勢 兩下裡殺一個日月無光	（王英）唱 景陽有個智矮將 名兒叫做智君章 使鐵鎚用鐵棍誰人敢擋 朱五霸他也曾棒下身亡

〔註14〕以上三首詩，見《俗文學叢刊》冊109，頁256、257、259。

第　三　段	第　四　段
王英白： 　列位請了！此是甚麼城？ 內白： 　離陽城。 淨白： 　借問一聲，適纔有一個小小孩童，頭帶魚巾，身穿海青，年紀不過十二、三歲。可曾見他進城麼？ 內白： 　沒有看見。 淨白： 　若還看見，相煩收留，日後重謝。 內白： 　哦！ 淨白： 　多承了。	王英白： 　列位請了！此是甚麼城？ 內白： 　胡陽城。 淨白： 　借問一聲，適纔有一個小小孩童，頭帶魚巾，身穿海青，年紀不過十二、三歲。可曾見他進城麼？ 內白： 　沒有看見。 淨白： 　若還看見，相煩收留，日後重謝。 內白： 　哦！
（王英）唱： 　離陽城有個吳漢將 　王莽駕前招東床 　毀潼關斬四將殺了御宮主 　母死何曾舉過喪	（王英）唱： 　胡陽城有個馬武將 　王莽新開一科場 　岑彭馬武刀對鎗 　彩桑殿中了岑彭將 　氣走了胡陽馬子章
第　五　段	
王英白： 　列位請了！此是甚麼城？ 內白： 　洛陽城。 淨白： 　你們在此打坐，可曾見一個小小孩童，頭帶魚巾，身穿海青，年紀不過十二、三歲。可曾見他進城麼？ 內白： 　我們沒有看見。你是甚等樣人？ 淨白： 　我是二龍山王英。 內白： 　打強盜！ 淨白： 　且慢，我如今降了漢。	

五段的問法、用詞幾乎都一樣，只有第五段在最後有些小變化。而且都是王英一人在場，和幕後人員的對話，說完之後，以唱段方式，追述此城原來守將的光榮歷史為總結。這種有點類似獨角戲的演出方式，演員本身的表演功力必須臻至妙境，方能得到觀眾認同。一般而言，這樣缺乏演員之間互動而擦出火花的演出方式，是較難討好台下觀眾，因此此劇並未在京劇中流傳下來。

▲青石嶺

　　「楚曲」本有《青石嶺》（1782～706）四卷，故事敘述周后禾雲庄，為九天玄女下凡，助義王平亂，才剛搬師回朝，因王洪、孟禧再叛，必須再披戰袍。然禾有孕在身，推本不去，奸妃賈翠屏誣其懷有妖魔，二人畫押，禾國母再次出征。對陣時三將被殺，雷天豹為白雲老祖所救；禾雲庄陣前產子，其後收服王洪、孟禧。回朝後禾欲斬賈妃，後因賈父說情，故饒其不死。賈妃心生惡計，誣禾所收王、孟二人為妖魔，欲害周王，周王醉酒，欲斬禾氏。劉文索保本不成，告知王、孟。二人劫法場，救下禾氏；因戰事又起，周王命眾人出征，將功折罪。雷天豹下山助戰，眾人戰死，雷平亂回朝。眾將歸天，周王奠祭。車本收有《五聖宮》（4～246）兩本，但仔細考察其情節，故事的因果關係，已有很大的變動。以下是「楚曲」《青石嶺》車本《五聖宮》情節比對：

楚　　曲	車　　本
	頭本
	頭場 付雲庄親征北海
	二場 白益王與白蓮公主寫降表
	三場 付雲庄得降表
	四場 王洪孟喜自嘆
	五場 白益王說夢
	六場 白益王收工洪孟喜
卷一	

禾雲庄搬師回朝，周義王設宴慶功，豈料戰事又起。付雲庄以懷有身孕不宜再次出征，賈翠屏卻譏諷禾懷有妖魔，兩人畫押。	七場 付雲庄搬師回朝，周益王設宴慶功，豈料戰事又起。付雲庄以二次征北，人馬困頓，不宜再次出征，夏翠平卻譏諷付貪生怕死，兩人擊掌為誓。
	八場 白益王封王洪二人官位
卷二	
對陣青石嶺，王洪殺死三將。雷天豹為白雲老祖所救。	九場 對陣白虎關，王洪以降魔忤打死三將，魏天豹被昆元老祖所救。
禾雲庄陣前產子。王洪想起師父交待「見風歸降」一事，情願歸降。	十場 付雲庄親自上陣，被王洪以降魔忤打出雌龍原形，王洪以真命歸於周益王，情願歸降，付雲庄封其為乾兒殿下御兒少卿。
禾雲庄攻打草橋關，收服孟禧。	十一場 付雲庄收服孟喜，封為降化將軍。
卷三	二本
	頭場 白益王得知王孟二將歸降，無心再戰，亦願歸降。
	二場 付雲庄得勝回朝，欲斬夏妃，周益王為之求情。
張任助白玉王。 禾雲庄得勝回朝，欲斬賈妃，劉文索（灼）〔註15〕講情。	三場 張永助西羅王
賈翠屏設奸計，欲陷害禾雲庄。	四場 夏翠平設奸計，欲陷害付雲庄
	五場 西羅國尋釁
賈翠屏誣陷禾雲庄所收王洪、孟禧為妖魔，欲打死周義王。	六場 夏翠平誣陷付雲庄以魘鎮之術，欲害周益王。

〔註15〕卷一「報台」、「登場」作「劉文索」，卷三作「劉文灼」。

	七場 周益王中計，欲斬付雲庄
周義王醉酒中計，欲斬禾雲庄	
劉文索（灼）保本，連上三道本章，賈所燒。	八場 眾臣爲國母求情
卷四	
劉文索（灼）告知王、孟二人，二人決定劫法場。	九場 丞相請王、孟二將搭救國母，二人決定私劫法場。
	十場 王、孟二人上法場打死夏侯烈
王、孟二人進宮理論，豈料戰事又起，周王命禾雲庄與王、孟同征，將功折罪。	十一場 付雲庄與王、孟進宮欲殺夏妃，又聞西羅反界，故領兵出征。
白雲老祖命雷天豹下山助戰。	十二場 昆元老祖派眾將助付雲庄
禾雲庄點兵出征	十三場 付雲庄點兵出征
兩軍對陣	十四場 兩軍對陣
張任殺死王、孟、禾雲庄，雷天豹殺死張任。	十五場 張永殺死王、孟、付雲庄，魏天豹殺死張永。
	十六場 太白金星領眾聖見佛。
	十七場 付雲庄陰魂不散。
	十八場 周益王夜夢眾人。
	十九場 古佛對眾聖說前因後果。
雷天豹回朝，告知禾雲庄戰死，並與幼弟相見。周王命建忠臣廟。	廿場 周益王命修菩薩宮。
周王祭奠，封禾雲庄爲「恆度觀音」，王、孟爲韋陀、韋互，並得九天玄女示下柬帖。	二十一場 周王祭奠得柬帖。

「楚曲」中僅在「報台」時說明禾雲庄爲「九天玄女下凡」，其餘諸聖並未交待，車本中付雲庄卻是「南海觀音下凡」。車本對五聖的降凡以助周王的前因後果有明確交待，最後戰死乃位歸仙班的「時機已到」；而「楚曲」本中，周王對諸聖日後追封，有些不合情理。「楚曲」本中禾氏陣前產子昏迷時，有金風護體，故王洪歸降；車本則是付氏昏迷，有青龍護體，王洪驚覺天降付氏以佑周益王之天命，故而請降。劇中人物姓名也略有差異：「周義王──周益王」、「雷天豹──魏天豹」、「禾雲庄──付雲庄」、「賈翠屏→夏翠平」、「張任──→張永」、「白益王──→白玉王」、「白雲老祖──→昆元老祖」、「賈洪道─→夏侯烈」。「楚曲」中禾雲庄被賈翠屏誣以「懷有妖魔」，車本卻是夏妃譏付氏「貪生怕死」。不過這個本子卻沒有在京劇中流傳下來，因此也就無從推究這些差異的產生，是因爲「楚曲」非車本的祖本，或僅爲戲曲流傳過程中，因地域不同、語音不同而產生的變異。

三、楚曲劇作被車本沿用，卻未影響京劇劇作

　　這個部份討論車本中亦收有「楚曲」相同題目的劇作，且內容、唱詞與「楚曲」相同，但京劇本相關題名劇作卻不同。這一類「楚曲」劇作有：《蝴蝶夢》、《殺四門》。

蝴蝶夢 V.S.大劈棺

　　「楚曲」《蝴蝶夢》（109～115）共四回。第一回〈下山嘆骷〉、第二回〈南華度白〉、第三回〈中途扇墳〉、第四回〈試妻劈棺〉。第三回的〈中途扇墳〉與車本所收《蝴蝶夢》全串貫（2～283）相同。車本另收有《蝴蝶夢》總講（2～287）四本。據《京劇二百年之歷史》、《燕塵菊影錄》、《十日戲劇》：小蘭芬、賈璧雲、劉斌昆等工此戲。《戲考》載：

> 此劇爲花旦重頭戲，即今當推賈璧雲爲第一。後半以跌撲見長，前
> 見小如意接演，身輕如葉，腰軟如柳，其技亦頗不惡，洵妙選也。
>
> 〔註16〕

《戲考》收有《大劈棺》（2～810），雖情節相似，但唱段的安排與「楚曲」本完全不同：

〔註16〕《戲考》，冊二，頁811。

楚　　曲	車　　本	戲　　考
第三回中途扇墳	蝴蝶夢	大劈棺
生 引 　慕道修仙看破紅塵入深山	生 引 　慕道修仙看破紅塵入深山	
生（莊周） 　別卻紅塵有數年 　紛紛世界尚依然 　仙風常擁爐煙瑞 　浮生空懸日月邊	生（莊周） 　別卻紅塵有數年 　紛紛世界尚依然 　仙風常擁爐煙瑞 　浮生空懸日月邊	
旦（賈氏） 　手執齊紈立荒山 　假作低頭嘆一番 　揚揚在此頻頻扇 　粧成嬌態賣紅顏	旦（賈氏） 　手執齊紈立荒山 　假作低頭嘆一番 　用手在此頻頻扇 　粧成嬌態賣紅顏	
生 　空爭名利逞什麼能 　人生奔忙幾時閒 　榮華好似三更夢 　富貴如同風前燭 　抬頭看見一少婦 　手執紈扇 　口口聲聲哭夫天 　斜目只把風流賣 　到把我莊周嘆不賢	生 　空爭名利逞什麼能 　人生奔忙幾時閒 　榮華好比三更夢 　富貴如同風前燭 　抬頭看見一少婦 　手執紈扇 　口口聲聲哭夫天 　斜目只把風流賣 　到把我莊周嘆不賢	
旦 　先夫命夭赴黃泉 　只恨墳台土不乾 　臨終賜我齊紈扇 　扇乾黃土嫁他男 　休笑我婦道見識淺 　只爲衣食難供膳 　顧不得含羞萬年臭 　依從夫主臨終言	旦 　先夫命夭赴黃泉 　只恨墳台土不乾 　臨終賜我葵紈扇 　扇乾黃土嫁他男 　休笑我婦道見識淺 　只爲衣食難供膳 　顧不得含羞萬年臭 　依從夫主臨終言	
生 　聽伊言不由人怒生嗔 　好叫我心下生愁悶 　你道是夫婦恩愛深 　梁鴻孟光敬如賓	生 　聽他言不由人怒生嗔 　好叫我心不多愁悶 　你道是夫婦恩愛深 　梁鴻孟光敬如賓	

夫唱夫隨三生幸 一夜夫妻百夜恩 笑娘行誤入迷魂陣 恩愛美情一旦分	夫唱夫隨三生幸 一夜夫妻百夜恩 笑娘行誤入迷魂陣 恩愛美情一旦分	
旦 　深深躬禮忙歛袵 　全仗先生勞力全 　扇得墳頭土乾現 　便把金釵作酒錢	旦 　深深躬禮忙歛步 　全仗先生勞與全 　扇得墳頭土乾現 　便把金釵作酒錢	
生 　笑淫婦毀恥把心變 　視夫爲仇事倒顚 　全然不顧桃花面 　四德三從付海邊 　笑盈盈不由我心內慘 　怒沖沖惱人咬牙關 　舉紈扇輕輕兒相扇 　管教金水霎時乾	生 　笑淫婦毀恥把心變 　視夫爲仇事例顚 　全然不過桃花面 　四德三從付海邊 　笑盈盈不由我腹內慘 　怒狠狠惱人咬牙關 　手舉紈扇輕輕頻相扇 　管教黃土一時乾	
旦 　見墳頭立時火光現 　黃土焦枯散如丸 　奉金釵聊表奴的念 　此等恩德結草啣環	旦 　見墳塋霎時火光現 　黃土枯焦散如丸 　奉金釵權爲奴的念 　此等恩德結草啣環	
生 　怪娘行一任心腸狠 　傷風敗俗大不賢 　百年結下鸞儔願 　魚水相投反結冤	生 　怪娘行恁心腸狠 　傷風敗俗甚不賢 　百年結下鸞儔願 　魚水相調反結冤	
		老生 　小羅敷 　奉師嚴命下山林 　探望田氏團轉還 　行幾步來至在寒院 　又只見童兒在面前 　上房對你師娘講 　你就說師父轉回還
		花旦 倒板 　忽聽得童兒一聲請

		原板
		但不知他請我所爲何情 　出言來我把童兒問 　請師娘出二堂爲著何來 元板 　忽聽得童兒一聲講 　他言說先生轉回還 　站立在二堂用目望 　果然是先生轉回家中 　叫童兒等師娘把衣來換 　渾身上下俱改妝 　走上前來把禮見 　再對先生說端詳
生 　此等緣由甚希奇 　見一孝婦執紈葵 　粧成百般風流態 　對著土坵扇墳堆 　他丈夫臨終囑咐伊 　叫他守到墳土飛 　誰知一任思淫意 　慾心似火不斷離 　惱得我心狼煙起 　奪過葵扇扇墳堆 　一霎時土乾婦人喜 　謝我紈扇我帶回	生 　此等緣由甚希奇 　見一孝婦執扇葵 　粧成百般風流體 　對著土坵扇墳堆 　他丈夫臨終囑咐伊 　叫他守得墳土飛 　誰知一恁思淫意 　慾心似火不斷離 　惱得我心中狼煙起 　奪過葵紈扇墳堆 　一霎時土乾婦人喜 　謝我紈扇我帶回	
占 　那怕你嬌容貌如花 　不可歪心思佳期 　夫妻本有恩和義 　屍身未冷想別離	貼旦 　那怕你嬌花容貌美 　不可歪心思佳期 　夫妻本有恩和義 　屍身未冷想別離	
生 　世間那有眞烈女 　巧弄花言謊男兒 　假作恩愛諧魚水 　那有眞心守節義	生 　世間那有眞烈女 　巧弄花言說男兒 　假死恩愛諧魚水 　那有眞心守節儀	
生 　我勸你不必爭閒氣 　你本是青春年嬌媚 　咬定牙關來作對 　只恐你變心在指日	生 　我勸你不必爭閒氣 　你本是青春年嬌媚 　咬定牙關來作對 　只恐你變心在指日	

常言道天有不測風雲雨 人有旦夕禍災奇 心頭上無端鮮血起 一霎時頭昏眼又迷	常言道天有不測風雨 人有旦夕禍愆奇 心頭上無端鮮血起 一霎時頭昏眼又迷	
我與你夫妻兩和合 我命難逃夢南柯 實指望百年同歡樂 到不想恩愛霎時割	我與你夫妻兩言諧合 我命難逃夢南柯 實指望百年同歡樂 到不想恩愛霎時割	
占 勸先生休把愁慮著 吉人天相自然樂 你那裡煉就神仙略 別下紅塵穩立腳	貼 勸先生休把愁慮著 吉人天相自然消磨 你那裡煉就神仙略 別下紅塵長生樂	
生 只恨你把紈扇來扯破 留與你家扇墳墓 你本是金玉一姣娥 怎能別得錦香羅	生 只恨你把紈扇來扯破 留與你家扇墳墓 你本是金玉一嬌娥 怎能別卻錦香羅	
貼 先生說話言太過 豈不記夫妻恩愛多 縱是生先歸泉路 豈肯欺心別牽蘿	貼 先生說話言太過 豈不聞夫妻恩愛多 縱然生先歸泉閣 豈肯欺心別諧合	花旦 倒板 　與生先對坐在二堂以上 慢板 　聽為妻把此話細你言 　倘若是先生亡故了 　我總要守節立志賢 　若有三心並二意 　準備天打五雷轟
		生 原板 　一見田氏盟誓願 　到叫莊子喜心間 　回頭再把我妻叫 　你與到後面打茶羹
		旦 　我在此處莫久站 　去到後面打茶羹

		生 原板 　一見田氏他去了 　到叫莊子暗思量 　將身坐在二堂上 　等田氏來看分明
		且 　邁步且把二堂上 　叫先生請來用茶羹
		生 原板 　我將茶羹端在手 　喝一口來好悲傷 　一霎時腹內痛難以扎掙
生 　息一口仙氣身藏躲 　但看田氏意如何	生 　息一口仙氣身藏躲 　但看田氏事如何	大料我命活不成 　閻王造定三更死 　何人留我到五更
貼 　莊生先忽然身化鶴 　不由人兒雙淚落	貼 　莊生先猛然歸泉閣 　不由人來雙淚落	且 哭板 　一見先生喪了命 　怎不叫人痛傷心 　我將屍首忙掩下 　再叫童兒聽分明
		原板 　有田氏跪留平 　尊一聲先生聽我言 　今日你死還罷了 　撇下了為妻倚靠何人 　叩罷頭來抽起身 　再叫童兒聽分明
		老生 慢板 　將生辰和八字揣在懷內 　點化童男說人言 　我一扇童男把頭抬 　二扇童男眼睜開 　三扇童男雙撒手 　我四扇童男隨我來

		原板
		點化童男人一樣
		口中無舌難開聲
		有貧道站靈堂用目觀望
		又只見烏鴉亂飛揚
		我這裡用扇兒將他取過
		又只見童男說人言
		叫童兒帶靈堂進
		師傅把話對你講明
		收板
		一見童男他去了
		又只見童女在面前
		舉來神火將他焚
		忽然一計在心間
		有貧道假一變
		只見童兒在面前
		原板
		叫童兒帶路往前走
		看一看賤人怎樣下場

此劇演出記錄頗早，然由於此劇有傳奇本，故難以判斷《消寒新詠》（乾隆五十九年，1794）中提及「松壽部」演員李增官，及《日下看花記》（嘉慶八年，1803）中所載「春臺班」桂林（陳小山）、「三慶徽部」演員長松（顧介石），擅長劇目中的《蝴蝶夢》，究竟是傳奇本還是徽班本。〔註17〕據《立言畫刊》第二十七期《明日黃花館雜綴》：「此劇系高慶奎由秦腔翻成」，〔註18〕但《戲考》卻說京劇由崑曲翻成。〔註19〕從「楚曲」《蝴蝶夢》與《戲考》《大劈棺》的唱段比對，明顯可以看出京劇本《大劈棺》的劇情是「楚曲」本的第三、四兩回，但在第三回的處理及選擇的唱段卻完全不同。「楚曲」的〈中途扇墳〉是安排莊子與賈氏面對面，談「夫死墳乾方能改嫁」一事；但京劇《大劈棺》完全是莊子一人自敘這個經過。第四回的〈試妻劈棺〉，二本在唱段上的也還是不同。由於「楚曲」的情節與唱段安排方式與崑曲較為雷同，與《戲考》所收《大劈棺》截然

〔註17〕　〔清〕鐵橋道人等著：《消寒新詠》、小鐵笛道人：《日下看花記》卷二、卷三，收在張次溪編《清代燕都梨園史料》正續編（北京：中國戲劇，1988），頁1007、續錄頁65、續錄頁77。

〔註18〕　曾白融主編：《京劇劇目辭典》（北京：中國戲劇，1989）「大劈棺」條，頁71。

〔註19〕　《戲考》冊二，頁810。

不同，故王大錯對此劇的「述考」顯然有待商榷。劇情中京劇本新增的童男「二百五」，也與「楚曲」本、傳奇本的「化爲人形的大小蝴蝶」明顯不同。由以上比對得知，「楚曲」非今日京劇本之祖本。

殺四門 V.S.喂藥

「楚曲」《殺四門》（110～237）共四回：〈殺四門〉、〈劉金定服藥〉、〈下南唐〉、〈火燒余洪〉。車本收有《下南唐》（5～215）、《殺四門》（6～341），京劇本收的是《喂藥》（6～3349）。成書於嘉慶八年（1803）的《日下看花記》載演員「榮官」（陳榮珍），擅演劇目中，已有《四門》、《喂藥》二齣。〔註20〕道光四年的《慶昇平班劇目》中也有《下南唐》、《喂藥》二劇，但「楚曲」《殺四門》並沒有「喂藥」情節。清宮中大戲《盛世鴻圖》也沒有「喂藥」這一個部份。據《京劇劇目辭典》「殺四門」條，稱此劇係由秦腔翻爲皮黃，應屬可信。陳德霖、杜阿十、陳桐山、李順亭、朱四十、李仲林、梁秀娟等工此戲。〔註21〕

「楚曲」《殺四門》故事敘述趙匡胤親征南唐被困，高君保又得「卸甲風」，只能燃線香向妻劉金定求救。金定闖殺四門，大敗南唐軍，最後說出與君保成婚事，方得入城。金定餵藥救治君保，君保方醒。余洪擒五王六侯，並下迷藥使之叛宋。乾德王使君保、金定夫妻上陣，余洪不敵，逃入竹林躲藏，金定召來火德星君焚燒竹林，救回五王六侯。車本所收《殺四門》與「楚曲」本幾乎完全相同：

楚　　曲	車　王　府
殺四門	殺四門
淨	淨
悔當初離龍曹千差萬錯	想當初離龍巢千差萬錯
大不該帶王候遊玩山河	大不該聽讒言遊玩山河
到今日身遭困怎生逃脫	李景王打戰表詿孤離坐
李灝王打戰表詿孤離坐	到今日身遭困怎生逃脫
下南唐設下了空城一座	下南唐設下了空城一座
君臣們一個個進了網羅	君臣們一個個進了網羅
五王和七將留孤一個	五王和七將留孤一個

〔註20〕〔清〕小鐵笛道人：《日下看花記》，收在張次溪編《清代燕都梨園史料》正續編（北京：中國戲劇，1988），續錄頁83。
〔註21〕曾白融主編：《京劇劇目辭典》（北京：中國戲劇，1989），頁512。

內無糧外無兵怎生奈何 耳旁又聽得人嘶馬吼 想必是余洪賊又動干戈 叫內臣與孤王擺駕城樓上躲 看一看唐營中兵勢如何	內無糧外無兵怎生奈何 耳旁內猛聽得人嘶馬吼 想必是于洪賊又動干戈 叫內臣與孤王城樓去躲 看一看唐營中兵勢如何
桃花宮飲御酒一時大醉 爲韓龍斬三弟逼反弟媳 桃三春帶家將人馬無敵 好一個高御親片言退敵 城樓上取黃袍龍目吊淚 打七七羅夫醮繞把兵息	桃花宮飲御酒一時大醉 爲韓龍斬三弟逼反弟媳 陶三春帶家將人馬出奇 好一個高御親片言退敵 城樓上取黃袍龍目吊淚 打七七羅天醮繞把兵息
爲王的到邊庭心中無計 修龍詔回京都頒取親戚 有韓奇頒救兵令人可喜 頒來了小高瓊英雄第一 孤只望救兵到駕回京地 又誰知進御營下疾病 見女將在馬上如同耍戲 戰唐兵猶那殺羊宰雞 叫孤王一霎時難以決疑 是何方反來了女王姣嫡	爲王的到邊庭心中無計 修龍詔回京都頒取御婿 有韓奇頒救兵令人可喜 頒來了高瓊英雄第一 孤只想救兵到駕回京地 又誰知進御營下病疾 見女將在馬上非同兒戲 戰唐兵猶那殺羊宰雞 叫孤王一霎時難以決疑 是何方反來了女王姣嫡
劉金定服藥	
淨 孤好比孔聖賢忍飢受餓 孤好比漢關公身困土坡 孔聖人哭顏回未問好學 周文王遇姜尙渭水之河 齊景公哭鍾后國運良敗 有國母在桑園題詩暗破 帝天子往日裡英雄蓋世 到今日帶戰馬御酒三盃 鍾娘娘帶人馬繞滅吳起 三國中漢劉備十分大義 哭關公眾文武白袍白衣 諸葛亮哭周瑜一派假意 做祭文對靈牌妙算神機	淨 孤好比孔聖人忍飢受餓 孤好比漢關公身困土坡 孔聖人哭顏回未問好學 周文王遇姜尙渭水池河 齊景公哭鍾后國運敗衰 有國母在桑園題詩暗破 帝天子往日裡英雄蓋世 到今日帶戰馬御酒三盃 鍾娘娘帶人馬繞滅吳起 秦王剪平六國獨霸華夷 三國中漢劉備十分仁義 哭關張眾文武白袍白衣 諸葛亮哭周瑜一派假意 做祭文對靈牌妙算神機

耳邊廂又聽得人喧馬吼 想必是余洪賊要攻城池 乾德王在城樓上忙傳旨意 宋營中眾將官且聽孤言 與孤王忙準備狼煙火炮 運滾水和木馬小心防危 御林軍上城樓忙觀仔細 看一看余洪賊兵勢如何	耳邊廂又聽得人喧馬吼 想必是于洪賊要攻城池 乾德王在城樓忙傳旨意 宋營中眾將官聽孤說知 與孤王忙準備狼煙火炮 運滾木和雷石小心防危 御林軍上城樓忙觀仔細 看一看于洪賊何等失威
一見金鐧眼朦朧 緣何落在女花童 御林軍快把城門放	一見金鐧吃一驚 緣何落在女花童 御林軍快把城門放
旦 　劉金定闖進虎穴中	旦 　劉金定闖進虎穴中
淨 　見女將馬上志無窮 　那怕余洪動刀鋒 　御林軍齊把城樓下 　進營去問女花童	淨 　見女將馬上志無窮 　那怕于洪動刀鋒 　御林軍隨孤下城去 　銀殿細問女花童
旦 　在陣上殺得我昏迷不醒 　醒來時又只見一位將軍 　將身兒站在丹墀底下 　他問一言答一聲	旦 　在陣上殺得我昏迷不醒 　醒來時又只見一位將軍 　將身兒站在丹墀以下 　他問我一言來我答一聲
淨 　開言來便把女將問 　通上名來說孤知	淨 　開言來便把女將細問 　通名姓道根由細說分明
旦 　將軍不必把奴問 　劉金定就是奴的名 　請問將軍名何姓	旦 　將軍不必把奴問 　劉金定就是奴的名 　請問將軍名和姓
淨 　孤是大宋天子乾德君	淨 　孤是宋主乾德君
旦 　聽說大宋乾德主 　劉金定跌跪地埃塵	旦 　聽說大宋乾德君 　劉金定慌忙跪在塵
淨 　小姐馬上多勞頓 　孤王傳旨且平身	淨 　小姐馬上多勞頓 　孤王傳旨但平身

旦	旦
回頭忙把龍恩謝 何兵不戰爲何恩	叩頭忙把龍恩謝 何兵不戰爲何因
淨	淨
只因御外甥進營 得下卸甲風病	只因御外甥進營 得了卸甲風病
旦	旦
在營中領了萬歲旨 要到病房探夫君	在御營領了萬歲旨 要到病房探夫君
淨	淨
有心栽花花不發 無心插柳柳發芽 一則是孤王洪福大 二來是御外甥有緣法	有心栽花花不發 無心插柳柳發芽 一則是孤王洪福大 二來是御外甥有緣法

「楚曲」本中的〈劉金定服藥〉，前半部都還是《殺四門》的情節，眞正求藥餵藥的過程是：

　　（旦白）看香盤。

　　（介）（白）哦！

　　（過場）（求藥介）（塊付藥介）（指丑口介）

　　（旦白）先天妙訣胸中記，今日方纔顯奇能。叩頭忙把師父謝，不
　　　　　　枉仙家妙法高。

　　（過場）

　　（灌藥介）〔註22〕

這當中有很多非言語的表演成份，不過《戲考》本所收《餵藥》，就複雜得多，成爲插科打諢的玩笑戲：

　　（貼畫符仗劍燒符介）

　　（唱）望尊神，你速速降臨宋營。

　　（白）天靈靈地靈靈，藥王神何在。

　　（丑扮藥王引小鬼上）

　　（丑唱西皮二六板）正在洞中要過癮，忽聽小鬼報一聲，只因宋營
　　劉金定，他因他丈夫得病，特的請吾神。他本是聖母高徒弟，他的

〔註22〕《俗文學叢刊》冊110，頁255。

法諭我是怎敢不尊，按住雲頭把宋營進，見了仙姑説分明。

…………

（小鬼開箱介）

（丑執盃暗取介）這藥尚不夠用，你過來，待吾在你身上取幾味來。

（丑抓鬼髮介）兔絲子三錢。

（捶鬼背介）龜背三錢。

（抓鬼頭介）兔腦丸二錢。

……

（貼白）他還是最怕吃藥。一聞藥味，他就嗆出來啦！還要想個法
　　　　子才好。

（丑白）有法子！用「過山龍」來吃。

（貼白）什麼叫做「過山龍」吓？

（丑白）這個「過山龍」，是你把這一碗藥，拿過來吃上一口，對著
　　　　他的嘴，一點一點的往裡面送，他自然就不能噴出來啦！

（貼白）我們知道啦！

（丑白）這還有一個名堂。

（貼白）這叫什麼呀？

（丑白）這叫「二仙傳道」。〔註23〕

這樣的表演中，只看文字就能明顯看出許多風情的成份，更不要說實際演出
時的情況。故《戲考》稱：

> 為花旦小丑玩笑戲。前在北京，見劉趕三同孟如秋時常串演，以後
> 羅百歲、楊小朵亦善此劇。蓋花旦無甚健長處，皆是私房相公出臺
> 之戲，與花鼓、連相不相上下，近今幾成廣陵散矣。克秀山與吳彩
> 霞曾經演過。〔註24〕

這樣的演出風格，與魏長生帶入北京的秦腔劇作特質——「妖媚時好」、「冶
豔成風」完全一致。〔註25〕因此京劇此劇的源頭，當不來自於「楚曲」《殺四
門》。

〔註23〕《戲考》冊六，頁 3350～3352。

〔註24〕《戲考》冊六「餵藥」條考述，頁 3349。

〔註25〕〔清〕吳長元：《燕蘭小譜》「張蓮官」、「戈蕙官」條。收在張次溪編《清代
　　　　燕都梨園史料》正續編（北京，中國戲劇，1988），頁 21、47。

四、車本與京劇本同題材劇作皆與楚曲不同的劇作

這個部份討論的是「楚曲」劇作在車本收錄的同題材劇作中，不論選取唱段或情節表現，都已產生變化；京劇本既不依循「楚曲」本，也不依循車本。

▲英雄志 V.S.安五路

長篇「楚曲」《英雄志》（1782～639），共有二十五場，敘述曹丕欲乘劉備新亡之際，興兵伐西蜀，司馬懿謂五路起兵可建全功。孔明聞訊，暗中調兵遣將，唯東吳一路，須前往遊說孫權，然未得其人，因此閉門稱病。劉禪聞警大驚，親臨相府責問，此時孔明正靜坐觀魚，忽見劉禪，伏地請罪。孔明自陳身受先帝重託，豈能不盡心竭力？退居私宅乃爲暗地籌畫退兵之策，並推薦有才辯、膽識俱佳之鄧芝使吳。鄧芝至吳，張昭知其爲說客，請孫權設油鼎於殿前以懼之，鄧芝以言語激孫權，並挺身撲向油鼎，孫權急止，乃捐棄前嫌，永修和好。張溫入蜀答禮，面有驕色，孔明使秦宓於餞行時駁倒張溫，溫大愧離去。曹丕親征，吳王派使討救兵，孔明派趙子龍率軍援助，大破曹軍而回。車本亦收有《安五路》（2～463），情節已產生變化；《戲考》所收《安五路》（8～4763）與「楚曲」、車本又有不同。據《程長庚聲記》、《伶史》、《北平梨園逸事談》、《十日戲劇》：程長庚、盧台子、夏奎章、楊月樓、李小珍、馬連良均工此戲。馬連良前節孔明，後扮鄧芝。

各本情節比對如下：

楚　　曲	車　　本	戲　　考
三場 　借兵	借兵	
四場 　跑馬		
五場 　練牌		
六場 　遣將		
七場 　攻城		
八場 　息戰		

九場 自退		
十場 驚駁	驚駁	安五路 驚駁
十一場 奏后	奏后	
十二場 進府	進府	進府
十三場 觀魚	觀魚	觀魚
十四場 說吳	說吳〔註26〕	說吳

比對唱詞可發現其中變化：

楚　曲	車　本	戲　考
十場驚駁	安五路	安五路
小生（劉禪） 引 　殿閣新繼父業 　但願三分歸一統	小生 引 　詔書賜孤王 　駕坐城都稱邦 　（秉承遺命望家邦）	小生 引 　三分鼎足 　統漢業滅魏剿曹
倒板 　鬥金牌奏邊關狼煙犯境 　只唬得爲王的膽戰心驚 　這幾載承天命干戈寧靜 　夢不想此魏兵又起刀兵 　金殿上傳宣旨鄧卿是聽 　軍機府請相父來議軍情		西皮搖板 　心中只把曹丕恨 　爲何發動五路兵 　內臣擺駕往前進 　見了相父定計行
正生（鄧芝） 　吾主爺傳下旨敢不稟遵 　至相府去宣召掌國元勛		
小生 　承遺命登大寶方始成定 　馬放山甲歸庫四方安寧		

〔註26〕但後面接有孟獲夫人祝融夫人等事，由於不屬於「楚曲」《英雄志》情節，故不再列出。

正生 　我國裡鼎鼐臣犯下病痛 　這事兒好叫我難難解其情		
小生 　聞奏道老相父身犯重病 　一霎時把爲王提膽在心 　吾父王臨危時托孤之重 　孤料他必不能有負先君 　孤傳旨命董卿至府再請 　二次到丞相府急請臥龍		
末（董允） 　捧聖旨好一比風雲吹送 　顧不得步高低忙下龍庭		
小生 　孤自恨洪福淺難承天運 　故生出這干戈擾亂乾坤		
末 　府門外掛免見牌不敢擅進 　上金階復主命細奏聖聽		
小生 　漢室家錦華夷氣數將盡 　金梁柱不理朝四夷蜂生 　倒不如退下位讓與有德 　爲王的返故土仍作庶民		
正生 　吾主公本漢室承業裔孫		
末 　說什麼把大位讓與他人		
正生 　受君恩效太馬臣之本分		
末 　國有難臣分憂理之當然		
小生 　老丞相受遺孤兩保漢鼎 　怎忍得負先王昔日之盟 　叫內使與孤王排駕進宮院 　進昭陽啓太后細奏此情		

十一場奏后		刪除
夫 　老王爺晏了駕日夜傷慘 　小皇兒初接位難理朝綱	正旦 引子 　珠簾高捲似蓬萊 　追思老王心痛哀	
小生 　爲塞外起狼茵心忙意亂 　進宮來與母后同作商量	小生 　眾臣宰無計策孤心煩燥 　老丞相不出府所爲那條	
末、生 　承母后傳懿旨憂心寬放 　怕只怕老相父更變心腸	末 　忙步跟蹌起御道 外 　氣喘噓噓滾油澆 　（心中好似流油澆） 末 　丞相忠心改變了 外 　他把託孤之事忘九霄 末 　你我何言回奏好 外 　須將實言奏當朝	
夫 　先帝爺爲漢室東游西蕩 　才掙下仁和士定國安邦 　南陽郡三顧請保國丞相 　他本是我蜀國架海金梁		
十二進府		
小生 　爲國家遭侵害蜂生夷黨 　老丞相隱內府不出都堂	小生 　宮門前上車輦擺開鑾駕 　孤親身入相府問計於他	
	跨金鞍抖玉轡擁護車駕 路街上香煙起不敢喧嘩 早來到相府前文武下馬 守門官在一傍跪接孤家 且平身與孤王快去傳話 丞相病是寡人親來看他 龍離潭鳳離巢七星無法 爲的是安五路君到臣家	
末 　請千歲下鑾輿暫止龍輦		

生 　臣這裡奉君命拷問門官		
小生 　爲王的仕丞相如仕父上 　進內府問安寧又待何妨		
末 　主公爺進府宅不容臣伴		
生 　保駕官靜悄悄暫退兩廊		
十三觀魚		
外（孔明） 這幾日隱內府假托病恙 是這等背後主心下難安 受先帝托孤恩朝政我掌 怎忍得小儲君著此驚惶 四路兵密遣人安排停當 恨無人下血身去和江南 攜竹竿到池邊閑步游玩 暫時間散一散心腹愁腸 觀東廂兩群魚一衝一撞 好一似曹孟德兵下江南 在赤壁練水軍神鬼欽仰 在東吳遭火攻敗走華陽 觀南邊興波濤平水作浪 好一比孫仲謀大戰襄江 定奸計害桃園令人心恨 漢關公恨的是呂蒙潘璋 觀中央擁兩群蜀國模樣 想起了劉先主初出榛桑 終日裡爲炎土爭業歸漢 才霸定舊基業鼎足之疆 到如今成帝位狼煙掃蕩 只剩下吳魏國兩處禍殃 觀罷魚心又慮後主宣喚 不由人悶厭厭懶下池塘	孔明 憶昔隆中度時光 勤力農業樂安康 三顧茅廬將我訪 將身許國報吾皇 志將漢室重興旺 心機費盡整朝綱 吳魏漢家之反將 蜀乃金枝玉葉邦 國賊篡位欺君上 伐兵問罪理該當 吳蜀成仇合未講 在意留神緊提防 東合孫權把心放 南征孟獲早歸降 北伐中原如反掌 不得其人入吳邦 憂悶在府心不爽 且學個渭水河邊等文王	孔明 原板 　這幾載把我的心血消化 　數十年如一日斷卻坎殺 　雖是挈相柄官職高大 　總不如臥茅廬勝似過榮華 　閒無事到花園觀魚戲耍 　只有那東吳的兵須要退他 慢板二簧 　報君恩報不盡皇恩重大 　忸人心忸不轉漢室邦家 　高祖爺創基業威名甚大 　四百年錦潔山一統中華 　王莽賊設奸謀毒計用下 　用藥酒害平帝命染黃沙 　光武爺起義師大動人馬 　雲台觀才把那莽賊來殺 　他駕前文武臣功勞特大 　在洛陽修宮殿重整漢家 　傳位至漢獻帝七元六甲 　曹孟德狗奸賊把君欺壓 　我主爺起義師大動人馬 　五虎將立功勞名振天涯 　賊曹丕一旦間要奪天下 　滿朝中文武臣箇箇降他 　南郊外受禪台令人唾罵 　普天下眾黎民珠淚如麻 　狗奸賊又發動五路兵馬

		有山人分四路前去敵他 只有那東吳兵不須征伐 還得要差一人順說與他 在花園我暫且觀魚戲耍 滅卻了小曹丕答報漢家
小生 　為只為眾賊兵陡起煙瘴 　為江山不乘輿君問臣安 　猛抬頭見相父池邊觀望 　孤只得靜悄悄站立一傍	小生 　入相府川廊廈肅靜幽雅 　過幾層曲彎處倒也可誇 　進花園見相父垂鉤消洒 　孤這裡走進前側耳聽他	小生 搖板 　再與門官把話言
外 　馬孟起積西涼原籍生養 　眾百姓伺奉他如同父娘 　柯能比須猛勇實難抵抗 　不日裡定然有奏凱本章	外 　這魚兒比陸遜行兵詭詐 　有好計無其人怎能退他 　猛回頭身傍站當今聖駕 　輕慢君該萬死罪當嚴加	
小生 　老相父果然有棟才之量 　能知人心服事照見膽肝號 　保漢室全虧你神機妙算 　使孤王一霎時憂心放寬	小生 　相父病叫王我放心不下 　因此上離鳳闕來看卿家見 　相父觀魚躍垂鉤消洒 　這幾天小王我心亂如蔴	
	曹丕無故興人馬 　五路大兵來戰殺 　文武百官心害怕 　相父推病又在家 　西蜀傾危在眼下 　求條良謀去退他	
外 　知四郡城廓堅兵精將猛 　臣又差魏文長帶甲提防 　每日裡出奇兵依次交換 　南蠻賊心多疑不戰還鄉	萬歲爺請正坐容臣參駕 　且聽老臣奏根芽 　曹丕國賊多虛詐 　賄買羌蠻幫助他 　亂臣賊子人恨罵 　誰肯真心死戰殺 　先皇在日長怒髮 　本要問罪去伐他 　乘人喪危將毒手下 　就是百萬何懼他 　臣非妄奏話虛假 　望我主穩聽捷報家	

小生	小生	
這一椿奇事兒從天而降 設疑兵使敵人膽戰心寒 定神機亞賽了太公呂望 比管樂和伊尹更加高強	孤王親入相府地 君臣二人講兵機 欺君篡位賊曹丕 兵發五路取川西 派將三員賊退去 孤王心內犯猜疑 彼眾我寡非容易 片紙豈退上庸敵 丞相在府觀魚戲 東吳怎肯捲旌旗 越思越想心憂慮 孤必得拔樹搜根仔細提	
外		
有孟達他本是魏國降將 與李嚴生死之交相愛相憐 此一番得書信必不出戰 三路兵臣平服何必憂煎		
小生		
不忘了老先帝隆中三訪 得相父佐中華振土開疆 胸腹中藏錦繡預先決斷 定妙計平賊寇不用刀槍		
外		
陽平關地險阻久定炎漢 眾百姓勤田土頗有錢糧 又更兼趙子龍百戰之將 臣決定此四路可保安康		
小生		
四路里奏凱歌孤必歡暢 不用兵不用將平靜四方 這等的巧機關令人膽喪 自盤古至如今那有二雙		
外	孔	
為東吳這支兵急成病狀 固數日未參主不入朝房 必須要除大患擇一舌辯 至江東和吳侯另剿蠻王	勸主休把東吳怕 君臣對坐講兵法 吳魏素來仇恨大 怎肯真心幫助他 唇寒齒冷語不假	

	誰肯點火燒自家 虛作人情意懷詐 定在江口把兵紮 坐觀勝敗歇人馬 飯成碗中用手捉 用兵在精不在寡 知己知彼勝戰殺 不勞三軍披鐵甲 休遣蜀將防範他 入吳合好江東下 臣去問罪把國賊拿 我非觀魚閑消洒 爲的是尋條引線取中華	
小生 　聽相父一席言如鐵馬響 　驚醒了南柯中憂夢一場 　猜不透這奇謀深思過想 　霎時間開雲霧重睹三光	小生 　明五路退兵法 　十分病症減七八 　丞相功高天地大 　保守西川從卿家	
老相父獻霞觴君臣共暢 　猶當年光武帝龍鳳呈祥		
外 　諸葛亮蒙先帝龍恩褒獎 　敢不效太馬勞力扶家邦		
小生 　昔日裡楚漢爭天下大亂 　滅項羽全憑了韓信張良 　朕父王又得下保國丞相 　定三分成鼎足萬世名揚		
外 　勞陛下至臣門已犯法玩 　恕爲臣萬死罪恩德非常 　送聖駕來至在府門之上		亮 西皮搖板 　陛下但把寬心放 　些須小事臣承當 　各路安排兵合將 　暫飲幾盃有何妨
正生 　笑盈盈接聖駕早解機關		
小生 　老太后在深宮提心盼望 　回宮去把此事細奏端詳		

外	孔	
見鄧芝在一旁仰面自嘆 　我料他胸腹中必有才能 　久聞他有肝膽口能舌辯 　倒不如命他去說服吳王	休謙讓莫推辭聽我言講 　我和你作臣宰間侍先皇 　須念在先皇爺恩如海樣 　談國政量人才非比尋常 　同受過託孤重遺命曾降 　到而今你只得辛苦一場 　與東吳結唇齒好言講上 　滅漢賊報國仇美名傳揚 　倘若是你推辭不肯前往 　吳與魏若和好危及我邦 　況先帝待宰臣手足一樣 　秉赤膽方顯你幹國忠良 　我與你到書房飲酒歡暢 　到明天同入朝啓奏君王	
正生 　隨聖駕出府門又聽呼喚 　向前來施一禮問取根源		
十四場說吳	**刪除**	
		鄧芝 搖板 　奉命離了西川道 　順說孫權走一遭 西皮原板 　恨曹丕設下了牢籠圈套 　他要與我西川大動鎗刀 　發五路人和馬一齊征剿 　他怎知那孔明智謀更高 　用妙計將四路人馬退了 　說東吳差下了吾鄧伯苗 　此一番見孫權把好言相告 　全憑著三寸舌要立功勞
二淨（孫權） 引 　玉振金聲 　赫赫威名坐江東		孫權 引 　累動馬兵成霸業 　威震江東

正生 倒板 　朝門內列武士盡是爪牙 　殿閣前設油鼎烈火正發 　定下了說齊計驚唬與咱 　昔日裡有楚漢分鼎定霸 　大丈夫揣奇謀何足畏怕 　見吳侯不下禮且自由他		鄧芝 倒板 　頂冠束帶進朝門 原板 　來了西蜀一使臣 　來在了殿角用目觀定 　這兩傍站定了武士百人 　我看他一個個威風凜凜 　各執刀鎗放光明 　那殿前又設著一油鼎 　我笑那孫權太藐視人 　自古道忠臣豈能怕死 　這些須小事怎在我心 　大搖大擺往前進 　我看他把我怎樣行
二淨 　叫內使卷珠簾金鉤高掛 　孤見鄧芝站丹墀禮貌不達 　謁孤王不下拜膽有天大 　敢莫是效酈生來說孤家		
		搖板 　人言吳侯是英豪 　今日看來也不高 　設兵陳鼎丹墀道 　活活笑煞我鄧伯苗
正生 　吳千歲若疑某言語有詐 　即死在銀安殿以顯清白 　撩衣袍即往那油鼎跳下		曹丕本是篡位君 　亂臣賊子落罵名 　大王委贄去朝覲 　江南土地化灰塵 　邁步撩衣赴油鼎 　情願大王烹小臣
二淨 　叫內使急阻攔休傷於他		淨 　聽一言來心內驚 　到叫孤家無話論
正生 　銀安殿拜別了吳王龍駕 　若非是三寸舌命惹黃沙		鄧芝 　鄧芝不曾辱君命 　打動吳王一片心 　撩袍端帶下龍庭 　那怕曹丕把兵臨

丑（張溫） 　非是臣在君前誇說大話 　過江去見孔明大顯略法		
二淨 　好一個鄧伯苗頗有高雅 　孤聞他談吐中實實可誇		

「楚曲」著重的地方和京劇完全不一樣，在「楚曲」中，後主在丞相府憂心憧憧，可一路又一路報回來退兵消息，一層層解開了劉禪心中的憂慮，君主二人以對答（唱）方式，揭開四路退兵、諸葛亮神機妙算及忠心爲國的苦心孤詣。京劇完全刪除這個部份，反倒是鄧芝赴東吳遊說孫權的部份還與「楚曲」較爲相似。而車本完全沒有鄧芝赴吳事，觀魚之後所接的是孟獲夫人祝融夫人的事情。三本選取的角度完全不同，由此可知，三劇相同之處僅爲取材自《三國演義》，但實際上的表現重點完全不同。因此，「楚曲」《英雄志》非京劇《平五路》的祖本。

　　由於車王府所收亂彈劇作，基本上與京劇有密切的關係，因此研究「楚曲」是否爲京劇祖本時，車本是否沿用「楚曲」佔有關鍵性地位，然而前述的兩種情況都說明京劇相關題材劇目，其祖本恐非來自「楚曲」。這種情況也反應出京劇具有多樣「前身劇種」劇作供其取材及吸收。由於難以獲得「京劇形成期」的其他花部劇本，使得京劇劇本到底沿用何種「前身劇種」劇本的唱詞，難以找到可循之跡。

第二節　沿用楚曲的京劇劇作分析

　　「沿用楚曲的京劇劇作」，是京劇本與「楚曲」本劇作情節都相同，唱詞雖略有增刪，但整體變動幅度不大，且可看出唱詞是脫胎自「楚曲」原有唱詞，故可肯定「楚曲」即爲京劇此一題材故事的「祖本」。不過即使京劇是沿用「楚曲」祖本的劇情，在唱詞上還有些許變化，這又可以分成幾類：第一類是幾乎完全沿用；第二類也幾乎完全沿用，卻因爲押韻因素略作修改；第三類是因唱詞過於冗長而有所刪減。

一、幾乎完全沿用的劇作

　　此處所言「完全」並非一字不改的意思，而是每個角色、每個部份的唱

段都被保留下來，變動的部份很少。京劇沿用「楚曲」本的劇作，有《新詞臨潼山》、《大審玉堂春》。

新詞臨潼山

車本收有《臨潼山》（5～175），《戲考》亦收有《臨潼山》（4～2383）。道光刊本《都門紀略》載金狗子工演此戲。據《孤血談劇》：馬連良曾與張君秋、李洪福、袁世海、姜妙香、馬春樵、李多福、肖長華合演。又據《京劇二百年之歷史》載：黃智斌亦工此劇。此劇內容為李淵為母祝壽，豈料在宴席上楊廣見淵妻竇夫人貌美，故有輕薄之意，被李淵擊落門齒。李淵辭官，欲攜眷回太原；楊廣派韓擒虎、魏武騰追趕未果，後自扮山賊截擊李淵於臨潼山前，值秦瓊押解人犯經過，義助李淵：

楚　　曲	車　　本	戲　　考
生（李淵） 引 　忠良遭責貶 　提起淚不乾	生（李淵） 引 　忠良遭責貶 　提起淚不乾	生（李淵） 引 　忠良遭責謫 　提起淚不乾
上字二六 　唐李淵坐大堂珠淚滾滾 　思前情想後故好不傷心 　戰江南十一載威風凜凜 　南面征北面戰繞得太平 　叫家將帶過了能行戰馬 　請皇太少夫人車輛前行	唐李淵坐大堂珠淚滾滾 　思前情想後故好不傷心 　戰江南十一載威風凜凜 　南面征北面勸繞得太平 　叫家將帶過了征行戰馬 　請皇太少夫人車輛前行	倒板 　唐李淵坐大堂珠淚滾滾 原板 　思前情想後故好不傷情 　戰江南十一載威風凜凜 　南面征北面戰才得太平 　叫家將帶過了能行戰馬 　請皇太少夫人車馬前行
老旦、正旦 西皮 　昔日裡有個商紂王 　女媧廟內去燒香 　風吹羅帳繞神像 　昏王題詩粉壁牆 　娘娘回宮沖沖怒 　差下妲己滅昏王	老旦、正旦 　昔日裡有個商紂王 　女媧廟內去燒香 　風吹慢帳燒神像 　昏王題詩粉壁牆 　娘娘回宮沖沖怒 　差下妲己滅昏王	旦（李母） 搖板 　昔日裡有個商紂王 　女媧廟內去燒香 　風吹羅帳現神像 　昏王題詩粉壁牆 　娘娘回宮沖沖怒 　差下妲己滅紂王
生（李淵） 　府門外金字區文帝國號	生（李淵） 　府門外金字扁文帝國號	生（李淵） 流水 　府門外金字扁文帝國號

下墜著唐李淵名字中央 粉壁墻畫麒麟張牙舞爪 有一對玉石獅壓鎮府門 捨不得金鑾殿老王御駕 捨不得滿朝中文武公卿 捨不得長安城花花世界 捨不得滿城中老幼黎民 有李淵訴衷腸一言難盡 耳邊響只聽得殺聲連天	下墜著唐李淵名字中央 粉壁墻畫麒麟張牙舞爪 有一對玉石獅壓鎮府門 捨不得金鑾殿老王御駕 捨不得滿朝中文武公卿 捨不得長安城花花世界 捨不得滿城中老幼黎民 有李淵訴衷腸一言難盡 耳邊廂只聽得殺聲連天	下垂著唐李淵名字中央 粉壁牆畫麒麟張牙舞爪 有一對玉石獅放在門傍 捨不得金鑾殿老王御駕 捨不得滿朝中文武兒郎 捨不得長安城花花世界 捨不得滿城中黎民工商 有李淵訴離情一言難盡 搖板 耳邊廂只聽得人馬喧揚
西皮 聽一言來心膽寒 楊廣兵札臨潼山 回言便把皇太請 要回太原難上難	西皮 聽一言來心膽寒 楊廣兵札臨潼山 回言便把皇太請 要回太原難上難	搖板 聽一言來心膽寒 楊廣兵札臨潼山 回言便把皇太請 若回太原難上難
辭別母親上了馬 要與楊廣大交鋒 叫家將與爺忙帶馬 不殺奸王誓不休	辭別母親上了馬 要與楊廣大交鋒 叫家將與爺忙帶馬 不殺奸王誓不休	搖板 辭別母親上了馬 要與楊廣動殺法 叫家將與吾快帶馬 吾今定把奸王殺
夫（李母） 見我兒上了龍駒馬 要與楊廣定輸贏	夫（李母） 見我兒上了龍駒馬 要與楊廣定輸贏	老旦（李母） 一見吾兒上馬行 要與楊廣定輸贏
旦（竇夫人） 為只為打牙冤仇恨 要回太原難上難	旦（竇夫人） 為只為打牙冤仇恨 要回太原難上難	為只為打牙冤仇恨 要回太原萬不能
生（李淵） 頭帶金盔風翅飄 大將實能匯翎刀 斜坐刁鞍相目瞧 後面來了將一員	生（李淵） 頭帶金盔風翅飄 大將能使雁翎刀 斜坐刁鞍用目瞧 後面來了一員將	生（李淵） 搖板 頭載金盔鳳翅飄 大將能使雁翎刀 斜坐雕鞍用目瞧 後面來了一將叫
回馬刀傷魏小將 年少英雄陣頭亡 叫家將與他把尸掩 兩軍陣會一會那奸王	回馬刀傷魏小將 年少英雄陣頭亡 叫家將與他把尸掩 兩軍陣會一會那奸王	搖板 回馬刀誤斬魏小將 年少英雄陣頭亡 叫家將與我把尸掩 兩軍陣前會一會那奸王

		流水板
適纔悞斬小魏將 不由本藩淚汪汪 勒住絲彊抬頭望 那傍來了年邁蒼	適纔悞斬小魏將 不由本藩淚汪汪 勒住絲彊抬頭望 那傍來了年邁蒼	方才誤斬魏小將 不由本藩淚汪汪 勒住絲彊抬頭看 那邊來了年邁蒼
倒板 有李淵勒住絲彊馬停蹄 尊一聲伯父聽端的 八月十五母壽期 奸王拜壽在酒席 珠簾內瞧見侄兒妻 停盃不飲要下棋 眉來眼去將妻戲 難道侄兒無臉皮 伯父也有妻 何肯別人霸佔依不依得我 若念同朝義 放你侄兒歸故里	倒板 有李淵勒住絲彊馬停蹄 尊一聲伯父聽端的 八月十五母壽期 奸王拜壽在酒席 珠簾內瞧見侄兒妻 停盃不飲要下棋 眉來眼去將妻戲 難道侄兒無有臉皮 伯父也有妻 何小別人調戲依不依 若念同朝義 放你侄兒歸故里	倒板 有李淵勒絲彊馬停蹄 原板 尊一聲伯父聽端的 八月十五母壽期 奸王拜壽在酒席 竹籬內瞧見侄兒妻 停盃不飲要下棋 眉來眼去將妻戲 難道侄兒無臉皮 伯父也有妻和小 別人把佔依不依 伯父若念同朝義 放你侄兒回故里
外（韓擒虎） 聽罷言來怒氣起 罵一聲楊廣無道理 自從盤古分天地 那有君占臣子妻 把鞍離蹬下戰馬 手中丟了畫桿戟 腰間拔出龍泉劍 不如一命喪黃泉	外（韓擒虎） 聽罷言來怒氣起 罵一聲楊廣無道理 自從盤古分天地 那有君占臣的妻 搬鞍離蹬下戰馬 手中丟了畫桿戟 腰間拔出龍泉劍 到不如一命喪幽冥	外（韓擒虎） 搖板 聽罷言來怒氣起 罵一聲楊廣無道理 自從盤古分天地 那有君佔臣子妻 丟蹬離鞍下戰馬 手中丟了畫桿戟 腰間拔出龍泉劍 到不如一命去歸西
生（李淵） 戰場上氣死了韓老將 年邁蒼蒼一命亡 叫家將與他把尸掩 戰場上會一會無道的楊廣	生（李淵） 戰場上自刎了韓老將 年邁蒼蒼一命亡 叫家將與他把尸掩 戰場上會一會奸賊楊廣	生（李淵） 疆場上刎了韓老將 年邁蒼蒼一命亡 叫家將與他把尸藏 戰場上會一會小奸王
淨（楊廣） 西皮 適纔宣去韓老將 管教李淵一命亡		淨（楊廣） 方才宣去韓老將 管教李淵一命亡

生（李淵）		生（李淵）
四下裡不住炮連天 臨潼山圍困了唐李淵 殺得我有命無去路 性命只在傾刻間 斜生刁鞍抬頭望 一家人隔在山面前 竇氏夫人情難捨 老母望得眼巴巴 一家人只隔一席地 由如隔了萬重山 四肢努力把他戰 猛然想起巧機關 你苦戰李淵因何故 要做官問一問唐李淵		四下裡不住炮連天 臨潼山困住唐李淵 殺得吾無有還手力 性命只在傾刻間 穩坐雕鞍回頭看 一家人只隔一席地 好似隔了萬重山 四肢努力把他戰 猛然想起巧機關 你們苦戰吾李淵因何故 要做官問一問唐李淵
唐李淵坐刁鞍一聲高叫 隨營中眾將宮馬步兵丁 我好似犯罪人一言伸近 兒好比考試宮洗耳恭聽 太平年關糧餉操弓射箭 離亂時一個個俱要出兵 有親戚和朋友長亭一餞 妻扯夫父抱子大放悲聲 上前看紅旗官提刀獨戰 往後看盔和甲火炮連天 挨著山靠著水安營下寨 小哥哥掌紅燈還要打更 五更盡頭炮響埋鍋造飯 二炮響一個個准備燈球 三炮響跨刁鞍提刀上馬 次日裡打一仗不顧生死 你一鎗我一刀捨命相爭 臨陣上死一人不如雞犬 有誰人與兒等收掩尸靈 候元帥回營中查兵點將 纔知道我營中死了幾人	流水板	唐李淵坐雕鞍一聲高叫 合營中眾將宮馬步兵丁 吾好比犯罪人一言伸進 爾好似考武人洗耳恭聽 太平年關糧餉操弓射箭 離亂時一個個俱要出兵 有親戚和朋友長亭一餞 妻扯夫父抱子大放悲聲 往前看紅旗官提刀獨戰 往後看盔合甲炮頭之聲 接著山靠著水安營下寨 小哥哥掌紅燈獨守在營 五更盡炮聲響埋鍋造飯 二炮響一個個立刻點燈 三炮響跨雕鞍提刀上馬 次日裡打一仗不顧生死 你一槍我一刀捨命相爭 臨陣死有誰人收掩尸靈 候元帥回營中查兵點將 才知道吾營中死了幾名

有親戚和朋友傳書帶信 歸家去說靈牌大放悲聲 論功勞不過是千百把總 怎能夠唐李淵六部公卿 關糧餉也不過三頭五兩 將本身賣與當今朝廷 楊廣父稱我爲皇兄御弟 君不君臣不臣一例混行 勸兒等歸家去務農爲本 懷抱子足底妻價值千金		有朋友合親戚傳書帶信 歸家去設靈牌大放悲聲 論功名不過是幾名把總 怎能夠似李淵六部公卿 官糧餉也不過三頭五兩 將血身典當與當今朝廷 楊廣父稱吾爲皇兄御弟 君不君臣不臣一例橫行 勸爾等歸家去務農爲本 懷抱子足底妻永得安寧
急板 罷罷罷來休休休 蓋國忠良一旦丟 列位不信抬頭看 這是蓋國的忠良下場頭		罷罷罷來休休休 蓋國忠良一旦丟 列位不信抬頭看 蓋國忠良受苦情
小生（小軍） 千歲言來心慘傷 不由來兩淚汪汪 他母子離別山門外 猶如隔了萬重山 不辭千歲我等走了罷 到不如歸家務田莊		卒 千歲言來心慘傷 不由小人淚汪汪 他母子立別山門外 猶如隔了萬道江 不辭千歲吾等走 不如歸家務莊田
生（李淵） 一刻話說散了眾兵將 但不知老母在那廂		生（李淵） 搖板 一席話說散了眾兵將 但不知老母在那廂

　　車本只有「楚曲」的上本而無下本，不過仔細比對《戲考》本，此劇從「楚曲」到車本亂彈到京劇的唱詞幾乎沒多大變動。此劇以李淵爲主，秦瓊上場時已是另一場戲；《戲考》本中的竇夫人並不出現。生扮李淵的戲份非常吃重，一段敘述爲官之苦的唱詞很是精彩，最後的「罷罷罷來休休休」顯示出李淵看淡一切的決心，也正是「以己爲鑑」——像我這樣的蓋國忠良，竟落得官兵追殺的下場，打動了這些兵將們，這些部份京劇都完全沿用。比較特別的是「楚曲」此本，在有些地方標示出所唱之腔調及板式，但仔細比對《戲考》所唱已有變化，可見從「楚曲」本到京劇劇本間，唱詞雖變動不大，但唱曲的板式及皮黃聲腔都還在發展中。

大審玉堂春

　　「楚曲」《大審玉堂春》（111～81），分上下本。車本收有《玉堂春》（8～436），《戲考》亦收《玉堂春》（2～725）。故事敘述蘇三因毒害親夫一案，被屈打成招，解往太原，由八府巡按王金龍與布政、按察二司共同審理。王一見蘇三，不能自持，神情激動、頓時昏厥；問案中，蘇三詳述前情，王金龍聽聞又不能自制，託疾委二司審理。本事依《警世通言》卷二十四《玉堂春落難逢夫》而來。

　　清乾隆間楚調演員李翠官擅演劇目中已有此劇。〔註27〕據《清代伶官傳》：咸豐十一年陳嵩年、汪竹仙曾於內廷演出此劇。《菊部群英》、《京劇二百年之歷史》、《燕塵菊影錄》、《清代伶官傳》、《伶史》、《菊台集秀錄》、《都門紀略》、《菊部春秋第一集》、《劇學月刊》、《戲劇月刊》、《戲劇旬刊》、《十日戲劇》：孫彩珠、章麗秋、王金蘭、鄭秀蘭、時小福、張雲仙、梅巧齡、姚寶香、徐小香、程長庚、譚鑫培、王楞仙、沈寶奎、胡喜祿、余紫雲、傅西園、孫怡雲、胡素仙、董文、吳連奎、李順亭、賈麗川、李成林、王瑤卿、梅蘭芳、程硯秋、荀慧生、尚小雲、王芸芳、高慶奎、譚小培、言菊朋、徐碧雲、譚富英、馬連良、程繼仙、鄭二奎、姜妙香、王幼卿、歐陽予倩、雪豔琴、新豔秋、章遏雲、蔣君稼、小鳳喜、金玉蘭、張文豔、黃桂秋、梁秀娟、葉盛蘭、張君秋、馬富祿均工此戲。是以旦為主的唱工戲，而這些唱詞，在「楚曲」本中已存在：

楚　　　曲	車　王　府	戲　　　考
旦 倒板 　苦啊 　我來到都察院舉目往內觀 　兩旁膾子手膽戰心又驚 　我哭哭一聲宋爺爺 　我叫叫一聲宋爺爺 　我蘇三此一去好有一比 　好比那肉饅頭打狗我是有去無回的了 　蘇三好一似魍魎鬼 　一霎時進了枉死城	旦 　苦啊 西皮搖板 　來至在都察院舉目往內觀 　兩旁的刀斧手嚇的我膽戰心又寒 　我蘇三此一去好有一比 　好比那羊入虎口有去無還	旦 　苦啊 西皮搖板 　來至在都察院舉目觀望 　兩旁的刀斧手嚇的我膽戰心寒 　我此一去好有一比 　好比那羊入虎口有去無還

〔註27〕王俊、方光誠：〈李翠官・米應先・余三勝〉《紀念徽班進京 200 周年振興京劇學術研討會文集》（北京：中國戲劇，1992），頁 214～218。

生	生	生
		搖板
王金龍用目往下觀	王金龍用目觀仔細	本院舉目來觀定
不是蘇三卻是誰	不是蘇三卻是誰	原來是蘇三到來臨
大堂上纔見冤家面		
不由本院淚珠垂		
一口痰迷惑了王金龍	一陣昏來一陣迷	一霎時不由我神昏不定
		慢板
渺渺茫茫又還魂	渺渺茫茫轉回歸	三魂渺渺又還魂
強打精神二堂坐	猛然睜開朦朧眼	朦朧舉目來觀定
又聽二年兄叫一聲	又聽兩傍喊威堂	又聽得眾衙役喧嚷之聲
一張狀紙鋪公案	一張狀紙鋪公案	
王金龍用目仔細觀	王景龍用目仔細觀	
上寫著號天明冤事	上寫著號天鳴冤事	
下寫著綠蟲草莽生	下加綠蟲草木生〔註28〕	
	告狀犯婦蘇三年二十歲	
	原籍直隸大名人	
	不幸父母雙亡故	
	兄嫂賣我作娼門	
	小犯婦不願身為賤	
	一心只想出火坑	
	王八鴇兒圖財禮	
	將我賣與山西嫁沈洪	
	不料家有前妻皮氏女	
	私通姦夫趙監生	
	皮氏用藥毒夫主	
	反誣犯婦送公庭	
	王知縣受贓銀三千兩	
	命衙書吏受了八百銀	
	將我屈打成招了	
	問成死罪下監中	
	今聞巡按來到此	
	一清如水照事明	
	大人要斷冤枉事	
	速拿姦夫趙監生	
	淫婦皮皮氏女于婆子	
	一干人犯有春英	
	拿到堂上當面問	
	生死唧環感大恩	

〔註28〕這裡有一段唱詞，在「楚曲」本中是王金龍的說白。

旦	旦	旦
	倒板西皮	倒板
玉堂春跪在都察院	玉堂春跪至在都察院	玉堂春跪至在都察院
		慢板
玉堂春本是那公子取的名	玉堂春本是王公子起的名	玉堂春本是王公子取名
旦白 保兒買我方七歲	鴇兒買我七歲整	鴇兒買我七歲正
院中住了九個多 十六歲開懷是那王 吏部大堂三舍人	院中住了九個春 十六歲開懷是那王 吏部堂前三舍人	院中住了整九春 十六歲開懷是那王 王公子他本是吏部堂上三世人
	王公子初次進花院 我二人比此動了心	王公子頭次進了院 一見犯婦笑臉生
他與我見面銀子三百兩 嗑一盃清茶就出門 公子二次進花院 隨帶了三萬六千兩雪花銀 院中住了一年正 三萬六千落了空 先打金盃並銀盞 後買玉器與錦屏	初見面留銀三百兩 吃一盃香茶出了院門 王公子二次又進院 帶來了三萬六千銀 在院中來住一年正 三萬六千花無存 先打金盃並銀盞 後買玉器合錦屏	見面銀子三百兩 吃盃香茶就出院門 王公子二次進院門 帶來了三萬六千銀 在院中未過一年正 三萬六千化灰塵 先打金盆和玉盞 後製點花白玉瓶 十錦花園公子造 玉石欄杆雕刻鮮明
忘八保兒生毒意 數九寒天趕出門 公子忿氣出花院 關王廟中去安身	王八保兒生毒計 數九天將公子趕出門 公子忿氣出院去 關王廟中把身存	後來鴇兒起歹意 數九寒天趕出院門 公子出院討了飯 到晚來吏堂上巡鼓更
	賣花的金哥送一信 因此犯婦才知聞	賣花金哥對我講 因此上犯婦才知情
汗巾包銀三百兩 趕到廟中去看情人	汗巾包銀三百兩 去到廟中看情人	隨帶銀子三百兩 關王廟內會一會情人
	公子一見春心動 在周倉腳下續續就情	公子一見懷中抱 周倉爺桌下敘一敘一交情
	公子得銀南京去 陸文坡店內遇了強人 公子埃街討了飯	公子拿銀回家轉 蘆風坡前遇了強人

	他又在吏部堂去巡更	
公子三次進花院	王公子三次進花院	公子三次進了院
拐騙玉器回南京	拐騙了銀兩回轉南京	拐帶銀子出院門
	二六	二六
不想公子運不濟		公子拿銀上京進
羅文坡前遇賊人		
公子沿街討飯去	自從公子回南京	
吏部堂上打過更	二人難捨就日恩	
打發公子南京去		
奴在北樓裝病人		玉堂春南樓裝病人
公子南京不娶妾	公子南京不娶妾	公子倘若不點中
玉堂春院中不接人	玉堂春院內不接人	他不娶來奴不嫁人
		流水板
那日梳頭來洗面	那一日樓上觀花景	那一日梳粧來照鏡
院中來了沈玉平	院中來了沈雁林	樓下來了沈官人
他在北樓誇豪富	誇他豪富沒可比	主僕二人對奴講
更比公子勝十分	滅了公子王景龍	要學公子娶奴身
犯婦出言將他罵	手扶欄杆將他罵	手扶樓門將他罵
怒氣冲冲走出門	罵他言語不受聽	罵的言語實難聽
	沈洪林一怒出院去	主僕二人出了院
	他才定計娶奴的身	
		流水
忘八保兒生巧計		忘八鴇兒巧計生
	媒人得銀三百兩	足賣銀子三百兩
	鴇兒得了一千銀	鴇兒到手一斗金
	在院內未等半年政	
一封假信來樓上	一封假信上樓門	那一日洪桐來報信
他說公子高中了	上寫公子身高中	
中在皇榜第一名	中在皇榜頭一名	公子中了皇榜第八名
關王廟中還香願	關王廟中還香願	關王廟內把香進
誰知一馬調洪同	誰想駙馬到洪同	一馬雙跨到洪桐
洪同住了一年正	洪同縣未住一年政	到洪桐未過一年正
家有皮氏起毒心	家有皮氏起毒心	皮氏大娘起毒心
一碗肉麵遞與我	一碗肉麵遞與我	帶來一碗羊肉麵
犯婦送與沈官人	犯婦送還沈官人	犯婦遞與沈官人
我二人不解其中意	二人不解其中意	官人不解其中意
吃一口來說一聲	吃一口來喊一聲	吃一口來哼一聲
昏昏沉沉倒在地	量量沉沉倒在地	昏昏沉沉倒在地
七孔流血命歸陰	七孔流血命歸陰	七竅流血命歸陰
皮氏一見變了臉	皮氏一見變了臉	皮氏大街高聲罵
反說犯婦害夫君	罵到犯婦害夫君	他說犯婦害死了人

監生趙昂生毒計	喊叫鄉約和地保	驚動鄉鄰和地保
扯扯拉拉到衙門	扯扯拉拉到衙門	扯扯拉拉到官廳
頭一場官司審得好	頭一場官司審得好	頭堂官司審得好
二場官司變了心	這二堂官司變了心	這二堂就變了心
王知縣得了賄銀三千兩	王知縣得了賄銀一千兩	王知縣貪贓一千兩
合衙八百雪花銀	合衙上下八百銀	合衙分了八百銀
		流水板
迎風責打我四十板	堂前責打四十板	上堂來先打四十板
夾棍拶子不容情	無情拶子難受刑	皮鞭打斷數十根
犯婦本待不招認	犯婦本當不招認	犯婦本當不招認
皮鞭打斷數十根	皮鞭打斷數十根	只是無情棒棍難受刑
活拉拉難受五刑拷	活拉拉難受五刑拷	
只得當堂面招承		
在監中住了一年半	在監中住了一年政	在監中住了一年正
併無一人問一聲	並沒一人看奴身	並無一人探奴身
忘八保兒不來看	王八鴇兒不來看	忘八鴇兒不來看
知心人兒也不來	知心人兒不見行	犯婦那有知心的人
他一家骨肉團圓會	王公子倒也多和順	王公子他一家多和順
我同他露水夫妻有什麼情	奴與他露水夫妻有甚麼情	與我露水夫妻有甚麼情
謾說不認得公子面	慢說是認得公子面	怎說認不得王公子
就是燒灰認得真	地府陰曹也認得真	銼骨揚灰我也認得真
		搖板
眼前若得公子見	眼前若有王公子	眼前若有公子在
縱死黃泉也甘心	總死黃泉也甘心	死在九泉我也甘心
生	生	生
		搖板
指著蘇三高聲罵	指著蘇三開言罵	時才堂口把話論
你句句傷在王金龍	句句傷著我王景龍	句句說的是真情
我本待出位來相認	今要出位來相認	本當下位來相認
王法條條不順情	王法條條不容情	王法條條不順情
手摸胸下低頭想	低遭頭來心自想	
把此案交與劉大人	此是交與劉大人	拿我名帖請劉大人過衙
旦	旦	旦
	二六	二六
今日審問未受刑	蘇三今日打朝審	這堂官司未用刑
蘇三這裡放了心	大人恩寬未動刑	玉堂春這裡才放寬心
出得察院回頭看	下大堂與目望上看	出得察院用目睜
		搖板
大人好像公子身	這大人好相王景龍	這大人好似王金龍
既是公子就該認	是公子就該將奴認	是他就該將奴認

是了王法條條不順情	王法條條不順情	王法條條不順情
上前且說幾句風流話	上前說句知心話	走上前說兩句知心話
看他知情不知情	看他知情不知情	看他知情不知情
蘇三好比花中蕊	玉堂春好比花中蕊	玉堂春好比花中蕊
		快板
王公子好比採花蜂	王公子比作採花蜂	王公子好一似採花的蜂
花開茂盛常來採	花開多見王公子	想當初花開多茂盛
花謝那見蜜蜂蟲		飛過來飛過去
		採了奴的小花心
		到如今花開不結正
	到如今不見三郎身	奴也不見三郎的身
		搖板
淚眼汪汪出了都察院	悲泣泣出了都察院	念悲忍淚出察院
看他把我怎樣行	我看他罷我怎樣的行	看他把我怎樣行

車本增加了一大段王金龍的唱詞外，但京劇本並未依循。京劇本對「楚曲」本的少數唱段略有修改，但都只是在「楚曲」本原有的基礎上做「順詞」的工夫。比對「楚曲」──→車本──→京劇，三者間都沒有太多變化，京劇本幾乎是完全沿用「楚曲」的唱詞。

二、因押韻因素而改唱詞的劇作

▲上天臺

長篇「楚曲」《上天臺》（109～187），車本收有《姚剛遊街》（2～370）、《綁子上殿》（2～393），《戲考》收有《上天臺》（2～974）一劇，主要情節是「楚曲」《上天臺》第三場「綁子上殿」。敘述姚剛南征救父回朝，立下大功，但國丈郭榮謂其年幼，不應封高官，後經鄧禹保奏，方得封侯，並打馬遊街。家院因郭榮府前私畫三尺禁地，文武官員過此，須下轎、下馬，故勸其改道。姚剛不肯，吩咐鳴鑼闖道，與郭榮發生爭執，失手打死郭榮。姚期綁子，上殿請罪，劉秀問明原由，乃釋姚剛，使之出鎮宛子城。姚期欲告老辭官，劉秀不許，姚期請劉秀戒酒百日，方肯留朝，劉秀慨然允之。

道光四年《慶昇平班戲目》已有此劇。據《京劇二百年之歷史》、《菊部群英》、《燕塵菊影錄》、《富連成三十年史》、《戲學匯考》：張二奎、王九齡、孫菊仙、譚鑫培、張蕙芳、劉鴻聲、時慧寶、言菊朋、楊樓月、高慶奎、王又宸、羅小寶、譚富英、露蘭春、張雨亭、張雙喜、汪金林、陳鴻喜、尉遲

喜兒、胡盛岩、奚嘯伯、裘盛戎、秦鳳寶、李少春、孫正華、李世霖等均工
此戲。此劇又名《打金磚》。據《都門紀略》、《王泊生侯喜瑞古本《打金磚》》：
王九齡、丁三、譚鑫培、王泊生、侯喜瑞、李小春、譚元壽均工此戲。此劇
又名《男綁子》（但不若郭子儀之《綁子上殿》、《男綁子》有名）、《藍逼宮》、
《二十八宿歸天》。《京劇劇目辭典》云：

> 此為老生戲，以唱工為主，長詞一段最見工力。譚鑫培所唱長詞效
> 法王九齡用「人辰轍」；而劉鴻聲、時慧寶之一派則唱「江陽轍」。

〔註29〕

從「楚曲」本──車本──《戲考》正好觀察此一轍口的轉變：

楚　　曲	車　王　府	戲　　考
綁子上殿	綁子上殿	上天臺
生	生	生 二黃原板
孤離了龍書案皇兄帶定 將手挽待寡人細說分明 可恨那南蠻賊擾亂邊廷 連累了老皇兄遭困番營 好一個小愛卿三子霸林 到番營救父還勦滅賊兵 孤封他平南蠻金殿歡飲 郭太師站一傍心懷不平 因此上他二人結下仇恨 次日裡閙府門兩下相爭 一來是小愛卿年幼情性 二來是郭太師命該歸陰 今早朝郭娘娘哭奏寡人 要孤王將皇侄問罪典刑 孤起旨無道君行事不正 寵妃子斬功臣敗亂朝廷 孤當初走南陽四路逃奔 中途上遇皇兄白水村林 初起首眾皇兄保扶寡人 駕坐在洛陽城把旨傳下 姚不反漢不斬扶保寡人	老皇兄休得要再把本上 為王的下龍位細說端詳 曾記得劉毛賊興兵反上 一心要奪寡人錦繡家邦 老皇兄回朝來把本奏上 你奏道子姚金次子姚銀 不服水土命喪他邦 為王的聽此言心中悲嘆 孤封你父子王位永鎮朝綱 郭太師在一傍把本奏上 他奏道那個父子王位全居 朝堂 小愛卿在金殿聞言衝撞 氣昂昂辭寡人忙下朝堂 那時間你二家把仇記上 為王的時刻間常掛心腸 今早朝郭娘娘把本奏上 郭太師他洪淺一命身亡 為王的未遇時曾把旨降 漢不斬姚姚不反漢永扶朝堂 鬼神莊訪皇兄老母命喪 你二年孝改三刻扶保孤王 昆陽城與岑彭打過數仗	孤離了龍書案把話來講 君臣們站金闕細談衷腸 昔日老王爺龍歸海藏 那時節孤年幼不能承當 那王莽將玉殿自行執掌 將孤王趕出外流落他鄉 甲子年邦王莽曾開科場 眾學子內其中也有孤王 孤一心放冷箭射死王莽 又誰知那一箭不曾代傷 那王莽中了那岑彭貌相 科場內怒走了馬武子章 城牆上提反詩險把命喪 孤與那鄧先生到的寶莊 鬼神莊與皇鄉住了一鄉 老皇兄曾言道上有高堂 老伯母窗瑩外偷聽話講 行至在廚房下自縊懸樑 老皇兄要守孝三年制喪 天下人俱掛孝方稱心腸 六月天雲時間曾把雪降 老皇兄三年孝改三月三

孤念你老伯母懸樑自盡	收二十單八將龍鳳呈祥	孝改三日三日孝改三時
三年孝改三月扶保寡人	雲台觀拿捉了王莽命喪	三年三月三日三時三刻不
孤念你有三子兩子喪命	眾英不保孤王駕坐洛陽	滿扶保孤王
孤今日將皇侄問罪典刑	孤念你虎頭關把賊兵來擋	孤念你開國臣曾把江闖
豈不是絕了你姚門後根	孤念你征南蠻受盡風霜	孤念你秉忠心扶保家邦
這都是老皇兄家門不幸	孤念你四路裡把煙塵掃蕩	孤念你一鎗東征西討
生烈子連累你常掛憂心	孤念你下蘇觀滅了紀王	孤念你每年間東擋西除
孤念你保寡人社稷重整	孤念你老伯母玄樑命喪	馬不停蹄血戰疆場
孤念你保寡人四路掃平	孤念你東擋西除南征北討	到如今你還是扶保孤王
孤念你征南蠻戰場遭困	耳聾眼花年邁蒼蒼馬不停蹄	孤念你三個子把兩子來喪
孤念你兩鬢霜白髮似銀	忙	孤念你只剩下一子姚剛
孤念你保寡人東蕩西除	孤念你為江山不離馬上	孤念你兩鬢蒼蒼如霜降
南征北勦	孤念你所只有小小姚剛	孤念你風前燈瓦上之霜
殺得晝夜馬不停蹄	劍劈了郭太師禍從天降	後宮院孤賜你玉宴瓊漿
到如今	郭娘娘求寡人即殺姚剛	王戒酒你陪酒又待何妨
耳聾眼花還是忠心耿耿	老皇兄降愁眉但把心放	君臣們站金闕細說相讓
孤念你是一個開國元勳	總有那千金擔寡人成當	叫一聲姚皇兄姚子況
勸皇兄休得要告老歸林	老皇兄進宮去頂荊倍罪	伴駕王孤的愛卿
勸皇兄放寬心扶伴寡人	把好言奏上	
勸皇兄進西宮去把罪請	寡人戒酒百日	
勸皇兄你休要臉帶淚痕	不聽纔言起害你開國忠	
此一番隨寡人同進宮廷	內侍臣擺御駕把西宮前往	
你須要願娘娘福壽康寧	老皇兄你那裡一步步一步步	你那裡放寬心大著膽
孤戒酒不聽他花言巧語	隨孤人進朝陽	
害你開國功臣		一步一步隨定了孤王
孤是個有道君心如明鏡		
你要隨定了寡人		

　　基本情緒的表達方式，先是國君放下身段，「孤離了龍書案」，靠近——
敘功——憶昔——憐念——安撫的表達方式都沒有改變。「楚曲」本的唱詞、
情緒表達都極為飽滿，但車本及京劇本卻沒有沿用。仔細考察，這一段「君
臣細談衷腸」唱詞變化較大的原因，可能正是因為前述唱「江陽轍」及「人
辰轍」的關係。車本與《戲考》本都是唱「江陽轍」，但「楚曲」本卻是「人
辰轍」，所以即使「楚曲」的情緒表達極為完整且飽滿，唱詞文彩亦佳，但《戲
考》本卻沒有沿用。而由於「楚曲」祖本的唱詞無法完全依循，所以造成車
本的唱詞還在摸索變化之中，《戲考》本則參照二者，努力地創造一個較好的
版本。今日可見言菊朋的唱段是唱「人辰轍」，與「楚曲」相對照，便可發現
沿用的「楚曲」之處頗多：〔註30〕

<hr />

〔註30〕梅花館主鄭子褒所編：《大戲考》，收錄的是言菊朋在唱片中的唱詞，其後言

楚　　曲	言　菊　朋　唱　段
孤離了龍書案皇兄帶定	孤離了龍書案皇兄帶定
將手挽待寡人細說分明	爲王的傳口詔細聽分明
可恨那南蠻賊擾亂邊廷	
連累了老皇兄遭困番營	
好一個小愛卿三子霸林	
到番營救父還勦滅賊兵	
孤封他平南蠻金殿歡飲	小愛卿與太師結下仇恨
郭太師站一傍心懷不平	
因此上他二人結下仇恨	
次日裡闖府門兩下相爭	不該把太師爺劍劈府門
一來是小愛卿年幼情性	
二來是郭太師命該歸陰	
今早朝郭娘娘哭奏寡人	
要孤王將皇侄問罪典刑	
孤起旨無道君行事不正	因此上發湖北滅他的情性
寵妃子斬功臣敗亂朝廷	候娘娘氣平時赦他回京
孤當初走南陽四路逃奔	
中途上遇皇兄白水村林	
初起首眾皇兄保扶寡人	
駕坐在洛陽城把旨傳下	孤登基也曾把免死贈王
姚不反漢不斬扶保寡人	姚不反漢漢不斬姚凌煙閣標名
孤念你老伯母懸樑自盡	孤念你老伯母懸樑自盡
三年孝改三月扶保寡人	孤念你教三年改三月孝三月改三日孝三日
	改三時教三時改三刻孝三刻改三分三年三
	月三日三時三刻三分永不戴孝保定寡人
	孤念三子把二子喪命
孤念你有三子兩子喪命	孤念你只落得一子霸林
孤今日將皇侄問罪典刑	
豈不是絕了你姚門後根	
這都是老皇兄家門不幸	
生烈子連累你常掛憂心	
孤念你保寡人社稷重整	
孤念你保寡人四路掃平	
孤念你征南蠻戰場遭困	孤念你幼年間東蕩西除
孤念你兩鬢霜白髮似銀	

興朋亦依此唱段。收在《平劇史料叢刊》（台北：傳記文學，1974）第十二種，
頁 30～31。

孤念你保寡人東蕩西除	南征北戰
南征北勦	晝夜沙場馬不停蹄
殺得晝夜馬不停蹄	到如今
到如今	二目昏花兩鬢蒼蒼卿還是忠心耿耿
耳聾眼花還是忠心耿耿	孤念你是個開國的老臣
孤念你是一個開國元勳	
勸皇兄休得要告老歸林	
勸皇兄放寬心扶伴寡人	
勸皇兄進西宮去把罪請	
勸皇兄你休要臉帶淚痕	此一番進宮去頂荊陪罪
此一番隨寡人同進宮廷	你把那好言奉敬
你須要願娘娘福壽康寧	郭娘娘降下罪有孤擔承
	適才間卿的本寡人已准
	寡人戒酒我不聽讒語
孤戒酒不聽他花言巧語	豈斬我那開國的老臣
害你開國功臣	孤是個有道的明君
孤是個有道君心如明鏡	君臣們好一比那骨肉情分
	我叫一聲姚皇兄姚次況伴駕王孤的愛卿
	你那裡休流淚免悲聲
你要隨定了寡人	放大膽一步一步隨定了寡人

這個本子除了刪減「楚曲」本唱詞，並在「三年孝改三月……」的部份加以強調外，與「楚曲」本有高度相似之處。車本與《戲考》本除了這一段唱詞之外，大多還是依「楚曲」本變化而來，三者之間的唱詞變動不大，且有跡可尋。（詳見附錄三）特別是《戲考》本的有些部份並不依車本，而與「楚曲」本唱詞相同。但有些又依車本。故「楚曲」《上天臺》應該是京劇《上天臺》的祖本無疑。

三、因唱詞冗長而略作刪減的劇作

▲李密降唐

「楚曲」《李密降唐》（1782～662）分四回，分別為〈秦王打圍〉、〈拾箭降唐〉、〈招宮殺宮〉、〈雙帶箭〉，《孤本元明雜劇》中有無名氏《四馬投唐》一劇，與此故事僅一小部份情節相同。車本亂彈收有《斷蜜澗》（5～199），《戲考》本有《雙投唐》，又名《雙帶箭》、《斷密澗》（1～603）。故事敘李密掌瓦崗大權，漸失人心，徐勣、魏徵等皆棄之而去，僅王伯黨跟隨。伯黨勸李密

降唐，二人直奔長安，途遇李世民。李淵以姪女獨孤宮主妻李密，然密心生不軌，欲謀反。伯黨爲保護李密，只得同逃。李世民引兵追之，並勸伯黨降，伯黨護衛李密　二人雙雙被亂箭射死。

　　此爲生、淨唱工戲。道光四年《慶昇平班戲目》已有此劇，道光二十五年刊本《都門紀略》已載夏花臉、萍印軒工此劇。據《燕塵菊影錄》、《京劇二百年之歷史》、《清代伶官傳》、《昇平署外學目錄》、《菊台集秀錄》、《都門紀略》、《十日戲劇》等載：劉永春、郎德山、汪桂芬、金秀山、錢雙蓮、鄭惠芳、陳鴻喜、張雙喜、龍長勝、雙克庭、陳大嗓、裘桂仙、孫菊仙、穆鳳山、劉壽峰、德建棠、馬俊卿、周鳳山、侯彩雲、貫大元、貫盛習、金少山、胡大魁、郭三元、升兒、方三、黃潤甫、梅榮齊等均工此戲。

　　王伯黨的當機立斷，勸李密散瓦崗、投奔唐朝；以及一片忠心，最後護主陪死的性格，在「楚曲」本中已是層次分明。李密對權位眷戀不捨的心態反應，正是後來酒後吐露心聲，殺死河陽宮主的主因。（詳見附錄四）由於劇作相當長，唱段也很多，爲集中花臉（李密）及老生（王伯黨）的性格塑造，相對的秦王的戲份在京劇本中明顯的被刪減，其他人的唱詞也多有刪削，特別是在第四回的部份：

楚　　曲	車　王　府	戲　　考
雙帶箭	**四出**	**雙投唐**
淨 君臣逃出天羅網 　猶如天龍歸長江	淨 　雙手撤開生死路	淨 搖板 　將身逃出天羅網
生 　雙手別開生死路 翻身跳出是非門	生 　翻身跳出是非門	生 　翻身跳出是非牆
暫時強把寬心放 停鞭勒馬問端詳	暫時且把寬心放 勒馬停鞭問端詳	淨 元板 　這時候孤才把寬心放 　王賢弟你何必面帶愁腸
你殺宮主因何故 忘恩負義爲哪廂	你害公宮主因何故 殺死宮娥爲那椿	老生 元板 　你殺公主因何故 　忘恩無義爲的是那莊

淨	淨	淨
老弟有所不知詳	賢弟不知這其詳	元板
	細聽孤王說端詳	
昨夜宮中飲瓊漿	昨夜宮中飲瓊漿	昨夜裡在宮中飲瓊漿
		快板
夫妻對面說衷腸	夫妻們對面說衷腸	夫妻們對坐敘敘家常
提起瓦崗威風壯	提起瓦崗威風澟	
稱孤道寡四海揚	稱孤道寡四海揚	
一時酒醉心妄想	一時酒醉心妄想	也是我酒醉心妄想
思想謀位佔龍床	思想謀位佔龍床	一心只想坐帝皇
孤把好言對他講	孤把好言對他講	我把那好言對他講
誰知賤婦發顛狂	誰知賤婢發顛狂	誰知賤人發顛狂
嫁夫就該隨夫往	嫁夫就該隨夫往	
反罵孤家是奸黨	辱罵孤王禮不當	男兒漢豈容他婦人講
大丈夫豈受婦人謗	丈夫怎比婦人樣	因此上拔劍我就斬河陽
因此拔劍斬河陽	因此拔劍斬河陽	
生	**生**	**生**
		快板
聽罷怒沖三千丈	聞言怒氣三千丈	聞言怒發三千丈
太陽頂上出火光	太陽頭上冒火光	太陽頭上冒火光
做事全然不思想	作事全然不思想	
擔起瓦崗惱人腸	擔起瓦崗惱人腸	
有功不賞仁義將	有功不賞文武將	
不會為王散瓦崗	因此眾人散瓦崗	
可惜三十九員將	可惜三十九員將	可嘆三十六員將
東逃西散各一方	東逃西散各一方	東逃西奔各一方
單單只留王伯黨	單單只有王伯黨	單單剩下了王伯黨
一臣豈扶二君王	一臣豈扶二君王	
鞍前馬後跟你往	鞍前馬後隨你往	
大膽保你來降唐	大膽保你來降唐	大膽保你來降唐
唐王父子龍恩降	唐王父子龍心降	唐皇待你恩德好
他比堯舜分外強	他比堯舜分外強	
南牢一事他不講	南牢之事全不講	
又把宮主配鸞房	又將公主作妻房	又將公主招東床
東床駙馬無福享	東床駙馬無福享	東床駙馬多安享
一心只想為帝王	一心只想坐帝王	一心謀位坐帝皇
河陽宮主劍下喪	河陽宮主劍下喪	
宮娥彩女盡遭殃	宮娥彩女盡遭殃	
謀位篡位心妄想	謀朝篡位心妄想	謀朝篡位心枉想
你是人面獸心腸	你是人面獸心腸	順者昌來逆者亡

淨	淨	淨
		快板
賢弟錯把話來講	賢弟錯把話來講	賢弟把話錯來講
孤王謀位也無妨	孤王謀位也無妨	有
錯事且從錯路走	錯事且從錯處講	
細聽孤王說比方	細聽孤王說比方	輩古人聽端詳
昔日韓信謀王位	昔日韓信謀主位	昔日韓信謀家邦
生	**生**	**生**
未央宮中刀下亡	未央宮內劍下亡	未央宮中一命亡
淨	**淨**	**淨**
酒毒平帝是王莽	酒毒平帝是王莽	王莽也曾篡了位
生	**生**	**生**
千刀萬剮沒下場	千刀萬剮無下場	千刀萬剮無下場
淨	**淨**	**淨**
曹丕逼主把位讓	曹丕逼主把位讓	曹丕也曾把中原掌
生	**生**	**生**
留下罵名天下揚	留得罵名天下揚	留下罵名萬古揚
淨	**淨**	
劉裕謀位小河北	劉相謀位小洞社	
生	**生**	
臣篡君位不久長	臣謀君位不久長	
淨	**淨**	**淨**
李淵也是謀主位	李淵也是臣謀主	李淵也曾掌大唐
生	**生**	**生**
他本是眞主下天堂	他本是眞主下天堂	他本是眞龍下天堂
淨	**淨**	**淨**
說什麼眞主下天堂	說什麼眞主下天堂	說什麼眞龍下天堂
孤王看來也平常	孤王看來也平常	孤王看來也平常
勝者爲王敗者賊	勝者王侯敗者喪	
怎奈天下順他邦	怎奈天心順他邦	
	孤王投唐無機奈	
	豈肯屈膝把他降	
此去借得兵和將	此番若得眞外將	此番借得兵和將
統領人馬反大唐	統領人馬反大唐	統領人馬反大唐
若得江山歸我掌	江山若得歸孤掌	大唐江山我執掌
孤封你一字並肩王	封你一字並肩王	封你一字並肩王

生	生	生
說什麼一字並肩王 氣得王勇無主張 這才是人心不足蛇吞象 你好比黃雀與螳螂 你好比螢火空中亮 你好比小星對月光 唐王洪福從天降 一統山河掌帝邦 大王縱有千員將 白雪怎能見太陽 天心已順眞命主 豈不順天者存逆天亡	說什麼一字並肩王 氣得王勇無主張 這纔是人心不足蛇吞象 你好比黃雀與螳螂 你好比螢火空中亮 你好比細星對月光 大王總有千員將 白雪怎能見太陽 天心已順眞命主 豈不聞順天者存來逆天亡	說什麼一字並肩王 羞得豪傑臉無光 你好比人心不足蛇吞象 你好比困龍思想上天堂 手摸胸膛想一想 你是人面獸心腸
淨	淨	淨
賢弟出言少思量 藐視孤王是平常 你我不必閑談講 君臣一路好商量 李密打馬向前往	賢弟出言少思量 藐視孤王無下場 你我不必閑談講 君臣慢慢好商量 李密打馬向前往	昔日有個關二王 千裡路上保皇娘 弟兄古城把話講 也曾撇刀斬蔡陽 李蜜打馬往前闖
生	生	老生
好一似樊噲保劉邦	好一似樊噲保劉邦	王伯黨錯保了無義王
小生	生	
旌旗對對空中蕩 槍刀劍戟似秋霜 大王馬上傳將令 大小兒郎聽端詳 可恨李密殺河陽 忘恩負義反逞強 河陽公主劍下亡 彩女宮娥盡戮亡 王勇本是忠良將 千萬不可把他傷 有人生擒王伯黨 功勞簿上寫幾行 有人傷了王伯黨 準備人頭把命償 大隊人馬向前往 休要走了西魏王	旌旗對對空中蕩 槍刀劍戟似秋霜 大王馬上傳將令 大小兒郎聽端詳 有人生擒王伯黨 三軍與孤向前往 休要放走西魏王	

淨 　青山綠山百花香 　古道崎嶇擺戰場	淨 　青山綠山百花香	
	生 　古道崎嶇擺戰場	
	淨 　閑花野草無心賞	
生 　閑花野草無心賞 　有意觀山馬蹄忙	生 　有意觀花馬蹄忙	
淨 　耳旁聽得人馬嚷 　想是賊兵下山崗 　李密勒馬抬頭望 　啊！ 　唐兵旗號空中揚 　人馬紛紛隨後趕 　好叫孤家著了忙	淨 　耳旁聽得人馬嚷 　想是賊兵下山崗 　停鞭勒馬回頭望 　不由孤王著了忙	淨 搖板 　耳旁聽得人馬嚷 　賢弟快快作商量
生 　不必慌來不必忙 　自有王勇作主張 　唐兵縱有千員將 　王勇一人前去擋 　我主打馬上前往 　停鞭勒馬且收繮	生 　不必慌來不必忙 　自有伯黨作主張 　唐兵總有千員將 　王勇一人前去擋 　大王打馬向前往 　停鞭勒馬站路傍	生 　休要慌來休要忙 　自有王勇作主張 　大王打馬松林闖 　單人祈騎登唐王
倒板 　勒馬停蹄在路旁 　馬上哀告小秦王 　李密做事實難講 　他是狼心狗肺腸 　欺天藐法罪難當 　連累王勇臉無光 　三十六計走為上 　因此夜逃出宮墻 　望千歲開籠把雀放 　釋了我主僕往他鄉	 　勒馬停蹄在路旁 　馬上哀告小秦王 　李密做事實難講 　他本是人面獸心腸 　欺天岡法罪難當 　連累王勇臉無光 　三十六計走為上 　因此夜逃出宮墻 　望千歲開恩將臣放 　釋放我主僕轉回鄉	快板 　勒馬停蹄把話講 　馬上哀告小秦王 　李蜜做事太莽撞 　連累王勇臉無光 　三十六計走為上 　連夜逃出是非墻 　千歲今日將臣放 　縱死黃泉永不忘

小生	小生	小生 快板
皇兄說話未思量 且聽小王說比方 昔日有個韓信將 追逼項羽死烏江 去邪歸正扶眞主 登台拜將把兵掌 官封極品三齊王 你本是堂堂忠良將 他是草寇亂一方 要扶當扶眞命主 青史標名萬古揚 皇兄隨孤回朝去 父王見罪孤擔當	皇兄說話欠思量 細聽小王說比方 昔日有個韓信將 追逼項羽死烏江 棄暗投明扶眞主 登台拜帥把名揚 官封極品三齊王 你本是堂堂一虎將 他乃草寇亂一方 要保就保眞命主 青史標名萬古揚	王兄把話錯來講 小王言來聽端詳 你今日隨我回朝轉 父皇降罪我擔當
生	生	老生 搖板
千歲愛將眞愛將 忠臣豈扶二君王 背主求榮就該喪 猶恐後來道短長 千歲把我主僕放 結草啣環恩不忘	千歲愛將眞愛將 忠臣豈扶二君王 背主求榮就該喪 猶恐後來道短長 千歲把我主僕放 結草啣環恩不忘	千歲愛將眞愛將 一臣不保二君王 千歲若思將臣放 戰死沙場我也不歸降
小生 皇兄不服人抬舉 上陣與你對刀槍 生擒活捉解京往 一世英雄無下場	小生 皇兄休要直心腸 小王言來聽端詳 生擒活捉解京往 一世英名無下場	
生 千歲錯把話來講 王勇本是鐵心腸 既不開恩把臣放 罷 情甘戰死在沙場	生 千歲錯把話來講 王勇本是鐵心腸 既不開恩把臣放 情願戰死在沙場	
小生 好言相勸你不降 古道崎嶇擺戰場 馬段殷劉四員將 生擒活捉解京邦	小生 好言相勸他不降 古道崎嶇擺戰場 馬段殷劉四員將 生擒活捉解帝邦	

好個英雄王伯黨 賽過三國漢雲長 但願你退走兵和將 勝似五關斬蔡陽 昔日劉備走當陽 長阪坡前擺戰場 王勇好比子龍將 單人獨馬逞豪強 重重圍困了王伯黨		
生 　殺得王勇面無光 　馬段殷劉四員將 　一個勇來一個強 　耳旁聽得人馬嚷 　口口聲聲擒末將 　瓦罐不離傷損破 　大將難免陣上亡 　捨死忘生打一仗 　只願死來不願降		
小生 　人馬紛紛出戰場 　追趕奸賊西魏王 　生擒活捉休輕放 　千刀萬剮刺心腸		
淨、生 　王勇單人殺戰場 　不知生死與存亡		
淨 　耳旁聽得刀槍響 呀 　重重圍住西魏王 　三軍個個是猛將 　殺得李密實難當 　拼命殺出天羅網 　猶如鐵壁和鋼牆 　李密正在為難處 　來了保駕王伯黨		淨 搖板 　馬段殷劉四員將 　一個勇來一個強

生 　主公被圍甚急忙 　好似猛虎落平洋 　王勇保駕殺出去 　讓者生來擋者亡		
淨 　禍福無門人自想	淨 　禍福無門人自想	
生 　誰叫你起心謀龍床	生 　誰叫你起心謀龍床	
淨 　耳旁聽得弓箭響	淨 　耳旁聽得弓箭響	
生 　王勇抬頭四下觀		
淨 　唐兵暗放雕翎箭		
生 　事到頭來空下場	生 　讓者生來擋者亡	
淨 　君臣入了天羅網		淨 　李蜜入了天羅網
生 　亂箭射來似雪霜		老生 　來了王勇救大王
淨 　龐涓走入馬陵道 　無處走來無處藏 　罷 　落密澗下該我喪 　寶劍自刎一命亡		
生 　主公帶箭一命亡 　三魂渺渺上天堂 　罷 　腰間拔出青龍劍 　忠臣保主萬古揚		

京劇幾乎完全沿用「楚曲」唱詞，不過在截取「楚曲」本唱詞時，京劇本除了減少拖沓外，也把戲份完全集中在李密與王伯黨身上；小生扮的李世民只有少少的唱詞，性格並不明顯。

▲楊四郎探母

　　「楚曲」《楊四郎探母》（110～301），共四回：〈嘆母擬猜〉、〈盜令出關〉、〈回營見母〉、〈相會回營〉。車本亂彈收有《四郎探母》（6～39），《戲考》收有《四郎探母》（1～179）。此劇又名《四盤山》、《探母回令》、《北天門》，《四郎探母》情節，《楊家將》小說不載。清宮中大戲《昭代簫韶》也未見此一情節。據齊如山《京劇之變遷》一書載，清道光、咸豐年間，名鬚生張二奎據全部《雁門關》八郎探母事改編爲此劇，當時四喜班《雁門關》極叫座，張二奎在別班亦排之，恐人謂其偷演，乃另起爐灶編爲《四郎探母》。〔註31〕此說尚有商榷餘地，因爲「楚曲」已有此劇作，且故事情節、唱詞、內容安排，都與今日京劇劇本相去不遠。另《戲場閒話》載：「《探母》發源於梆子班。後來徽班人看著火熾，才改唱二簧」，〔註32〕此一說法亦有待證實。因爲做爲京劇的前身劇種「楚曲」中出現此一完整故事，不遲於嘉慶末。梆子戲中雖也有《楊四郎探母》（279～527）一劇，不過今日可見是同治四年的刊本，且已註明爲「新刻二黃調」，〔註33〕較之余三勝、張二奎的年代晚了許多，梆子劇作的《四郎探母》是從唱紅的徽班漢調，或是京劇再學習回去的情況是大有可能。道光四年「慶昇平班劇目」已有《四郎探母》一劇。咸豐年間，此劇已在內廷搬演。〔註34〕

　　此劇「楚曲」與《戲考》收錄的情節部份略有出入，但《戲考大全》中所收較爲完整：

楚曲回目	楚　　曲	戲考大全
第一回〈嘆母擬猜〉	○　坐宮	○　坐宮

〔註31〕 齊如山：《京劇之變遷》：「張二奎由《雁門關》裡頭摘出一段，另編了一齣《探母回令》。《雁門關》中探母的是八郎，此是四郎；《雁門關》中四郎的夫人是碧蓮公主，至於鐵鏡公主乃是韓昌的夫人，此乃將鐵鏡公主移作四郎的夫人。聽人說，因爲當時『四喜班』《雁門關》叫座，所以張二奎在別班也來排演此戲，又恐人說偷演，於是另起爐冊，編一齣《探母》，故意把鐵鏡與碧蓮弄錯，以免別人說閒話等語。舊時傳說如此，不知果確否？早年北京各腳都說是《探母》一戲，因他想著趕緊排出，所以詞白太粗，其實穿插場子也算很好」。收在《齊如山全集》（台北：聯經，1979）第二冊，頁29，總頁869。
〔註32〕 未見原書，引自北京市藝術研究所、上海藝術研究所組織編著：《中國京劇史》（北京：中國戲劇，1999），頁155。
〔註33〕 《俗文學叢刊》冊279，頁599。
〔註34〕 丁汝芹：《清代內廷演戲史話》（北京：紫禁城，1999），頁64。

第二回〈盜令出關〉	○ 出關	○ 盜令 ○ 出關
第三回〈回營見母〉	○ 巡營 ○ 回營見娘	○ 巡營 ○ 回營見娘
第四回〈相會回營〉	○ 夫妻相會	○ 夫妻相會
		○ 回令

　　一般演出多以單演《探母》為主，有時也帶演《回令》。不過「楚曲」《楊四郎探母》中，並沒有《回令》這個部份。這齣戲非常符合西方古典戲劇三一律的要求。故事集中在一個晚上發生的事，但是前後延伸的時間是十五年。楊四郎十五年的難言之隱，在一夕之間爆發出來，與鐵鏡公主十五年的夫妻之情，在兩國敵對的複雜情緒之中，產生了衝突與矛盾。由於四郎對十五年前金沙灘會戰以後的種種事情發展雖不是完全瞭若指掌，但最少知之甚詳；然而楊家對失蹤的四郎卻一無所知，不知是生是死，牽絆甚多。所以當楊四郎得知母親佘太君隨大軍北來的消息後，促使他不得不對鐵鏡公主說出隱瞞自己身世十五年的真象，因為這是他在此種情況下唯一能拜見母親的最好機會，也就是本劇「四郎探母」的動力所在。

　　據《舊劇叢談》、《燕台花史》、《情天外史》、《菊部群英》、《菊台集秀錄》、《都門紀略》、《燕塵菊影錄》、《京劇之變遷》、《戲劇月刊》、《十日戲劇》：余三勝、潘法林、薛印軒、曹松齡、楊玉、田福兒、王安仔、小耗子、德升、周三、孫小六、孫菊仙、胡喜祿、楊月樓、許蔭棠、吳連魁、劉聲鴻、王鳳卿、郭仲衡、余勝蓀、朱天祥、劉榮升、羅小寶、楊寶森、王少樓、李桂芬、金鳳雲、王福寶、孟小冬、羅巧福、葉忠興、陳德霖、胖寶琴、王雲芳、譚鑫培、張天元、鄭秀蘭、梅巧玲、石雙貴、時德保、張敬福、余紫雲、汪桂芬、陶貴喜、郭三元、姜妙香、錢雙蓮、孫雙玉、孫彩珠、劉全奎、尉遲喜兒、章麗秋、夏鴻福、王金蘭、鄭慧芳、吳寶奎、吳佩芳、孫怡雲、吳彩霞、陳瑞麟、吳順林、高慶奎、余叔岩、楊寶忠、言菊朋、謝寶雲、王瑤卿、梅蘭芳、程硯秋、尚小雲、趙芝香、玉琴儂、林樹森、新豔秋、芙蓉草、周信芳、俞振飛、李光霖、高百歲、孫瑤芳、章遏雲、奚嘯伯、于蓮仙、譚富英、李少春、王又宸、馬芷芬、陳少霖、馬連良、李世芳等均工此戲。從擅演此劇的人數看來，這是一齣流傳廣遠，且極易表現特色的劇作。

　　《坐宮》的部份是標準的生旦對手戲：

楚　　曲	車　王　府	戲　　考
嘆母擬猜	四郎探母	坐宮
生（楊四郎） 引	生（楊四郎） 引	生（楊四郎） 引
金井鎖梧桐 　常嘆空隨幾陣風	被困幽州思老母 　常掛心頭	被困幽州思老母 　常掛心頭
	楊延輝坐宮院自嗟自嘆 想起了年邁母不勝慘然 娘在南思姣兒不能見面 那知道兒在此終日淚漣	楊延輝坐宮院自思自嘆 思想起高堂母好不慘然
俺好比籠中鳥有翅難展 俺好比淺水龍久困沙灘 俺好比空中雁失群飛散 俺好比井底蛙難把身翻	我好比天邊月被雲遮掩 我好比淺水龍久困沙灘 我好比南來雁失群拆散 我好比渾水魚漂流北番 我好比籠中鳥有翅難展 我好比井底蛙難把身翻 我好比紙風箏斷了絲線 我好比長江水一去不還	我好比中秋月烏雲遮攔 我好比井底蛙難把身翻 我好比籠中鳥有翅難飛 我好比淺水龍久困沙灘
想當初沙灘會遼宋大戰 只殺得宋營中悲哀慘然 只殺得楊家將東逃西散 只殺得眾兒郎滾下雕鞍	想當初沙灘會與宋大戰 只殺得宋營中悲哀慘然 只殺得楊家將東逃西散 只殺得眾兒郎滾下雕鞍 只殺得戰場上愁雲暗淡 只殺得血成河屍骨如山	想當年沙灘會一場血戰 只殺得我楊家好不慘然 只殺得楊家將東逃西散 只殺得我楊家屍骨堆山
俺被擄改名姓方解死難 困番邦十五載不得回還 蕭天佐擺大陣兩國會戰 我母親佘太君隨征到番	俺被擒改名姓方解危難 困番邦十五載不得回還 蕭天佐擺惡陣兩國會戰 老娘親隨大兵也到北番 我本待宋營中去把母探 怎奈是住番邦如臨深淵	我被擒改名姓方脫此難 配良緣招附馬一十五年 蕭天佐擺天門兩國交戰 老娘親押糧草來到北番 我有心過營去見母一面 怎奈我身在番不得回還
思老母不由人肝腸痛斷 想老母終日裡珠淚不乾	思老母不由人肝腸痛斷 想老母晝夜裡淚珠不乾	想老娘想得兒肝腸痛斷 哭老母哭得兒淚灑在胸前 想老娘思得兒茶飯難咽 想老娘想得兒晝夜不眠
九龍峪至幽都相隔不遠 看起來如隔了萬重關山 眼睜睜母子們不能相見 要相逢除非是夢裡團圓	九龍峪至幽都相隔不遠 看起來阻隔在一山一關 眼睜睜母子們不能相見 哎啊我的娘吓 要相逢除非是夢裡團圓	九龍谷離宋營相隔不遠 看起來好一似萬重高山 哭一聲高堂母難得相見 兒的老娘吓 要相逢除非是夢裡團圓

旦（鐵鏡公主） 芍藥開牡丹放花紅一片 豔陽天春光好百鳥聲喧 奴本當隨夫主同去逍遣 怎奈他終日裡愁鎖眉尖 莫不是我母親早晚輕慢 莫不是夫妻們冷淡未歡 莫不是思遊玩秦樓楚館 莫不是抱琵琶欲向別彈 這不是那不是是何意見	旦（鐵鏡公主） 芍藥開牡丹放花紅一片 豔陽天春光好百鳥聲喧 奴本當隨夫主同去遊玩 怎奈他終日裡面代愁顏 莫不是我母親早晚輕慢 莫不是夫妻們冷淡未歡 莫不是思遊玩秦樓楚館 莫不是抱琵琶歌曲人彈 這不是那不是是何意見 莫不是思骨肉意馬心猿	旦（鐵鏡公主） 芍藥開牡丹放花紅一片 豔陽天春光好百鳥聲喧 我本當與駙馬同去遊玩 怎奈他這幾日愁鎖眉尖 夫妻們打坐在皇宮內院 猜一猜駙馬爺袖內機關 莫不是夫妻們魚水少歡 莫不是喜愛那秦樓楚館 莫不是抱琵琶另向別彈 這不是那不是是何意見 莫不是思故土意馬心猿
生（楊四郎） 賢公主雖女流智謀廣遠 猜破俺肺腑情袖裡機關 俺本當道真姓求他宛轉 還須要緊閉口慢吐真言 我住南來你住番 千里姻緣一線牽 公主對天盟誓願 本宮方可露真言	生（楊四郎） 賢公主雖女流智謀廣遠 猜破了俺肺腑袖裡機關 我本當道真姓求他宛轉 還須要謹閉口慢吐真言 我住南來你住番 千里姻緣一線牽 公主對天盟誓願 本宮方肯此真言	生（楊四郎） 賢公主雖女流智謀廣遠 猜破了楊延光腹內機關 我本當上前去求他宛轉 必須要緊閉口慢露真言 我住南來你住番 千里姻緣一線牽 公主對天盟誓願 本宮方可露真言
旦（鐵鏡公主） 番邦女跪塵埃禱告上天 我夫妻南北生千里姻緣 奴若是走漏他機關一線 三尺綾懸樑死不得周全	旦（鐵鏡公主） 番邦女跪塵埃祝告上天 我夫妻南北生千里姻緣 我若是走漏他風聲半點 三尺綾懸樑死屍骨不全	旦（鐵鏡公主） 鐵鏡女跪至在皇宮內院 尊一聲過往神細聽奴言 我若是走漏了消息半點 七尺軀懸高樑屍骨不全
生（楊四郎） 見公主發罷了紅誓大願 楊延輝展愁眉略把心寬 通真名表真性求他宛轉 方好到宋營中見過慈顏 未曾言撲簌簌淚流滿面 賢公主細聽我表敘家園 我父親楊繼業官高爵顯 我母親佘太君所生七男 都只為宋王爺五台還願	生（楊四郎） 見公主發罷了洪誓大願 楊延輝展愁眉才把心寬 通名姓表真言求他宛轉 方好到宋營中見過慈顏 未開言撲簌簌淚流滿面 賢公主細聽我表敘家園 我父親老令公官高爵顯 我的母佘太君所生我弟兄七男 都只為宋王爺五台還願	生（楊四郎） 一見公主盟誓願 本宮才把心放寬 二次向前把禮見 夫妻對坐表家園 未開言不由人淚流滿面 賢公主細聽我表一表家園 家住在山後磁州小縣 在火塘寨上有我的家園 我的父老令公官高爵顯 我的母佘太君所生我弟兄七男 都只為宋王爺五台還願

潘仁美誆太宗駕臨北番 你父親設下了雙龍延宴 我弟兄七員將赴會沙灘 我大哥替宋王身遭厄難 你父親袖箭下命喪黃泉 只殺得楊家將東逃西散 只殺得血成河屍骨如山 我本是楊四郎名姓改換 楊延輝更木易匹配良緣	潘仁美誆宋君駕至北番 你的父設下了雙龍筵宴 我弟兄七員將赴會沙灘 我大哥替宋王把忠盡獻 我二哥短劍下命染黃泉 我三哥被馬踏屍骨不見 你父親遭袖箭命喪沙灘 只殺得楊家將東逃西散 只殺得血成河屍骨如山 我本是楊四郎名姓改換 楊延輝更木易匹配良緣	潘仁美誆聖駕來到了北番 你的父親擺下了雙龍會宴 我弟兄八員將赴會在沙灘 我大哥替宋王把忠盡獻 我二哥短劍下好不慘然 我三哥被踹屍如泥爛 我五弟棄紅塵歸隱仙山 我六弟在宋營挂印爲帥 我七弟被仁美射死標杆 我本是楊四郎把名姓改換 將楊字拆木易匹配良緣
盜令出關		
旦（鐵鏡公主） 　聽一聲背地裡暗自嗟嘆 　到今朝纔說破木易根源 　原來是楊家將名姓改變 　可見他行舉動體態不凡 　怪不得終日裡愁眉不展 　思家鄉想骨肉兩地哀憐 　上前去與駙馬素禮拜見 　十五載到今日纔吐眞言 　你本是楊家將架海擎天 　奴也是金枝體玉葉嬋娟 　早晚間休怪奴言語輕慢 　不知者不降罪海闊量寬	旦（鐵鏡公主） 　聽一聲背轉身暗自嗟嘆 　到今朝纔說破木易根由 　原來是楊家將名姓改變 　可見他行動舉動體態不凡 　怪不得終日裡愁眉不展 　思家鄉想骨肉兩地哀憐 　上前去與駙馬恭禮拜見 　十五載到今日纔說眞言 　你本是楊家將架海擎天 　奴本是金枝體玉葉嬋娟 　早晚間休怪奴言語輕慢 　不知者不作罪海闊量寬	旦（鐵鏡公主） 　聽他言不由我心中暗算 　十五載才露出木易機關 　怪不得每日裡愁眉不展 　思家鄉想骨肉不能團圓 　我這裡走上前重把禮見 　尊一聲駙馬爺細聽奴言 　十五載恐咱家多有怠慢 　不知者不見罪海量放寬
生（楊四郎） 　十五載蒙公主恩德不淺 　我住南你住北天配良緣 　楊延輝有一日得將眉展 　不敢忘賢公主恩重如山	生（楊四郎） 　十五載蒙公主恩德不淺 　我住南你住北天配良緣 　有一日楊延輝凌雲志展 　不敢忘賢公主恩重如山	生（楊四郎） 　我和你夫妻情恩德非淺 　賢公主你何必禮義太謙 　楊四郎有一日愁眉得展 　就不忘賢公主恩重如山
旦（鐵鏡公主） 　夫妻們說什麼恩德不淺 　奴雖是番邦女略知聖賢 　這幾日因何故長吁短嘆 　有什麼衷腸話只管明言	旦（鐵鏡公主） 　夫妻們說什麼恩德不淺 　奴雖是番邦女頗知聖賢 　這幾日因何故長吁短嘆 　有什麼衷腸話只管明言	旦（鐵鏡公主） 　爲什麼這幾日愁眉不展 　有什麼心腹事對奴明言

生（楊四郎）	生（楊四郎）	生（楊四郎）
非是我這幾日長吁短嘆 有一莊要緊事不敢明言 蕭天佐擺大陣兩國會戰 我母親佘太君隨征到番 九龍峪至幽都相隔不遠 眼睜睜母子們不得團圓 有心去宋營中見母一面 怎奈我身在番如在深淵 賢公主若容我母子相見 到來生犬馬報結草唧環	非是我這幾日長吁短嘆 有一件要緊事不敢明言 蕭天佐擺大陣兩國會戰 我母親佘太君隨征到番 九龍峪至幽都相隔不遠 眼睜睜母子們不得團圓 有心去宋營中見母一面 怎奈是住番邦如臨深淵 賢公主若容我母子相見 到來生犬馬報結草唧環	非是我這幾日愁眉不展 有一椿心腹事不敢明言 蕭天佐擺天門兩國交戰 我的母押糧草來到北番 我有心過營去見母一面 怎奈我身在番不能回還 賢公主若容我母子一見 到來生變犬馬結草唧環
旦（鐵鏡公主）	旦（鐵鏡公主）	旦（鐵鏡公主）
自古道家從父嫁從夫轉 你要去拜高堂奴不阻攔	自古道家從父嫁從夫轉 你要去拜高堂奴不阻攔	你那裡休得要巧言改變 你要見高堂母我不阻攔
生（楊四郎）	生（楊四郎）	
蒙公主雖怜憫妻從夫願 無令箭生兩翅不能出關 賢公主要賜我金批令箭 方好去宋營中拜母請安	蒙公主雖怜憫要從夫願 無令箭生兩翅不能出關 賢公主要賜我金披令箭 纔好到宋營中拜母請安	
旦（鐵鏡公主）	旦（鐵鏡公主）	
鐵鏡公主走向前 尊聲駙馬聽奴言 你住南來我住番 千里姻緣似線牽 一十五載成姻眷 夫妻恩愛重如山 有心與你金批箭 恐怕一去不回還	鐵鏡公主走向前 尊聲駙馬聽我言 你住南來我住番 千里姻緣似線連 一十五載成婚眷 夫妻恩愛重如山 有心與你金披箭 怕的是一去不回還	
生（楊四郎）	生（楊四郎）	生（楊四郎）
公主但把寬心放 本宮有話向你言 你若賜我金批箭 我到宋營拜慈顏 母子相逢一見面 明早五鼓即回還	公主且把心放寬 本宮有話對你言 你若賜我金披箭 去到宋營拜慈顏 母子相逢一見面 明早五鼓急回還	公主若肯贈令箭 五鼓天明即回還
旦（鐵鏡公主）	旦（鐵鏡公主）	旦（鐵鏡公主）
宋營遙隔許多路 一時怎能得回還	宋營遙隔許多路 一時怎能得回還	宋營離此路途遠 一夜之間怎能還

生（楊四郎）	生（楊四郎）	生（楊四郎）
宋營只隔咫尺遠 快馬如飛一夜還	宋營不過咫尺遠 快馬如飛一夜還	宋營雖然路途遠 快馬加鞭一夜還
旦（鐵鏡公主） 　知山知水不知淺 　人心難測妨不全 　先前要奴盟誓願 　你對蒼天盟一番 　保你出關	旦（鐵鏡公主） 　知山知水不知淺 　人心難測妨不全 　先前要我盟誓願 　你對蒼天盟一番	旦（鐵鏡公主） 　時才要奴盟誓願 　你也對天表一番
生（楊四郎） 　公主要我盟誓願 　兩人疑心卻一般 　雙膝跌跪塵埃地 　祝告虛空過往神 　公主與我金批箭 　我到宋營拜慈顏 　五鼓天明若不轉 　黃沙罩臉屍不全	生（楊四郎） 　公主要我盟誓願 　兩人疑心都一般 　雙膝跌跪塵埃地 　祝告虛空過往仙 　公主與我金披箭 　去到宋營拜慈顏 　五鼓未明若不轉 　黃沙罩臉屍不全	生（楊四郎） 　公主要我盟誓願 　他心我心俱一般 　屈膝跪在皇宮院 　過往神靈聽我言 　我若探母不回轉 　黃沙蓋頂屍不全
旦（鐵鏡公主） 　駙馬發罷紅誓願 　咱家纔把心放寬 　駙馬快去巧打扮 　打扮番軍好出關 　放心在此把衣換 　奴取令箭不虛言	旦（鐵鏡公主） 　駙馬發罷紅誓願 　奴家纔把心放寬 　急忙改粧巧打扮 　改扮番軍好出關 　你去後帳把衣換 　奴取令箭不虛言	旦（鐵鏡公主） 　一見駙馬盟誓願 　咱家纔把心放寬 　駙馬後宮巧改扮 　盜來令箭好過關
生（楊四郎） 　鐵鏡公主真機變 　賽過當年女貂蟬 　頭上取下蝴蝶冠 　身卸番邦紫羅藍 　煙毡大帽齊眉按 　三尺青鋒掛腰間 　巧妝打扮番軍 　打扮番軍好出關 　槽頭帶過了千里戰 　公主到來跨雕鞍	生（楊四郎） 　鐵鏡公主果真賢 　亞賽三國女貂蟬 　扭轉頭來把小番叫 　備爺的戰馬扣連環 　急忙整頓休遲慢 　你駙馬爺等候要出關	生（楊四郎） 　一見公主盜令箭 　本宮才把心放寬 　站立宮門叫小番 　備爺的千里戰 　扣連環爺好過關

據《中國京劇史》載：

一次余三勝演《探母》，飾公主的胡喜祿誤場，余三勝隨機應變，把「楊延輝坐宮院自思自嘆」那段西皮慢板，無限延長，直到胡喜祿

趕到他才收場。……該唱段的一般唱法，其中有十個「我好比」，五
個「只殺得」，四個「思老娘」……譚鑫培演唱，只留下四個「我好
比」，三個「只殺得」，兩個「思老娘」。〔註35〕

比對「楚曲」本之後，便可發現譚鑫培這個唱段的由繁變簡，其實是「楚曲」
本來面目，這倒坐實了余三勝臨場機智說法的可能。而所謂「該唱段的一般
唱法」正是車本唱法，而譚鑫培的改本，既是回歸「楚曲」原貌，也是《戲·
考》所收、目前一般的唱法。〔註36〕值得一提的是楊延輝一上場的引子，「楚
曲」本，原爲「金井鎖梧桐」，正好和鐵鏡公主上場時的「芍藥開牡丹放」形
成季節的反差，一爲秋天一爲春天，所以在車本中就改爲「被困幽州思老母，
常掛心頭」，而《戲考》本也沿用車本的唱法，不過還是有很多京劇的本子，
是沿用「楚曲」的唱法，譚鑫培的《四郎探母》，唱的依舊是「金井鎖梧桐」。
〔註37〕

　　「楚曲」本第二回雖名之爲〈盜令出關〉，但關於「盜令」的情節處理極
爲簡單，沒有半句唱詞；但車本增加盜令唱曲，《戲考》也沿用車本的唱詞：

車　　本	戲　　考
老旦唱 　南宋北遼未歇戰 　各爲其主定江山 　老王設下雙龍宴 　反遭袖箭喪黃泉 　故此兩國來交戰 　要與夫主報仇冤 　蒼天趁我的心頭願 　一統江山歸北番	老旦唱 　南宋北番屢交戰 　各爲其主奪江山 　老王設下雙龍大宴 　不幸一命喪黃泉 　因此二國戰不斷 　要與我主報仇冤 　老天能遂咱的願 　一統江山歸北番

〔註35〕北京市藝術研究所、上海藝術研究所組織編著：《中國京劇史》（北京：中國
　　　　戲劇，1999），頁155。
〔註36〕北京市藝術研究所、上海藝術研究所組織編著：《中國京劇史》，譚鑫培的唱
　　　　段「全段計十八句」，頁155。但今日《戲考》所收劇本，也不只十八句，反
　　　　倒是「楚曲」合這十八之數。但「楚曲」少了前面的「楊延輝坐宮院自思自
　　　　嘆，想起了當年事好不慘然」兩句。
〔註37〕劉菊禪：《譚鑫培全集》，原上海戲報社發行，1940初版，後由劉紹唐、沈葦
　　　　窗編《平劇史料叢刊》（台北：傳記文學，1974）第一輯收錄，頁32。在柳香
　　　　館主人編：《京戲考》（台北：正文，1966），唱的引子依舊是「金井鎖梧桐」，
　　　　下冊，頁135。筆者手邊有的錄音帶，由中國京劇院三團演出，耿其昌扮楊延
　　　　輝的《四郎探母·坐宮》，亦相同，可知現代尚有沿用「楚曲」引子的唱法。

旦 　駙馬宋營把母嘆 　奈無令箭怎出關 　萬卡兒忙進銀安殿 　奉母駕來問母安	旦唱 　適才離了皇宮院 　我二人定下巧機關 　懷抱姣兒上銀安 　見了母后把駕參
老旦 　皇兒不在後宮院 　來到銀安爲那端	老旦 　我兒不在皇宮院 　來到銀安爲那般
旦 　孩兒到此無別事 　特與母后問金安	旦唱 　這幾日未到銀安殿 　特第前來問娘安
老旦 　皇兒免禮一傍站 　母女何須禮太謙	老旦 　皇兒有禮一旁站 　母女何須禮太謙
旦唱 　拜罷母后一旁站 　偷眼留神用目觀 　龍書案擺定金批箭 　不能到手是枉然 　低下頭來心思轉	旦唱 　拜了母后下銀安 　背轉身來四下看 　桌案擺定金批箭 　不能到手亦枉然 　低下頭來心思轉 　猛然一計下胸前 　我把姣兒刻一把
	太后唱 　孫兒啼哭爲那般

「楚曲」中並沒有〈盜令〉情節，而京劇裡多了這個部份。除此之外，京劇本的唱詞都是依「楚曲」本刪改，〈回營見母〉的幾段重要唱詞也都一樣（詳見附錄五）。京劇本與「楚曲」不同處，還有〈相會回營〉的部份，即有關四郎夫妻重逢一場；《戲考》本未錄，《戲考大全》中收有此一部份，但唱詞刪減甚多，有效的將旁枝剪除。因爲「楚曲」的唱詞都是前面已經唱過的內容，再唱下去除了劇情拖拉之外，擔任楊延輝的演員也會唱得很辛苦：

楚　　　曲	車　　　本	戲考大全
正旦 　兒夫失落番邦外 　哭壞閨中女裙釵 　茶不思來飯不愛 　十五載何曾伴粧台	正旦 　兒夫失落番邦外 　哭壞了閨中女裙釵 　茶不思來飯不想 　十五載何層伴粧台	

二貼旦	二貼旦	
姐妹來在後營寨	姐妹來在後營寨	
他夫妻相會天降來	他夫妻相會天降來	
正旦	正旦	正旦
		倒板
一見兒夫肝腸壞	一見兒夫肝腸壞	一見兒夫君淚滿腮
		西皮搖板
心中好似刀來裁	心中好似用刀裁	點點珠淚灑下來
夫妻分別十五載	夫妻分別十五載	失落番邦十五載
久戀他鄉不歸來	久戀他鄉不回來	今天怎能轉回來
今日歸來容貌改	今日歸來容貌改	
三綹長鬚飄胸懷	三綹長髯落滿腮	
夫在他鄉奴憂壞	你在他鄉奴憂壞	
你在何處安身材	但不知何處安身材	
生	生	生
		西皮快板
你問何處把身排	我在何處把身排	
提起當年好傷懷	提起當年好傷懷	
沙灘赴會一陣敗	沙灘赴會一經敗	自從沙灘一陣敗
那場血戰鬼神哀	那一場血戰鬼神哀	
一家骨肉成瓦塊	一家骨肉成瓦解	
死故亡逃無處埋	死故逃亡無處埋	
丈夫被擄名姓改	丈夫被難名姓改	
改姓更名配裙釵	改名換姓哄裙釵	
算來光陰十五載	算來分別十五載	
鐵鏡公主配和諧	鐵鏡公主配和偕	我與鐵鏡公主配和
聞聽老母臨北寨	聞聽老母臨北塞	聞聽得老娘到北塞
巧粧番軍回營來	巧粧番軍回營來	喬裝改扮過營來
一來與母問安泰	一來與母問安泰	一來與是見母問安泰
二來夫妻相會免掛懷	二來夫妻相會免掛懷	二來是夫妻敘開懷
正旦	正旦	正旦
		西皮快板
聽一言來愁眉黛	聽罷言來愁眉黛	聽一言來喜眉尖
埋怨兒夫少將才	埋怨兒夫少將才	鐵鏡公主配和諧
你自被困番邦外	你自被困番邦外	
常將夫容掛心懷	常將夫容掛心懷	
奴為你懶把鮮花帶	奴為你懶把鮮花帶	我為你懶把鮮花帶
奴為紛懶穿紅繡鞋	奴為你懶穿紅繡鞋	我為你懶穿紅繡鞋
奴為你終日把憂帶	奴為你終日把憂帶	
奴為你懶上梳粧台	奴為你懶上梳粧台	
奴為你夜夜把月拜	奴為你夜夜把月拜	

奴爲你掛斷鳳頭釵 你在番邦貪花愛 久戀他鄉不歸來 全然不思年高邁 看將來你是不孝才	奴爲你掛斷鳳頭釵 你在番邦貪花愛 久戀他鄉不回來 全然不想年高母 看將來你是不孝才	茶不思飯不愛 只爲兒夫就掛心懷
生 　賢妻請上受一拜 　我今言來聽心懷 　雖然公主成婚愛 　無日不思女裙釵 　昨蒙公主恩似海 　盜令出關巧安排 　見母一面不久待 　立刻要行難遲埃	生 　賢妻請上受一拜 　我今言來聽明白 　雖然公主成婚愛 　無日不思女裙釵 　昨蒙公主恩似海 　盜令出關巧安排 　見母一面不久待 　立刻要行不遲埃	
正旦 　兒夫說話不自揣 　怎說就去不遲埃 　纔得相逢親相愛 　尤如天降壽星來 　怎捨得高堂老年邁 　怎捨得骨肉兩分開 　你不歸來人不怪 　相逢作別罪何該	正旦 　兒夫說話不自揣 　怎說就去不遲埃 　曉得相逢恩和愛 　由如天降寶貝來 　怎捨得高堂母年邁 　怎捨得骨肉兩分開 　你不歸來人不怪 　相逢作別罪何該	
生 　賢妻不必多阻耐 　公主叮嚀怎忘懷 　臨行對天盟山海 　失信背盟天降災 　我爲停留心改變 　哭壞番邦女裙釵 　況且生子接後代 　難忘公主並郎孩 　夫妻哭得肝腸壞 　譙樓更鼓陣陣排 　鼓打五更月西歪 　夫妻留戀苦傷懷 　辭別姣妻出帳外	生 　賢妻不必多阻礙 　公主叮嚀怎忘懷 　臨行對天盟山海 　失信由恐天降災 　我爲停留心改變 　哭壞了番邦女英才 　況且生子接後代 　難忘公主並兒孩 　夫妻哭得肝腸壞 　譙樓更鼓陣陣排 　鼓打五更月西歪 　夫妻哭得苦傷懷 　辭別姣妻出帳外	生 西皮快板 　我在番邦十五載 　常把賢妻掛心懷 　夫妻們只哭得肝腸壞 散板 　譙樓鼓打四更牌 　辭別賢妻出帳外
正旦 　扯住兒夫不放開 　眞個要去奴阻耐	正旦 　扯住兒夫不放開 　你今眞去奴阻礙	正旦 　手拉兒夫就又放開 　你要走來將我帶

生 　苦苦留我爲何來	生 　苦苦留我爲何來	生 散板 　苦苦拉我爲何來
正旦 　天倫父母恩似海 　難道不如女裙釵	正旦 　天倫父母恩似海 　難道不如女裙釵	正旦 快板 　你不知母年高邁 　怎撇下爲妻是怎安排
生 　豈不知父母天倫大 　船到江心馬臨岩 　我若負義忘北寨 　鐵鏡公主赴泉台 　將妻灑在後官寨	生 　豈不知父母天倫大 　船到江心馬臨岩 　我若負義忘北塞 　鐵鏡公主赴泉台 　將妻撇在營後寨	生 快板 　豈不知老母年高邁 　船到江心馬到岩 　狠心推妻出帳外
正旦 　緊跟兒夫不放開	正旦 　緊跟兒夫不放開	
老旦 　宋營夜放霞光彩 　照見紫氣正東來 　耳傍聽得悲聲放 　夫妻久別痛傷懷	老旦 　宋營夜來放光彩 　照見紫氣正東來 　耳傍聽得悲聲放 　夫妻們久別痛傷懷	
生 　辭別老母回北寨	生 　辭別老母回北寨	生 西皮搖板 　辭別老母回北寨
正旦 　太君面前把話排	正旦 　太君面前把話排	正旦 西皮搖板 　太君面前把話回
		夫妻分別十五載 　相逢片刻他即刻要回
老旦 　我哭哭一聲楊四郎 　我叫叫一聲楊延輝 　想你父子八人投宋 　猶如八隻猛虎 　保宋王御駕來到五台 　一家人死得好不慘然	老旦 　我哭哭一聲楊四郎 　我叫叫一聲楊延輝 　因你父子八人投宋 　由如八隻猛虎 　保宋王御駕來到幽州 　一家人死得好不慘然	老旦 西皮搖板 　我哭哭一聲延輝兒

只剩六郎一人掌印帥 八姐九妹未出嫁 媳婦數數孀居寡 指望我兒歸來 侍奉為娘甘旨 誰知你與公主山盟海誓 纔得相逢又要離別 叫為娘怎生捨得 楊四郎我的兒吓	只剩六郎一人掌帥印 八姐九妹未出嫁 媳婦似孀居寡 指望我兒歸來 侍奉為娘甘旨 誰知你與公主山盟海誓 纔得相逢又要別離 叫為娘怎生捨得 楊四郎我的兒吓	
生 　跌跪塵埃淚滿腮 　細聽孩兒表心懷 　大破天門掃北寨 　孩兒依舊轉歸來 　好言穩住老年邁 　再與弟妹把話排 　六弟軍中掌帥印 　提兵調將定兵才 　八姐九妹隨營寨 　母親甘旨好安排 　我妻一傍肝腸壞 　淚珠滴濕鳳頭鞋 　臨行還好言講 　難捨分別女裙釵 　大破天門巧奏凱 　丈夫依舊轉回來 　我若忘卻舊恩愛 　馬踏屍拋無葬埋 　辭別老母出帳外 　心中陣陣似刀裁 　捨不得高堂老年邁 　捨不得骨肉兩分開 　非是狠心無更改 　都只為山盟海誓常掛懷	生 　跪在塵埃淚滿腮 　細聽孩兒表心懷 　大破天門掃北塞 　孩兒依舊轉歸來 　好言穩住老年邁 　再與姐妹把話排 　六弟軍中掌印帥 　提兵調將把陣排 　八姐九妹隨營寨 　母親甘旨好安排 　姣妻一傍肝腸壞 　珠淚滴濕鳳頭鞋 　臨行還將好言講 　難捨分別女裙釵 　大破天門與奏凱 　丈夫依舊轉回來 　我若忘卻舊恩愛 　馬踹屍骨無葬埋 　辭別老母出帳外 　心中陣陣似刀裁 　捨不得高堂母年邁 　捨不得骨肉兩分開 　非是狠心無更改 　都只為山盟海誓常掛懷	
老旦 　一見孩兒出帳外 　母子哭得天地哀 　今朝分別宋營外 　要相逢除非是夢裡來	老旦 　一見姣兒出帳外 　母子哭得天地哀 　今朝分別宋營外 　要相逢除非是夢裡來	

「楚曲」與車本亂彈，都有正旦扮四夫人的大段唱詞，但《戲考大全》的京劇本就精簡俐落。從唱詞的變化比對，明顯看出京劇是源自「楚曲」，而車王府亂彈本正是「楚曲」到京劇的過渡形態。

由上面三個劇本唱詞的排列，明顯可見京劇的精簡原則：縮長爲短的整體走向、劇情的前後銜接，以及主題焦點的集中。在楊四郎對鐵鏡公主說出自家身世一段，「楚曲」只提到了大郎，到了車本提到大、二、三郎的遭遇，到了《戲考》本則楊四郎對其他兄弟的遭遇全都知曉了。就合理性而言，三者都說得通，因爲分別十五年，四郎在北國不可能一事不曉。但在京劇中，對於楊家所有人員的遭遇，像是以全知的角度先告知觀眾知曉，如此重點就可以集中在楊四郎知彼而楊家不知四郎的情境上，把四郎掛心母親爲自己擔憂的心焦充份表現出來，於是探母成了必要且必須的動力，後面有關楊家兒郎沙灘會戰及此後的遭遇部份都可精減或點到爲止。這樣就使全劇光芒集中於四郎一人身上。而「楚曲」和車本的安排則是以剝洋蔥似的安排，一層層慢慢道來，前面楊四郎只點出當時的遭遇到佘太君見四郎時才又想起傷心往事，於是老淚縱橫，顯得重覆且拖沓。

▲楊令婆辭朝

「楚曲」《楊令婆辭朝》（110～339）分爲上下兩本，又名《太君辭朝》、《黃花國造反》、《黃花國》、《長壽星》。車本亂彈收有《辭朝》（8～89），《戲考》收有《太君辭朝》（10～5781）。道光四年《慶升平班戲目》已有此劇，爲老旦戲。據《菊部群英》、《都門紀略》、《梨園舊話》、《清代伶官傳》、《菊部春秋》第一集：孫雙玉、馬老旦、老叫天、陳長壽、楊瑞祥、李多奎、郝蘭田、龔雲甫等均工此戲。《戲考》云：

> 此劇爲老旦唱工戲。昔年龔雲甫最拿手，坤伶苗鑫如頗能得其眞傳。
> 余亦曾屢見之，余最愛其中朝場中之快三眼一段，聲容並茂，眞有
> 氣旺神流之致。〔註38〕

此劇敘述佘太君平定黃花國亂事後，因楊家三代多爲國捐軀，只遺曾孫楊藩，遂寫本告上殿欲告老還鄉。仁宗挽留不得，只能撥一地錢糧供其養老，並於長亭設宴爲其餞行。

〔註38〕《戲考》第 10 冊，頁 5781。

楚　　曲	車　王　府	戲　　考
楊令婆辭朝	辭朝	太君辭朝
老旦 宋王爺坐汴京風調雨順 平伏了黃花國四海名揚 夫楊業爲國家兩狼喪命 可憐我八個兒未得善終 昨夜晚修下了辭王表本 上金殿奏一本告職歸林	夫 宋王爺坐汴京風調雨順 平伏了黃花國四海揚名 夫繼業爲國家兩狼喪命 可憐我八個兒盡行歸陰 昨夜晚修下了辭王本表 上金殿奏一本告職歸林	老旦 吾王爺坐山河皇恩高厚 下河東我楊家才把宋投 那蕭邦興人馬與主爭鬥 潘仁美與楊家結下冤仇 我兒夫命喪在兩狼山口 可嘆他爲國家南征北戰 東擋西殺不能到頭 黃花國帶人馬又來爭鬥 他要奪我主爺江山錦繡 且苦我老身掃盡賊囚 叫擺風忙代路金殿來走 上金殿辭王駕本奏龍樓
		四文官 彤雲升降太極承恩 連玉觸紛紛傳干戈擾攘 卻龍魚汗馬強 國泰民安慶永禎祥
老旦 佘氏女在金殿啓奏叩首 萬歲爺開龍恩細聽根由 夫楊業祖居住池州山後 太祖爺下河東方把宋投 蒙聖恩待楊家恩比山厚 賜臣門一個個官封王侯 可恨的潘仁美心懷妒娼 他與我楊家將累結冤仇 蕭天佐起反叛領兵爭鬥 那奸賊討帥印暗用機謀 夫楊業命喪在兩狼山口 可憐我七郎兒亂箭命丟 楊大郎赴會死報主恩厚 楊二郎短劍喪命歸陰曹 楊三郎被馬踏死入距口 楊四郎失番邦不能回朝 楊五郎看破了紅塵參透 無奈何五台山去把道修 我楊家英雄將下場沒有 望萬歲准辭表釋念離朝	夫 佘氏女在金殿啓奏叩首 萬歲爺開龍恩細聽根由 夫繼業祖居住沂州山後 太祖爺下河東才把眾投 聖天子待楊家恩比山厚 賜臣門一個個官封王侯 可恨的潘仁美心懷妒娼 他與我楊家將累結冤仇 蕭天佐起反叛領兵留鬥 那奸賊掛帥印暗用機謀 我兒夫喪命在兩狼山口 實可憐七郎兒亂箭命丟 楊大郎赴會死報主恩厚 楊二郎短劍喪一命歸陰 楊三郎馬踏死尸丟距口 楊四郎失番邦杳無信音 楊五郎看破了紅塵參透 沒奈何五台山去把道修 我楊家英雄將下場沒有 望吾主准辭表釋放歸林	老旦 佘氏女在金殿把本啓奏 尊一聲萬歲爺細聽從頭 我夫君居住了池州山後 太祖爺令下河東把宋來投 宋天子待楊家恩比天厚 賜臣做一個個官封王侯 可恨那潘洪賊心懷絕後 他與我楊家將來結冤仇 蕭天佐領番兵與主爭鬥 潘仁美討帥印暗用機謀 大郎兒替宋主忠心盡了 二郎兒短劍下命喪黃丘 三郎兒馬踏死如泥醬透 四郎兒失番邦不能回頭 五郎兒看破了紅塵之路 他無奈五台山去把道修 六郎兒英雄將下場無有 七郎兒被洪亂箭命休 萬歲爺開龍恩告職回頭

生	生	生
老太君在金殿把本啓奏 不由得爲王的珠淚滾抛 宋江山若不是楊家將保 怎能夠享太平駕坐龍樓 到今日干戈靜寫下辭表 孤心下怎捨得告職辭朝 勸太君你休要把本啓奏 在朝歌享太平請息念頭	老太君在金殿把本啓奏 不由得爲王的兩淚汪汪 宋江山多虧了楊家將相 東南征西北勦保定江山 到今日干戈息河清海宴 怎捨得老太君告職還鄉 勸太君在朝歌太平共享 休得要歸林下隱住村莊	老太君在金殿把本啓奏 不由我兩眼中淚珠濕透 老太君今日裡告職歸里 叫寡人怎捨得架海金女 望太君還需要三思主意 你去後何人來保孤華夷
老旦	夫	老旦
萬歲爺不准辭上表 細聽臣妾奏根苗 楊家英雄都喪了 並無一個將英豪 　女桂英年紀老 　無人出兵去征勦 納紅須然韜略好 怎奈他是一女姣 只有楊藩年紀小 難與國家立功勞 臣妾全負聖恩保 好比枯樹怕風搖 望主開籠放雀鳥 赦卻臣門早離朝 萬歲准了辭王表 一家大小把香燒 萬歲不准臣妾表 辭王只有這一遭 佘氏金殿忙跪倒 這是我爲國忠良無下梢	萬歲爺不准辭王表 細聽臣妾奏根苗 楊家英雄都喪了 並無一個將英豪 桂英年將至耄耋 難以領兵把戰交 排風今年七十了 怎比當年是英豪 納紅須傑韜略好 怎奈他是一女姣 只有楊藩年紀小 難與國家立功勞 臣妾全負聖恩了 好比枯樹怕風搖 望闕開恩放雀鳥 赦卻臣妾早離朝 萬歲准了辭王表 一家大小抱香燒 萬歲不准臣妾表 辭王只有這一遭 佘氏金殿忙跪倒 爲國忠良無下梢	萬歲爺准我把本奏告 細聽我佘氏女再奏當朝 我楊家英雄將俱以傷了 並無有一個的能將英豪 穆桂英生來的年紀老了 他怎比當年時女將英豪 楊擺風他今年七十多了 他也是難保國立下功勞 只有那小楊藩年紀幼小 兩軍前他不能搶對鋼刀 臣妾的邁年人無有用了 我好比那枯樹恐怕風搖 萬歲爺今准了臣妾奏表 我闔家老幼小來把香燒 佘氏女在金殿忙忙跪了 爲國的忠良將無有下稍
生	生	生
太君哭得如醉了 不由爲王珠淚抛 文武個個把淚掉 思想忠良無下梢 千思萬思無計了 再與包卿說根苗	太君金殿淚濠淘 不由孤王珠淚抛 文武個個把淚吊 思想忠良無下梢 千思萬思無計了 再與包卿說根苗	老太君在金殿珠淚滾滾 不由得孤王我兩淚淋淋 這兩邊文武臣俱把淚含 思一思想一想是要傷心 左千思右萬想無計意論 我在與文武臣細說分明

老旦	夫	
好個君王多有道 開了龍恩出赦條 今日奏准辭王表 從今不把王來朝	好個君王多有道 開了龍恩出赦條 今日奏准辭王表 從今再不上九朝	
	餞行	
小生	小生	末（岳士奎）
號炮三響起了程 大小兒郎亂紛紛 韓信功勞中何用 掛印封侯一場空 今日告職離朝郡 只求安樂不奉君	號炮三響起了程 大小兒郎亂紛紛 韓信功勞中何用 掛印封侯一場空 今日告職離朝郡 只求安樂不奉君	號炮三響出了城 大小兒郎齊分明 陣前功勞成何用 一世爲官一世空 今日太君辭王去 不知何日才回程 叫人來代路長亭進 萬歲爺駕到報分明
生 倒板	生 倒板	生
太君告職離朝郡 寡人親送到長亭 老太君告職西方地 去了擎天柱一根 西方錢糧俱免進 功勞買動帝王心 內侍擺駕且把長亭進 太君到此奏寡人	佘太君告職離朝郡 爲王親送到長亭 太君隱居歸番地 去了擎天柱一根 西番錢糧俱免盡 功勞買動帝王心 內侍擺駕長亭進 太君到此奏寡人	龍車鳳輦出皇城 爲王的我親自至在長亭 太君隱住西番地 去了擎天柱一根 西番地錢糧俱免盡 功勞買動帝王心 內侍臣擺駕亭來進 太君到此報分明
正旦	正旦	穆桂英
兒郎紛紛出汴京 天波府來了穆桂英 長亭住道忙朝聖 臣妾難以報君恩	兒郎紛紛出汴京 天波府來了穆桂英 長亭住道忙朝聖 臣妾難以報君恩	來在長亭下了轎 辭別萬歲要動身
生	生	
來了皇嫂穆桂英 你是寡人定國臣 昔日大破天門陣 北國聞名膽戰驚 內侍與孤看酒宴 我與皇嫂來餞行	來了皇嫂穆桂英 你是孤王定國臣 昔日大破天門陣 北國聞名膽戰驚 內侍與孤看酒宴 爲王與你來餞行	

正旦 　謝過萬歲酒餞行 　轉面再辭眾大人 　含悲忍淚上車輦 　去到西方報王恩	正旦 　謝過萬歲要餞行 　轉面再辭眾大人 　含悲忍淚上車輪 　去到西方報主恩	
生 　去了皇嫂穆桂英 　孤的江山靠何人	生 　去了皇嫂穆桂英 　孤的江山沒靠成	生 　他今一去不當緊 　孤王江山靠何人
		楊藩 　來在長亭下能行 　拜別萬歲要回程 　辭別萬歲跨金鐙 　從今不到午朝門
小旦 　太君辭王出皇城 　車輦不住往前行 　來在長亭忙跪定 　父王恕兒少孝心	小旦 　太君辭王出皇城 　車夫催車往前行 　來在長亭忙跪定 　父王恕兒少孝心	
生 　一見皇兒跪埃塵 　不由為王刀割心 　七日七夜迷魂陣 　為的父王錦乾坤 　今日辭朝不打緊 　父王江山靠何人	生 　一見皇兒跪埃塵 　不由為王刀割心 　七日七夜迷魂陣 　為的父王錦乾坤 　今日辭朝不要緊 　孤王江山靠何人	
小旦 　父王不必淚淋淋 　孩兒言來聽分明 　送得太君西番去 　孩兒回朝保龍廷	小旦 　父王不必淚淋淋 　兒臣一本奏分明 　送得太君西番去 　兒臣回朝保乾坤	
生 　皇兒說話欠聰明 　此去那得回朝門 　叫內侍看過金銀彩緞錦 　表表父王一片心 　倘若那國刀兵起 　還望皇兒發救兵	生 　皇兒說話欠聰明 　此去那得轉朝門 　內侍看過金銀彩緞錦 　表表父王一片心 　倘若那國刀兵起 　還望皇兒發救兵	

小旦 　謝過父王龍恩敬 　金帛彩錦賜兒臣 　長亭別父珠淚淋 　轉面再辭眾公卿 　眼含珠淚上車輦 　不知何日見父君	小旦 　謝過父王龍恩敬 　金帛彩錦賜兒臣 　長亭別父淚珠淋 　轉面再辭眾公卿 　含悲忍淚上車輪 　不知何日見父王	
生 　皇兒上車珠淚漣 　去了擎天柱一根	生 　兒上車輦淚淋淋 　去了擎天柱一根	生 　長亭去了小愛卿 　那邊來了老太君
老旦 　佘氏哭出帥府門 　珠淚滾滾濕衣襟 　夫君楊爺投宋主 　八個孩兒保乾坤 　令公李陵把命盡 　可憐爲國喪了身 　八個孩兒都喪命 　今日不見隨娘行 　投宋英雄今何在 　好似鋼刀刺我心 　來在長亭忙朝聖 　怎敢萬歲來餞行 　蒙主龍恩報不盡 　臣到西番報主恩	夫 　佘氏哭出帥府門 　珠淚滾滾濕衣襟 　夫君繼業投宋主 　八個孩兒保乾坤 　令公李陵把命盡 　可憐爲國喪了身 　八個孩兒都喪命 　今日不見隨娘行 　投宋英雄今何在 　好似鋼刀刺我心 　來在長亭今何故 　見了萬歲說開懷 　長亭餞別臣感戴 　年邁難保尤龍臺	老旦 　佘氏代出帥府門 　怎不叫人兩淚淋 　難捨汴京花美景 　難捨宋王有德君 　來在長亭下車輪 　臣妾難以報君恩
生 　尊聲太君你請起 　二位皇姨且平身 　朕的江山全虧你 　太君此去靠何人	生 　尊聲太君你請起 　二位皇嫂且平身 　朕坐江山全虧你 　太君此去靠何人	
老旦 　楊家投宋有四代 　一家滿門受皇恩 　蒙主准辭西番地 　朝夕焚香報答君	夫 　楊家投宋有四代 　一家滿門受皇恩 　蒙主准賜西番地 　朝夕焚香報君恩	
生 　內臣看過皇封宴 　我與太君來餞行	生 　內臣看過皇封宴 　孤王與你來餞行	生 　內侍看過酒一樽 　我與太君來餞行

老旦 　有勞萬歲賜餞行 　只得屈膝跪埃塵 　轉面謝過天地恩 　受王爵祿罪非輕 　一朝天子一朝興 　一朝天子一朝臣 　楊家將帥都喪盡 　並無一個保駕臣 　食王爵祿自有愧 　因此告職為庶民	老旦 　有勞萬歲賜酒巡 　只得屈膝跪埃塵 　轉西謝過天地恩 　食君爵祿罪非輕 　一朝君王一朝興 　一朝天子一朝臣 　楊家將帥俱盡喪 　並無一個保駕臣 　食王爵祿自有愧 　因此告職為庶民	老旦 　謝過萬歲酒一樽 　只得將酒祭長亭
生 　願太君此去多安樂 　願太君此去享太平 　願太君身體日康健 　願太君四季保安寧 　願太君髮白重轉黑 　願太君齒落又重生 　願太君壽比南山斗 　願太君福如東海滄 　願太君天地老日月同休 　長生不老一壽星	生 　願太君此去多安樂 　願太君此去享太平 　願太君身體越康健 　願太君四季保安寧 　願太君髮白轉黑的 　願太君齒落又重生 　願太君壽比南山斗 　願太君福如東海綿 　願太君日月同庚盡 　長生不老一壽星	
包 　吾主江山楊家掙 　令公投宋誰不聞 　楊家為國把忠盡 　太君告職歸山林 　日後那國刀兵起 　還望太君發救兵 　一杯水酒不為敬 　表表學生一片心	包 　吾主江山楊家掙 　令公投宋誰不聞 　楊家為國把忠盡 　太君告職回山林 　日後那國刀兵起 　還望太君發救兵 　一杯水酒不為敬 　表表學生一片心	包 　一斗酒兒滿滿敬 　一表學生一片心
老旦 　楊家在朝有何能 　怎敢有勞包大人 　宋室江山你保定 　可算擎天柱一根	夫 　楊家在朝有何能 　怎敢有勞包大人 　宋室江山你保定 　可算擎天柱一根	老旦 　好個仁義包忠人 　赤膽忠心保乾坤
岳士魁 　長亭擺酒作餞行 　文武難捨老太君 　學生此酒不為敬 　太君飲乾早登程	眾 　長亭擺酒作餞行 　文武難捨老太君 　學生此酒不為敬 　太君飲乾早登程	

老旦	夫	
有勞大人把酒敬 只得將酒奠長亭 在朝爲官把忠盡 留下名兒萬古傳 長亭辭別仁義主 轉面再辭眾大人 悲悲切切上車輪 難捨難分聖明君	有勞大人把酒敬 只得將酒奠長亭 在朝奉君忠心盡 萬古留傳一美名 叩奠三呼忙轉聖 轉回再辭眾大人 悲悲切切上車輪 列位你來看 楊家只有五個人	上前辭別仁義主 回頭再辭眾大人 悲悲切切上車輪 我楊家只有五個人
生	生	生
一見太君出長亭 不由爲王兩淚淋 回頭便把眾卿叫 寡人言來聽分明 西番錢糧都免進 付與太君當俸金 倘若那國刀兵起 孤王江山靠何人 去到西番把兵搬 不知太君發兵不發兵	一見太君出長亭 不由孤王兩淚淋 回頭便叫眾賢卿 孤王言來聽分明 西番錢糧俱免進 付與太君當俸金 倘若那國刀兵起 孤王江山靠何人 去到西番把兵搬 不知太君可發兵	一見太君出長亭 不由孤王淚悲淋 回頭再與眾卿論 孤王言來聽分明 西番錢糧俱與太君作奉敬 倘若那賊刀兵動 孤王江山靠何人 若去西番頒救應 不知太君可發兵 內侍擺駕長亭進 去了擎天柱一根

「楚曲」中有一段仁宗的唱詞：「願太君此去多安樂，願太君此去享太平，願太君身體日康健，願太君四季保安寧，願太君髮白重轉黑，願太君齒落又重生，願太君壽比南山斗，願太君福如東海滄，願太君天地老日月同休，長生不老一壽星」，是此劇又被稱爲《長壽星》的原因，但是在京劇本中被刪除。除此之外，京劇本還刪除了仁宗與公主的對唱部份，以方便將劇份集中在佘太君身上，而且劇情才不顯重覆冗長。整體而言，京劇本除了刪減唱詞外，保留的唱詞幾乎沒有做太多的改動。

除了上述分析的「楚曲」本外，尚有《洪洋洞》、《日月圖買畫》、《斬李廣》、《轅門射戟》、《東吳招親》、《花田錯》、《二度梅》等「楚曲」，未納入本章討論。由於目前所見與這些題材相關的京劇劇作，經比對後，有較多的變化及更動情況，故留至下一章分析。

第六章　楚曲對京劇單齣的影響（二）

　　前一章所分析的「楚曲」與京劇劇作之間的淵源關係，是耶非耶判然明晰！本章則要分析那些雖與「楚曲」題材相同、但在劇情或唱詞上都有所更動的京劇劇作，其中有些劇作因為內容、唱詞變化過大，甚至已經難以判斷「楚曲」是否為京劇祖本了。

第一節　為角色而改動楚曲的京劇單齣

　　這一類的作品包括《東吳招親》、《花田錯》、《轅門射戟》。前二者明顯是由「楚曲」祖本而改，只是在某些角色的表現上有所加強；《轅門射戟》改動雖多，但還是依「楚曲」本所改。

一、突出二路老生的劇本

▲東吳招親

　　「楚曲」《東吳招親》（109～329），車本收有《甘露寺》總講（2～415）、《戲考》本收有《甘露寺》（5～2769）、《回荊州》（2～757），只是「楚曲」《東吳招親》包含劇情只有京劇本《回荊州》的前面一小部份。此劇與《鼎峙春秋》第六本第十齣〈過江初試錦囊記〉、十一齣〈巧冰人撮合婚姻〉、十二齣〈老新郎順偕伉儷〉劇情同，只是第十二齣〈老新郎順偕伉儷〉還出現魯肅一角，而「楚曲」等本，此齣並沒有魯肅這個角色。

　　《菊台集秀錄》、《燕塵菊影錄》、《舊戲新談》、《富連成三十年史》、《戲劇月刊》、《伶史》、《立言畫刊》、《十日戲劇》、《戲劇旬刊》：盧勝奎、曹六、

賈洪林、孫佩亭、楊小樓、王鳳卿、徐寶芳、譚富英、郝壽臣、尚和玉、程
繼先、梅蘭芳、朱素雲、袁世海、陳福堂、李盛泉、吳鐵庵、侯喜瑞、劉硯
亭、馬連良、張君秋、李多奎、楊盛春、周富安、蕭長華、金少山、龔雲甫、
尚小雲、張春彥、沙世鑫、姜妙香、陳曉崑、陳少霖、葉世長、奚嘯伯、程
硯秋、雪硯琴、李盛藻、芙蓉草、小蓮生等均工此戲。

　　劇中喬玄本非主要角色，自馬連良首創「勸千歲殺字休出口……將計就
計結鸞儔」一段唱詞之後，廣為傳唱，成為馬派代表作之一，喬玄一躍成為
劇中主角。〔註1〕但這是在賈洪林增添了大段「二六板」和多段念白的基礎上
發展起來的，〔註2〕齊如山則說是毓五重排過的，〔註3〕喬國老的唱詞是賈立
川所創。〔註4〕其實馬連良的這一段唱詞，在「楚曲」本中就已出現，且車本
也沿用，二本之間幾乎沒有變化：

楚　　曲	車　王　府
外	外
勸千歲殺字休出口	千歲爺殺字休出口
細聽老臣說從頭	細聽為臣說從頭
劉備本是靖王後	那劉備本是靖王後
景帝玄孫宗裔苗	景帝玄孫一脈流
有個二弟壽亭侯	他有個二弟壽亭侯
青銅偃月鬼神愁	青龍偃月鬼神愁
白馬坡前誅文丑	博望坡前誅文丑
古城又斬蔡陽頭	五關斬了蔡陽頭
有個三弟張飛將	他有個三弟張翼德
兩手能使丈八茅	兩手能使丈八茅

〔註1〕　曾白融主編：《京劇劇目辭典》（北京：中國戲劇，1989），由於這一段唱詞，
　　　　在「楚曲」中已有，車本沿用，故是否為馬氏獨創恐有待商榷，頁265。
〔註2〕　北京市藝術研究所、上海藝術研究所組織編著：《中國京劇史》（北京：中國
　　　　戲劇，1999）第十一章「生行演員」：「《甘露寺》，從前以劉備為主，喬玄為
　　　　配角，賈洪林飾喬玄，在『相親』一場增添了大段『二六板』和多段念白，
　　　　此後，這成為常演的路子，並成為後來馬（連良）派創新的基礎」，頁459。
〔註3〕　齊如山：《京劇之變遷》：「《甘露寺》一戲雖出自崑腔的《鼎峙春秋》，但後來
　　　　經毓五重排，又好多了。初次演者孫夫人為孫怡雲；劉備為許蔭棠；喬國老
　　　　為賈洪林；喬國老家人為毓五。按毓五係宗室，唱小花臉。」收在《齊如山
　　　　全集》（台北：聯經，1979）第二冊，頁32，總頁877。
〔註4〕　齊如山：《五十年來的國劇》（台北：正中，1962）：「《甘露寺》喬國老唱詞，
　　　　乃賈立川所創」，此處「賈立川」，恐為「賈麗川」之誤，麗川為賈洪林之叔
　　　　父，亦工老生，頁42。

曾破黃巾兵百萬	為破黃巾斬魁首
虎牢關前戰溫侯	虎牢關前戰溫侯
當陽河邊一聲吼	當陽河下一聲吼
喝斷霸橋水倒流	嚇斷板橋水倒流
有個四弟子龍將	還有個四弟子龍將
蓋世英雄貫斗牛	他的威名貫九州
長坂坡前救阿斗	長坂坡前救阿斗
殺得曹兵個個愁	殺得曹兵無處投
這班武將那個醜	這一班武將誰敢鬥
還有孔明好機謀	還有孔明用機謀
你將劉備來殺了	你殺劉備話不久
他們弟兄怎肯休	他人未必肯干休
倘若荊州人馬到	倘若荊州代人馬
東吳那個是對頭	東吳那個是對頭
且把好言勸太后	回項太后把本奏
將計就計結鸞儔	將計就計結鸞儔

但在京劇本中，《戲考》本所收明顯與其他京劇本不同：

戲考大全	戲　考	京　戲　考
外	外	喬
西皮原板	快板	西皮原板
勸千歲殺字休開口	二千歲不必來爭論	勸千歲殺字休開口
老臣啓主說重頭	不如弄假成了真	老臣言來聽重頭
劉備本是靖王後	劉備英雄威名振	劉備本是靖王後
當今王位一脈流	細聽老臣說分明	當今王位一脈流
他有個二弟壽亭侯	劉備出世顯威名	他有個二弟漢壽亭侯
流水板		流水板
青龍偃月鬼神愁	二弟雲長真英雄	青龍偃月鬼神愁
白馬坡斬過顏良誅文醜	三弟翼德賽天神	白馬坡斬過顏良誅文醜
古城又斬蔡陽頭	還有常山子龍將	古城又斬老蔡陽的頭
他三弟翼德性情有	軍師諸葛字孔明	他三弟翼德性情有
雙手能使丈八矛	今日兩家結秦晉	雙手能使丈八矛
曾破黃巾兵百萬	江東基業永太平	曾破黃巾兵百萬
虎牢關前戰溫侯		虎牢關前戰過溫侯
當陽橋前一聲吼		當陽橋前一聲吼
嚇斷霸橋水倒流		喝斷霸橋水倒流
他四弟子龍英雄將		他四弟子龍膽量有
蓋世英雄貫九州		蓋世英雄貫九州

長坂坡前救阿斗		長坂坡前救阿斗
殺得曹兵個個愁		殺得曹兵個個愁
這班的虎將那個有		這班的虎將世少有
還有諸葛用計謀		還有諸葛用計謀
今殺劉備不要緊		今殺劉備不要緊
他兄弟聞知怎罷休		他兄弟聞知怎罷休
若是興兵來爭鬥		若是興兵來爭鬥
東吳那個敢出頭		東吳那個敢出頭
		得放手且放手
		得罷休且罷休
扭回頭來奏太后		扭回頭來奏太后
將計就計結鸞儔		將計就計結鸞儔

幾個京劇的本子裡，《戲考》本與「楚曲」、車本相差最多。《戲考》的改本，喬玄唱詞為「今日兩家結秦晉，江東基業永太平」，明顯平淡無力，不若原來「楚曲」本的「你將劉備來殺了，他們弟兄怎肯休？倘若荊州人馬到，東吳那個是對頭？且把好言勸太后，將計就計結鸞儔」的曲折起伏。所以各本大都依循「楚曲」本而未作變化。〔註5〕

黃裳《舊戲新談》則云：「梅蘭芳演出，孫夫人為重」。〔註6〕「楚曲」本的《東吳招親》有關孫尚香的部份不多，但在《戲考》本中，就刪去了劉備和趙子龍的唱段，而增加了孫夫人和劉備的唱段：

楚　　曲	車　　本	戲　　考
旦（白）	孫尚香	孫尚香 慢板
昔日梁鴻配孟光	昔日梁鴻配孟光	孫尚香坐宮院自思自嘆
動樂吹簫引鳳凰	今朝仙女會襄王	這才是為荊州結下鳳鸞
丹山閒遊巫峽上	暗地笑壞我兄長	我兄長與周郎暗地定計
古今烈女配才郎	安排虎計害劉王	要害那劉皇叔所為那般
	月老本是橋國丈	喬國老進宮來細講一遍
	總有大事料無妨	因此上我母后主配鸞凰
耳傍內聽得笙蕭響	耳傍又聽笙歌響	兩廊下擺鎗刀威嚴極壯
刀鎗烈烈擺兩傍	只見刀鎗列兩傍	等貴人他到來細看一番

〔註5〕 有關「楚曲」、車本、《戲考》三本唱詞異同比對，可參見附錄六。

〔註6〕 未見原書，引自曾白融主編：《京劇劇目辭典》（北京：中國戲劇，1989），頁265。

備	末	老生
		元板
人逢喜事精神爽	人逢喜事精神爽	掛紅綵鋪地毡甚是氣旺
	月到中秋份外光	皇宮院與黎民大不一般
	多虧軍師諸葛亮	行來在宮門外用目觀看
先生八卦按陰陽	他人八卦非尋常	兩廊下排劍戟孤躬膽寒
手搭涼蓬朝內看	我好比魚過千層網	
	受了風波著了忙	
	馬跳潭西遭凶險	
	趙雲保駕回荊襄	
刀鎗烈烈擺兩傍	來在宮門抬頭望	
	刀鎗列列擺兩行	
	回頭又對四弟講	
東吳招親休要想	孤王言來聽端詳	
快快保孤轉荊襄	東吳招親休枉想	
	速速保孤過長江	
	小生	
	這椿喜事從天降	
	主公何必著慌忙	
	今日東吳招親事	
	好比玉龍配鳳凰	
備	末	
分明擺的殺人場	明明擺下殺人場	
反把好言哄孤王	反把好言寬心腸	
此事非當兒耍	不願東吳為嬌婿	
快保孤王出羅網	願歸故土樂安康	
云	小生	
主公且把心放寬		
細聽為臣說比方		
昔日有個楚霸王	昔日楚漢兩爭強	
鴻門設宴害高皇	鴻門設宴害高皇	
為臣好比樊噲將	臣比昔年樊噲將	
願保主公兩無傷	願保主公脫禍殃	
備	末	
趙雲你比樊噲將	你倒比得樊噲將	
孤王難比漢高皇	孤王難比漢高皇	
	叫聲四弟隨孤往	
	你保為王入洞房	

	小生 臣見君妻命該喪 怕的是韓信進未央	
	末 趙雲把話錯來講 孤不罪你又何妨	
云 將主公推入宮門內 候過年終轉荊襄	小生 送駕來在宮門上 候過年終轉襄陽	
備 人說趙雲是忠良 今日看來是奸黨 大膽來在宮門上 只見宮女跪兩傍	末 人說趙雲忠良將 孤王心下轉思量 邁步來在宮門口 宮娥彩女站兩傍 武士好比殺人樣 宮中坐的孫尚香 是是是是明白了 兄妹計設害孤王 大著膽兒往內闖 要問龍潭擾一場	老生 元板 兩廊下撤去了鎗刀不見 果然是孫權妹話不虛傳 來至在宮門口抬頭觀望 見皇姑不迎接禮上不端
		旦 慢板 聞聽得他弟兄飛魂喪膽 說什麼見鎗刀心中膽寒 論大禮我就該迎接當面 只羞得孫尚香滿臉紅顏
		老生 元板 滿劉備在宮院偷眼觀看 好一似天仙女降下臨凡 多虧了喬國老暗地撮合 月下老配就了龍鳳百年
		旦 孫尚香站宮院偷眼觀望 三柳鬚耳垂肩果係貴男 怪不得喬國老暗地誇獎 這也是月下老配就鸞凰

		老生 元板 　我這裡走上前把禮來見 　有孤躬把來路細對你言
		旦 慢板 　尊貴人你不要提吊心膽 　小周郎他定下調虎離山 　但願得我的娘心不改變 　咱夫妻這也是前世姻緣
		老生 元板 　漢劉備聽此話把心放定 　果然是女英雄話不虛傳 　從今後把愁腸一概不管 　把愁腸一旦間不掛在心頭

孫尚香在「楚曲」本中一句唱詞也無，車本將「楚曲」本的說白改成了唱詞，增加了孫尚香的戲份。《戲考》的劇本是三本京劇本中，孫夫人唱段最多的一個本子：

戲考大全	戲　　　考	京　　戲　　考
孫尚香 西皮原板 　我本是金枝女龍生鳳養 　穿綾羅食美味飲液瓊漿 　皇宮院似瑤池福從天降 　帝皇家論富貴好似天堂	正旦 引 　我兄把守在江南 　奴爲公主非平常	孫尚香
二六 　一人之下萬人上 　身爲郡主非平常 　母后出宮不思往 　獨坐皇宮好淒涼 　手持青鋼劍閃閃明亮	慢板 　孫尚香坐宮院自思自嘆 　這才是爲荊州結下鳳鸞 　我兄長與周郎暗地定計 　要害那劉皇叔所爲那般 　喬國老進宮來細講一遍 　因此上我母后主配鸞凰 　兩廊下擺鎗刀威嚴極壯 　等貴人他到來細看一番	西皮慢板 　昔日裡梁紅配孟光 　今朝仙女會襄王 　暗地堪笑我兄長 　安排巧計害劉王 　月老本是喬國丈 　縱有大事也無妨
		西皮散板 　耳傍聽得人喧嚷 　想是皇叔入洞房

劉	老生	劉備
搖板	元板	西皮散板
漢劉備在宮院用目觀看 果是孫權妹話不虛傳 我看他閉月羞花沉魚落雁 這也是月下老天定良緣 走上前我只得把禮來見 尊一聲賢皇妹細聽我言	掛紅綵鋪地毡甚是氣旺 皇宮院與黎民大不一般 行來在宮門外用目觀看 兩廊下排劍戟孤躬膽寒	人逢喜事精神爽 月到中秋分外光 來在宮到用目望 刀鎗劍戟列兩傍 回頭便對四弟講 你保孤王回荊襄
		趙雲 西皮散板 東吳招親心歡暢 趙雲保駕料無妨
		劉 西皮散板 東吳招親孤不想 回轉荊州樂安康
		趙 西皮散板 主公錯把話來講 爲臣言來說端詳 此處好比鴻門宴 要學樊噲保漢王
		劉 西皮散板 四弟好比樊噲將 孤王怎比漢高皇 用手接著常山將 你隨孤王入洞房
		趙 西皮散板 臣見君妻就該喪
		劉備 西皮散板 孤不罪你有何妨 四弟只管隨孤往
		趙 西皮散板 怕學韓信喪未央

	老生 元板 　兩廊下撤去了鐄刀不見 　果然是孫權妹話不虛傳 　來至在宮門口抬頭觀望 　見皇姑不迎接禮上不端	
	旦 慢板 　聞聽得他弟兄飛魂喪膽 　說什麼見鐄刀心中膽寒 　論大禮我就該迎接當面 　只羞得孫尚香滿臉紅顏	
	老生 元板 　滿劉備在宮院偷眼觀看 　好一似天仙女降下臨凡 　多虧了喬國老暗地撮合 　月下老配就了龍鳳百年	
尚香 流水 　孫尚香面帶羞探眼細看 　耳垂肩手過膝果然貴男 　三絡鬚飄胸膛龍眉鳳眼 　倒有那帝皇相非比等閒 　論大禮我就該迎接當面	旦 　孫尚香站宮院偷眼觀望 　三柳鬚耳垂肩果係貴男 　怪不得喬國老暗地誇獎 　這也是月下老配就鸞凰	
末 　人說趙雲忠良將 　孤王心下轉思量 　邁步來在宮門口 　宮娥彩女站兩傍 　武士好比殺人樣 　宮中坐的孫尚香 　是是是明白了 　兄妹計設害孤王	老生 元板 　我這裡走上前把禮來見 　有孤躬把來路細對你言	末 　人說四弟忠良將 　孤王看來也平常
	旦 慢板 　尊貴人你不要提吊心膽 　小周郎他定下調虎離山 　但願得我的娘心不改變 　咱夫妻這也是前世姻緣	

	老生 元板 漢劉備聽此話把心放定 果然是女英雄話不虛傳 從今後把愁腸一概不管 把愁腸一旦間不掛在心頭	
大著膽兒往內闖 要問龍潭擾一場		大膽且把宮門進 龍潭虎穴走一場

只是《戲考》的本子又不像是在車本的基礎上增加變化而來。《戲考》是否正是梅氏的劇本尚難以定論，〔註7〕但劇中大量增加孫尚香的戲份卻是事實。此一改本即使不是梅改本，但最少也是適度突顯正旦孫夫人的改本。

　　此劇從「楚曲」──→車本──→京戲本的變動過程中，還有一個地方的變化也很大，那就是吳國太在甘露寺內相婿，對劉備品頭論足時，喬玄、劉備、吳國太、孫權等人互動的情形，「楚曲」、車本與《京戲考》本的唱段，三者一脈相承，幾乎沒有變化：

楚　　曲	車　　本	京　戲　考
備 太后尊坐大佛殿 細聽劉備表根原 吾皇高祖興西漢 後來分繁在燕山 黃巾賊黨造了反 一路投奔在中山 結拜二弟關美髯 燕州張飛拜爲三 水淹下邳擒呂布 曹丞相帶我到中原 獻帝把我宣上殿 查起劉氏宗譜傳	末 太后吳侯坐佛殿 細聽劉備表家園 吾皇高祖與炎漢 弟兄結義在桃園 只因黃巾作了亂 憤志投軍到燕山 結拜二弟關美髯 范陽翼德居爲三 水淹下邳擒呂布 曹丞待我到中原 獻帝宣上金鑾殿 把我歷代宗譜觀	劉 西皮倒板 太后吳侯坐佛殿 西皮原板 細聽劉備表一原家園 我祖高皇興炎漢 西皮原板 弟兄結義在桃園 結拜二弟關美髯 保定皇嫂過五關 刀劈秦琪黃河岸 范陽翼德張爲三 虎牢關前呂布戰 大吼一聲斷橋樑

〔註7〕　與《梅蘭芳唱腔集》比對，梅蘭芳演唱的唱段，應是《京戲考》所收的這個本子。這段有名的「昔梁鴻配孟光」的唱詞，梅本是沿用車本的。見吳迎、盧文勤整理記譜：《梅蘭芳唱腔集》（上海：上海文藝，1983），頁81～84。

道我本是苗裔後	我本是景帝玄孫後	
爵封皇叔掌兵權	爵稱皇叔掌兵權	四弟子龍英雄將
有個四弟子龍將	在南陽三請諸葛亮	長坂坡前救阿男
長坂坡前救兒還	那位先生非等閒	三顧茅蘆諸葛亮
三請茅蘆諸葛亮	火焚博望人少見	
神機妙算世無雙	祭起東風破曹蠻	
火燒博望人罕見	趙子龍一身都是膽	南屏借風燒曹瞞
祭起東風破曹蠻	長坂坡前救主還	劉備本是靖王後
劉備本是漢室後	我本是漢室宗親後	現有歷代宗譜傳
現有皇圖宗譜傳	現有歷代宗譜傳	

但實際的表現方式，在車本已有不同的處理。前面所列的唱詞，「楚曲」是由劉備一人一路唱到底，淨扮孫權還沒上場；車本則是安排吳國太和喬玄及孫權三個人同時在甘露寺中，並有微妙的對話；《戲考》本完全沒有這個部份，倒是《京戲考》依循車本的做法：

車　　本	京　戲　考
后白 　久聞皇叔宗室苗裔 　老身請教一遍	國太白 　久聞皇叔乃漢室苗裔 　老身未曾領教請道其詳。
末白 　太后不嫌耳煩 　容劉備告稟。	備白 　太后不嫌耳煩 　容備細表一番。
后白 　慢慢講來	
末唱 **太后吳侯坐佛殿** **細聽劉備表家園** **吾皇高祖興炎漢**	**劉備唱** **西皮倒板** 　**太后吳侯坐佛殿** 　**細聽劉備表一表家園** 　**我祖高皇興炎漢**
外白 太后 　你道皇叔是甚等人樣	外白 啊太后 　可知皇叔的根基
后白 　倒也不知	后白 　本后不知

外白	喬白
劉皇叔乃中山靖王之後 景帝閣下玄孫 劉表之堂弟 當今獻帝之叔 龍眉鳳目日月天子 真果是帝王根本	皇叔乃中山靖王之後 漢景帝陛下之玄孫 荊襄王劉表之堂弟 當今獻帝之皇叔 唔唔唔，國太請看 生得是龍眉鳳目 兩耳垂肩雙手過膝 真乃是帝王的根本哈……
權白 帝王根本	權白 他是帝王根本
外白 本是帝王根本	喬白 啊！帝王根本
權白 帝王根本	權白 與你什麼相干
外白 吓	喬白 我說說也無關緊要哇
	權白 多口
	喬白 嘿嘿！反道我多口
末唱 弟兄結義在桃園 只因黃巾作了亂 憤志投軍到燕山 結拜二弟關美髯	備唱 西皮原板 弟兄結義在桃園 結拜二弟關美髯
外白 太后可知關美髯	喬白 啊！關美髯國太可曉得
后白 老身不知	后白 本后不知
外白 關美髯就是皇叔結拜二弟 姓關名羽字雲長 乃蒲州解梁人氏	喬白 此人乃是皇叔結拜二弟 關名羽字雲長 乃蒲州解良人氏 弟兄桃園結義以來 在徐州失散

	萬般無奈暫歸曹營
	那曹操待他十分恩厚
	三日一小宴五日一大宴
	上馬金下馬銀
那位將軍辭曹歸漢	美女十名俱一不受
卦印封金	聞得皇叔有了下落
	彼時封金卦印
過五關斬六將	在壩橋挑袍
千里獨行、破壁爲光、秉燭待旦	過五關斬六將
後來古城相會	
太后、主公！	
那位將軍好義氣也	這位將軍他的義氣不小哇
	權白
	他的義氣不小
	喬白
	啊！他的義氣不小
權白	權白
你看見來	可是你親眼得見
外白	喬白
本是好義氣也	雖不是親眼得見
	是誰人不知誰人不曉哇
權白	權白
你可不養養精神	眞眞的嘮叨哇
	喬白
	啊！這也不算我勞叨
末唱	**末唱**
	西皮原板
	保定皇嫂過五關
	刀劈秦琪黃河岸
范陽翼德居爲三	**范陽翼德張爲三**
外白	喬白
	啊！太后
張翼德太后可知	張翼德國太可曉得
后白	后白
不知	本后不知

外白 　就是叔結拜三弟 　姓張名飛字翼德 　乃涿州范陽人氏 　生得豹頭環眼手使丈八蛇矛 　在當陽橋邊一吼 　一聲嚇得曹操收了青龍傘 　跌死夏侯杰 　獨退曹兵百萬 　太后主公那位將軍好威風	喬白 　此人乃皇叔結拜之三弟 　姓張名飛字翼德 　乃涿州范陽人氏 　這位將軍 　在當陽橋邊吼一聲 　嚇得曹操收了青龍傘 　跌死夏侯傑 　這位將軍好威風好煞氣
權白 　什麼好威風	權白 　他的好威風好煞氣
外白 　本是好威風	喬白 　好威風好煞氣
權白 　不必饒舌	權白 　你啊！養養你的老精神罷
	喬白 　啊！是是是
末唱 　水淹下邳擒呂布 　曹丞待我到中原 　獻帝宣上金鑾殿 　把我歷代宗譜觀 　我本是景帝玄孫後 　爵稱皇叔掌兵權 　在南陽三請諸葛亮	備唱 　西皮原板 　虎牢關前呂布戰 　大吼一斷橋樑 　四弟子龍英雄將
	外白 　啊！太后 　趙子龍太后可曉得
	后白 　本后不知
	外白 　此人乃皇叔之四弟 　姓趙名雲字子龍 　乃鎮定常山人氏 　這位將軍在長板坡前與曹兵交戰 　殺得曹兵麼是個七進七出

	權白
	唉！是三進三出
	喬白 　記錯了！記錯了 　七進七出
	權白 　哽！三進三出
	喬白 　七進七出！是七進七出哪
	權白 　也不怕拌壞了你那老嘴
	喬白 　哼！本來是七進七出啊
	末唱 　**西皮原板** 　**長坂坡前救阿男** 　**三顧茅蘆諸葛亮**
外白 　太后諸葛亮可知道否	喬白 　啊！太后 　諸葛亮國太可可曉得
后白 　也不知道	后白 　本后不知
外白 　那位先生本姓諸葛名亮字孔明 　道號臥龍初出茅蘆火焚博望 　水淹新野祭起三日東風 　燒死曹兵百萬赤壁火燒戰船 　那位先生好燒好燒吓	喬白 　此人複姓諸葛名亮字孔明 　皇叔三顧茅蘆纔得下山 　這位先生在南屛山借東風 　燒退曹兵八十三萬 　好燒啊好燒
權白 　燒得你發強	權白 　諸葛亮的火大 　燒得你在此胡說八道
外白 　本是好火	
權白 　虧我記得許多	

外白 記不得我也不講	
末唱 　那位先生非等閒 　火焚博望人少見 　祭起東風破曹蠻 　趙子龍一身都是膽	末唱 　西皮原板 　南屏借風燒曹蠻 　劉備本是靖王後 　現有歷代宗譜傳
外白 　趙子龍太后一定是知道的	
后白 　不知	
外白 　乃是皇叔結拜四弟姓趙名雲字子龍 　乃常山真定人也 　在長板坡前救阿斗時節 　在曹營殺得個七進七出	
權白 　那趙雲三進曹營	
外白 　七進七出	
權白 　罷了罷了就是七進七出	
外白 　本是七進七出	
末唱 　長坂坡前救主還 　我本是漢室宗親後 　現有歷代宗譜傳	

車本介紹劉備相關人物時，是依「劉備本人──→關雲長──→張飛──→諸葛亮──→趙子龍」次序介紹；《京戲考》本是「劉備本人──→關雲長──→張飛──→趙子龍──→諸葛亮」，雖然有些次序上的更動，但唱詞基本雷同。在國太的「本后不知」中，喬太尉得以一次又一次的強調，並誇讚著劉備自身血統尊貴、又有文武能臣佐助的優勢，以奠定劉備在吳國太心中的「女婿」地位。而別

有盤算的孫權，生怕招親之事弄假成真，於是一次次地嫌喬玄多事，但又不好明令禁止，只能語帶譏諷地微弱反擊。其實，以吳國太的身份及其所處世局，不可能對劉備一無所知，只不過這樣的安排，能讓喬玄適度的表現，顯得既忠厚且順理成章。劉備的直敘、喬玄的加強描繪，與孫權的譏諷，三者不同口氣的論述態度，形成一種激盪與趣味。《戲考大全》本介紹劉備等相關人物的處理方式是「劉備本人──→趙子龍──→關雲長」，少了張飛及諸葛亮的部份，並且加入了趙雲的唱段，各個角色全是以唱曲來鋪陳劇情，而不是車本、《京戲考》那樣說白、唱曲間雜，是一個各個角色都有發揮的本子：

（劉唱原板）吳國太如王母端坐在佛殿。

（國太）你把那家鄉居處、歷代宗譜細說一番。

（劉）家住在樓桑村涿州小縣。

（喬）他本是靖帝後，當今皇叔一奇男。

（劉）備我實實不敢當。

（喬）老朽盡知何必太謙。

（孫）老伯父你何必將他誇讚。

（喬）尊皇叔你進前有話對你言，他本是江東的吳侯他叫孫權。

（劉）備我是少來問安。

（國太）叫皇兒向前去把禮來見。

（喬）吳國太傳旨意還不向前。

（孫）無奈何還一禮。（過板）國老你真真討厭。

（喬）兩國和好禮當先。

（國太）這員將名和姓、家住在那縣？

（趙）姓趙名雲家住在常山。

（孫）原來是趙子龍。

（劉）他渾身是膽，想當年，他在那長板坡救阿斗，殺曹兵七進七出。人不卸甲、馬不離鞍、血染戰袍，（過板）可算得將中魁元。

（趙）長板坡與曹兵幾次交戰，三將軍威名顯，當陽橋嚇曹蠻。我主爺洪福齊天。

（國太）久聞得關雲長威名震顯，在徐州曾失散。（過板）為什麼降順曹瞞？

（劉）都只為曹孟德兵百萬，張文遠巧能言約三事，困土山在曹營

十二年。

（喬）這件事又是我親眼得見。他二弟關美髯，在曹營上馬金下，

美女十名他不貪，封金掛印辭曹瞞，保定皇嫂，過五關斬六

將，擂鼓三通斬蔡陽，在那古城邊他兄弟又得團圓。〔註8〕

這個本子的安排，吳國太的角色性格比較合理。在一人一句的接唱，每個角色都有表現的機會；雖不若車本的喬玄、吳國太說白，劉備唱曲來得層次分明，但「對口」接唱的方式，加上有劉備、喬玄、國太、孫權和趙雲五個人，也可能產生不同角色唱腔造成的緊弛有致和疏密相間。

從車本開始，喬太尉的戲份明顯增加，許多對話與作表之間都很生動，比劉備還搶戲，很有可能就是《中國京劇史》中所稱賈洪林所加，並成為「常演的路子」的劇本。〔註9〕劇中喬玄唱段雖然不是最多，但忠厚而成人之美的性格自然流露，很容易出彩討好，演成主角不難想像。京劇本也多依循著車本的改變，突出喬玄這個角色。從「楚曲」到京劇本的變化，明顯看出這種為突顯劇中某一角色而作的改變。但是從本劇發展的脈絡看來，由於曾經過不同角色行當的人編排過，劇中各角色的性格呈現以及戲份唱詞，都有不少的改變，使得每個角色都有發揮的空間：「毓五──喬家家院」、「賈洪林──喬玄」、「馬連良──喬玄」、「梅蘭芳──孫夫人」，因此比對「楚曲」──車本──各京劇本，正可了解此一變化的痕跡。

二、突出花旦的劇本

▲花田錯

「楚曲」《花田錯》（111～1）共四回，各回並未另標回目。本事與《水滸傳》第五回魯智深桃花村打周通事不盡相同。故事敘述劉德明欲為女玉瓊擇婿，命女婢春蘭陪同遊賞花田會，二人於度仙橋下，遇賣畫籌措路費的舉子卞集，小姐慕其才貌，春蘭囑其在橋前等候，隨即回村稟明劉父。劉父聞春蘭薦舉，便命家院劉雲至度仙橋下請卞集前來議婚。不料卞被人強邀至他處書寫圍屏，周通正在畫攤上等候，劉雲誤將周請回。劉父見周形狀粗俗，送銀打發，周通豈肯罷休？約定三日之後抬轎迎娶。春蘭為此受責，急至渡仙橋請卞男扮女裝，進府與玉瓊商議對策。適遇周通前來搶親，誤將卞搶走。

〔註8〕 胡菊人編：《戲考大全》（台北：宏業，1970），頁11～12。
〔註9〕 同註2。

　　據《燕塵菊影錄》、《十日戲劇》：路三寶、馮子和、小翠花、黃潤卿、荀慧生、趙燕俠、李世芳、毛世來、劉玉琴等均工此戲。（661）車本亂彈收《花田錯》（6〜136），《戲考》收《花田錯》（2〜927），此二劇情節與「楚曲」同。《戲考》另收有《花田錯》（8〜4251）為此一故事之後本，然「楚曲」及車本均未收有後本。

　　車本與「楚曲」《花田錯》在分場及情節上相同，但已有精簡的情況，（詳見附錄七），而且在「春蘭」一角上多有加工；《戲考》本也沿用車本。據齊如山《京劇之變遷》謂此劇為方松林所排，由於方松林擅演花旦戲，此說應為可信。〔註10〕比對「楚曲」──→車本──→京劇，明顯可看出由原來的群戲，到車本開始刪減多餘頭緒，到京戲集中焦點在婢女春蘭身上，改動的幅度相當大。從此本的比對，也可看出花旦行當的形成軌跡，在「楚曲」裡並無「花旦」這一個行當，原由占扮春蘭，車本中不註明腳色，以劇中人物名稱代替，到《戲考》本可看見原占扮春蘭成了花旦扮演，而原由小旦扮的小姐，卻成了貼扮。花旦飾的春蘭不論在唱詞及作工部份，都與「楚曲」本有所不同。例如春蘭在花田之中與卞集穿針引線一段，「楚曲」本中的春蘭只是傳話，到了車本，多了調侃：

楚　本	車　本
（生）乙未中舉。 （占）原來是個舉人老爺！多有得罪吓！ （生）豈敢。 （占）請坐！請坐！姑娘，他是個舉人爺。 （旦）你問他尊貴庚年紀多大。 （占）先生你今年貴庚？ （生）年方二九。 （占）二九一十八歲。好吓！我姑娘二八一十六歲。十八、十六正將合適。姑娘他是一十八歲。 （旦）你問他閨房中可有婚家 （占）是吓！問半天的話，這才是一句要緊的話。先生，你可開過葷來，還是沒有？	（卞）甲午舉人卞繼題。 （小姐）甲午舉人卞繼題。原來是位舉人。 （春）喲！敢自還是舉人老爺呢！

〔註10〕齊如山：《京劇之變遷》：「從前有一位唱花旦的名叫方松林，身段非常之嫋娜，極能排戲，像《花田錯》等戲，都是他排出來的」。收在《齊如山全集》（台北：聯經，1979）第二冊，頁51，總頁914。

（生）葷酒葷肉那日不吃！	
（占）不是那個葷，是那個大葷。	
（生）什麼話？	
（占）要知心腹事，盡在搖頭不語中。姑娘！幸虧他沒婚配，就將他扯了回去。	
（旦）哎！要稟過爹娘再請。	
（占）稟過員外安人再請。	
（旦）正是！	
	（小姐）春蘭，你我回去稟知員外安人知道（下）
	（春）是了。交給我了。我給你那瞧瞧車輛去。
	（春）吭！不害臊！咳！瞧人無非一過草，你屬蚊子的？往肉裡頭了！
	（卜）丫環姐，你叫什麼名字？
	（春）我叫春蘭。
	（卜）好一個名兒。
	（春）哎呀！可了不的了。今兒個出來慌疏，沒代錢。早起給我們小姐絨剩下倆大，給你那罷。
	（卜）不敢要錢。
	（春）我楞給你擱裡頭了。
	（卜）咳！你家小姐長的好看。
	（春）怎麼，我們小姐長的好看？
	（卜）長的好看！
	（春）你瞧瞧我怎麼樣？
	（卜）你也好。
	（春）吭！到我們這兒，又加了個「也」字兒。
	（卜）你好看。
（占）先生，你在此少坐，一時我就有人前來請你。	（春）你可別走了。少時我們員外打發人來請你來。
（生）有勞大姐。	（卜）我是不走的了哇。

此種更動較為合理，玉瓊一閨中女兒，怎好讓丫環問卜生年為幾何、是否婚配這樣的問題？「楚曲」本中的春蘭表現像傻大姐，都是小姐「指使」、「發問」，春蘭倒像是局外人似的；而車本的改動，使春蘭的俏皮活潑、靈慧可人

自動浮現出來，活脫脫一個俏紅娘。〔註11〕如此才與其後爲卜生出主意一段，前後呼應：

楚　　本	車　　本
（占）先生你不要啼哭，待我想個主意與我姑娘一會。 （生）大家想想。 （占）可有了！想我家離花田不過二里之遙。門前有椿樹數株，椿樹之下，有茅屋一間，你明日晨早，可躲內面，待我引先生和小姐一會。	（春）你竟哭會子。有什麼主意沒有哇？ （卜）無有主意。 （春）我道有個主意！ （卜）你有什麼主意？ （春）將你男扮女粧，混上樓去。叫你們倆人到了一塊，就結了。 （卜）我無有衣服。 （春）穿我們小姐的。 （卜）我無有繡鞋。 （香）也穿我們小姐的。 （卜）你家小姐三寸金蓮，我正們大的腳脖鴨子。 春：是吓！有了！把我們老太太的睡鞋拿來。 卜：這到也穿得。 春：你可別走了。老在這等著。

「楚曲」本純然敘事，經車本改動後，有了春蘭的機智表現，表示卜繼若和小姐生米煮成熟飯，周通也就莫可奈何了，且爲下一場趕製繡鞋先預作合理的安排。在趕製繡鞋的過程中，車本加入「攛蔴繩兒小元場，歸座介，做活」的身段表演。這樣的表演到《戲考》本原樣沿用。《戲考》稱：

> 此搓線繡鞋一場，描摹閨中情形頗有神理。〔註12〕

可見演員在舞台上的表演必是鮮活淋漓。而《戲考》本更在車本的基礎上加工，使花旦扮的春蘭有更多發揮的空間。如與卜生商議後，回到家中見小姐，故意不說情況如何，先吊吊小姐胃口：

> （旦上）哎吓。我的腳疼吓。
>
> （占）那卜先生可在那裡？
>
> （旦）慢著！我的腳還疼呢！

〔註11〕除此處外，尚有卜繼改換女裝以混入劉府的相關問題。「旦：缺少一件。占：那一件？旦：衣裙釵環。占：哎！姑娘，你有衣裙釵環，帶了前去。旦：還少一物。占：還少什麼？旦：一雙花鞋。占：姑娘可有花鞋？帶雙前去。旦：我的腳小，他的腳大怎麼穿得？占：是吓！鞋小穿不得。哎！姑娘不如今夜趕做一雙。旦：恐做不起。占：你我放快些就是。」《俗文學叢刊》冊110，頁44。

〔註12〕王大錯《花田錯》考述。《戲考》冊二，頁928。

（占）哎！到底是怎麼樣了？

（旦）我不是出的門吓，我就走吓走吓。

（旦）到了沒有？

（旦）好容易走到了。

（占）人可在那裡？

（旦）他人吓，在那裡呢。他倒埋怨起我來了！

（占）他說什麼？

（旦）他說這般時候，還不見春蘭轉來。〔註13〕

春蘭東拉西扯半天，就是故意不說出小姐關心的事情。由此一段對話中，不
難想見小姐的焦急與春蘭的促狹。此一情況還表現在天亮後，春蘭帶衣衫給
卞生更換出門之前，春蘭要求小姐叫她一聲「姐姐」，使得小姐叫也不是，不
叫也不是，把丫環拿翹，小姐靦腆的場面，活靈活現的傳達出來。此處情節
「楚曲」本已有，車本與《戲考》本也都沿用。車本改動以供春蘭有更大揮
灑空間處，尚包括春蘭教卞生婦人家舉止：

楚　　本	車　　本
（占）先生，見了我家姑娘怎樣見禮？ （生）還是這樣。 （占）那樣去不得。 （生）要怎樣？ （占）要學我婦道家這樣交手。 （生）要學你們這樣交手。 （占）好吓！你就是我們聰明的徒弟 　　吓！你怎樣行走？ （生）這樣行走。 （占）待我教道與你。要這樣行走吓。	（春）你先等等走著。你這樣打扮要學婦 　　人家行走。 （卞）我卻不會婦人家行走。 （春）代我交給你罷。 （卞）春蘭姐教道與我罷！ （春）你睄著點。（身段介）摸摸鬢角，摸 　　摸脖領。這們一擺，這們一擺。你 　　睄著點，要走一個，跳三步爾。 （卞）啊，春蘭姐，看著點。（作身段介， 　　照春白一樣）咳，睄我這三大塊呀。 （同笑介）哈哈哈！走哇！

這樣的改動，比「楚曲」本春蘭與卞生兩造對話的安排生動且有趣味性，再
配合前面的劇情，春蘭的個性也較為統一。《戲考》載：

近滬上演此劇者，以馮春航為最鼎鼎。此次真十三旦來第一臺時，
亦曾演過，其做工細膩熨貼，名下洵是無虛。惜滬人看戲，只知重

〔註13〕王大錯《花田錯》。《戲考》冊二，頁938。

色不知重藝爾。嘗見坤角十三旦演此，嬌小玲瓏，曼聲軟語，活潑

潑地，煞是可兒，我甚憐嬖之。〔註14〕

這樣的說法，正可看出京劇《花田錯》中以「春蘭」為主的情況。經由「楚
曲」──→車本──→京戲劇本的比對，不難看出京劇本在「楚曲」本的基礎上，
沿用車本更動的部份，再加工完成的過程。

三、突出小生的劇本

▲轅門射戟

在目前可見的「楚曲」劇作中，角色形象特別突出的幾乎都是鬚生；而
這個《轅門射戟》（109～277）的折子，明顯是以小生扮的呂布為主角。故事
敘述紀靈奉命奪取小沛，劉備向呂布求救，紀靈亦厚賄呂布請予相助。呂布
邀劉備、紀靈宴飲，為兩家調停，並以畫杆為靶，聲稱：「如能射中，請即罷
兵；不中，任其所為」。後呂布拈弓搭箭，果中小戟。紀靈謂難覆軍令，呂布
修書袁術，力勸息兵。

車本（4～530）與《戲考》（1～565）皆收有《轅門射戟》一劇。據《京
劇二百年之歷史》、《都門紀略》、《燕塵菊影錄》、《菊部群英》、《立言畫刊》：
徐小香、王楞仙、德珺如、朱素雲、陸花雲、張寶昆、鮑福山、龐德雲、李
豔儂工此戲。

三本劇情略有變動：（粗體表《戲考》本特有情節）

楚　　曲	車　　本	戲　　考
A 紀靈起兵	D 呂布上場	A 紀靈起兵
B 劉備兄弟商議	E 紀靈厚賂	D 呂布上場自誇
C 劉備修書向呂布求援	F 劉備書至	E 紀靈厚賂
D 呂布上場自誇	G 呂布修書邀二人飲宴	F 劉備書至
E 紀靈厚賂	D1 呂布自誇	G 呂布修書邀二人飲宴
F 劉備書至	H 紀靈竊笑	B 劉備兄弟商議
G 呂布修書邀二人飲宴	I 劉備兄弟赴宴	**A1 紀靈圍城**
H 紀靈竊笑	J 張飛投帖	D1 呂布自誇
I 劉備兄弟赴宴	K 溫侯接見	I 劉備兄弟赴宴
J 張飛投帖	L 紀靈至帳	J 張飛投帖

〔註14〕王大錯《花田錯》。《戲考》冊二，頁 928。。

K 溫侯接見 L 紀靈至帳	M 席前調停 N 呂布譏劉備不飲	K 溫侯接見 L 紀靈至帳
M 席前調停 N 呂布譏劉備不飲 O 呂布轅門射戟 P 呂布修書袁術 Q 紀靈收兵 R 劉備稱謝 S 呂布自滿	O 呂布轅門射戟 P 呂布修書袁術 Q 紀靈收兵 R 劉備稱謝 S 呂布自滿	M 席前調停 O 呂布轅門射戟 P 呂布修書袁術 Q 紀靈收兵 R 劉備稱謝 S 呂布自滿 **T 紀靈復返** **U 會陣開打**

不過這樣的變動都還不離「楚曲」祖本，京劇本新增的是會陣開打的部份，只能算是京劇的演出慣例，稱不上是新增情節。〔註15〕由於劇情略有變動，故各本唱詞也有些許差異。（詳見附錄八）車本的《轅門射戟》，把紀靈奉命領兵攻打小沛，劉備得知，與關、張互相商議，修書向呂布求援的部份刪除，一開始就是呂布上場。《戲考》本保留紀靈上場的部份，卻把劉備兄弟商議的唱曲，放至接獲呂布邀請信函之後，而且刪減了很多。這種安排好像不如「楚曲」本合理，因爲不曾交待劉備寫信求援的前因，但卻突顯了小生呂布在劇中的主要地位，所以呂布登場，直接就進入身處二種勢力下的左右爲難，於是修書邀宴，以排難解紛的主題。少了劉、關、張一登場的絮絮叨叨，焦點更易集中在呂布身上。

呂布同時接到紀靈厚賂及劉備書信，雖有些兩難，但自恃英雄身份，故願爲調停之人，三本在此處的處理完全一樣：（斜體黑字是京劇本安排在後面的唱段）：

楚　　　曲	車　　　本	戲　　　考
西皮 　看過金帖紙二張 　手執羊毫寫幾行	西皮二六 　看過了花箋紙二張 　手提羊毫寫幾行	西皮倒板 　看過了筆墨紙二張 原板 　手提羊毫寫幾行

〔註15〕曾白融主編：《京劇劇目辭典》（北京：中國戲劇，1989）稱這樣的會戰起打，原是《奪小沛》才有的場子，《轅門射戟》在和解後即下場，頁207。只是不論是《戲考》所收，或《戲考大全》所收《轅門射戟》，最後都有紀靈與呂布開打的部份，由於《戲考》所收《轅門射戟》一劇，又註明《奪小沛》，顯然二劇並沒有嚴格區分。是否此時已將《奪小沛》的部份場子學來，也未必可知。

一非待客葡萄釀	亦非是代客葡萄樣	一非待客葡萄釀
略表薄盞待鹵漿	國中大事有商量	共同大事有商量
回言多拜紀靈將	二封請帖忙修上	二封請帖忙修上
准備明午候威光	明日定要候吾光	明日清晨候午光
回去你對使君講	回去你對試軍講	回去你對使君講
叫他心中放寬腸	叫他只管放心腸	叫他只管放心腸
來日清晨准准望	明日清晨早早往	明日清晨早須往
席前自有話商量	同到席前共商量	席前大事有商量
		三軍暫退蓮花帳
		明日席前做商量
獨戰江場在范陽	戰敗疆場某心爽	*戰罷疆場在濮陽*
諸侯聞言心膽寒	諸侯見我也心慌	*諸侯見我也心忙*
丁公不仁被吾斬	丁公不仁劍下喪	*丁公不仁被我斬*
鎗刺董卓為貂蟬	鎗挑董卓一命亡	*戟刺董卓為貂蟬*
阻擋曹兵千百萬		
單人獨騎戰千員		
虎牢關前打一仗	虎牢關打一仗	*虎牢關前打一戰*
玄德翼德關美髯	大戰桃園劉關張	*偶遇劉備與關張*
他弟兄扣定連環馬	三人連環難敵擋	*三人扣住連環戰*
區區畫戟任賠還	只殺兒郎喪疆場	*掩殺兒郎讓刁鞍*
方天戟掛下青絲散	方天戟掛心堂	*方天畫戟情不讓*
陣前失落紫金冠	張飛將我金冠傷	*張飛懊挑紫金冠*
自古道一人能擋千員將	氣得某家收兵將	*含羞帶愧收兵轉*
誰人不道奉先強	含羞代愧臉無光	*誰人不知俺呂奉先*

這一大段全都唱的是「西皮」。只是「楚曲」本中，呂布還自誇自擂地將從前的「豐功偉業」細數一番；京劇本直接把這一大段的「豐功偉業」移動，但不是省略，而是安排在後頭，如果把後面的這一段唱詞搬回來，可以發現幾乎是沒什麼太大的改動。

據陳墨香〈京劇提要・奪小沛〉：

> 《奪小沛》來自滬上，小生扮呂布，生扮劉先主，次者扮關羽，淨扮張益德，次者扮紀靈、雷薄、陳蘭。布及劉、張皆正角。其形容益德粗豪，氣足以懾靈；先主雅量，智足以用布，皆極生色。《射戟》則北京伶人所改，僅小生唱工戲而已，全失其神彩。〔註16〕

此說恐有疑問，因此劇在道光二十五年的《都門紀略》中已載「和春班」的

〔註16〕陳墨香：〈京劇提要・奪小沛〉，《劇學月刊》三卷九期，1934。

龍德雲擅演此劇，龍德雲正是出身漢班的湖北人。顯然京劇《轅門射戟》與「楚曲」的關係是非常密切的；且清季以來，劇場搬演皆以《轅門射戟》為盛。以京劇擁有多種的「前身劇種」，二劇恐來源不一，如同伍子胥的《昭關》分有文武一樣。《奪小沛》中呂布、張飛、劉備皆是主角，但《轅門射戟》卻是以小生唱工為主；而這種情形，是在「楚曲」祖本時已經建立的，只是在「楚曲」的基礎上，再事強化處理而成。此劇中的呂布在面對不同人物時，態度與情緒的拿捏是一門高深的學問，時時得表現佔據徐州之後叱咤風雲的氣勢，但又不能忘卻今天是當和事佬的身份，故王大錯云：

> 此劇去呂布者最難的當，蓋須有幾副辭色：對紀則純乎強硬，如玩小兒；對於劉則驕傲而一味討好；對於張飛，則又含怒不發，莫可如何。而舉止動作之間，又須英俊倜儻，從容不迫，不改其翩翩風度，方合溫侯身分。雉尾生做工之難，即難于此也。〔註17〕

「楚曲」本中張飛與呂布之間並沒有直接對手戲，京劇本中增加的二人對話，顯出張飛因酒醉失徐州的憤怨難平，而呂布對張飛屢屢的挑釁，只能「含怒不發」：

（小生）吓！賢弟。

（張）呔！俺大哥乃中山靖王之後，孝景皇帝閣下玄孫，你敢叫他賢弟？

（小生）這個……

（劉）吓！溫侯溫侯！吓！三弟，溫侯叫我賢弟與你什麼相干？

（張）我不許他叫！

（劉）你不要講話。

（張）我就不講話。

（劉）你與我坐下。

（張）我就坐下。

（劉）吓！溫侯。

（小生）不知使君駕到，未得遠迎，當面恕罪。

（劉）少來問侯，都督海涵。

（小生）豈敢。二君侯可好？

（關）溫侯駕安。

〔註17〕王大錯：《轅門射戟》條考述，《戲考》冊一，頁566。

（劉）三弟與溫侯見禮。

（張）俺老張不會見禮。

（劉）吓！桃園呢！

（張）咳！俺老張不與呂布狗子見禮，俺大哥在一旁桃園桃園呢！
　　　俺老張一生一世，就吃這桃園虧了。呂布狗子請了。

（小生）那個是狗子？

（張）你是狗子。

（小生）你是狗子！

（劉）吓！溫侯。吓！你怎麼叫他狗子？

（張）他本來就是狗子！

（劉）我不許你講話。

（張）我就不講話。

（劉）你與我坐下。

（張）我就坐下。

（劉）溫侯。

（張）哎、咦咦咦……

（劉）吓！溫侯。

（小生）黑臉的可好？

（張）俺老張無病，怎麼不好？

（小生）身為大將，事要正辦，酒要少飲。

（張）呔！俺老張不過一時酒醉，你不該奪我徐州。

（小生）這個……

（張）那個？

（劉）吓！溫侯。吓！事到如今，提起徐州則甚？

（張）這樣之人，我要頂他兩句。

（劉）你不要講話。

（張）我就不講話。

（劉）你與我坐下。

（張）我就坐下。〔註18〕

呂布既是調停之人，就不得不忽略張飛的冷嘲熱諷，縱使心中怒火衝天，也

〔註18〕《轅門射戟》，《戲考》冊一，頁 570。

不得不暫時隱忍，還得拍胸脯打包票、和顏悅色對著劉備。這一段京劇本增加的對白，讓呂布在唸白時必須是內蘊憤怒，卻外現平和。

不過京劇本雖是強調小生扮呂布在劇中的主要角色，但在呂布轅門射戟時的大段唱詞，卻是加以大幅刪減：

楚　　曲	車　　本	戲　　考
小生	呂	小生
二家不必來爭強	將軍休要逞剛強	快板
區區有個巧妙方	二六板	
叫人來抬過畫戟杆	剛強好比楚霸王	
酒席筵前比殺場	霸王剛強烏江喪	
某家有個平天斷	韓信強來喪未央	
但憑天公作主張	昔日楚漢兩征強	
畫杆插在轅門上	鴻門設宴害高皇	
待某拿弓搭穿楊	高祖不戰強似將	
刁翎中在畫杆上	項羽自刎在烏江	
兩下擺兵息戰場	征戰那有歇戰好	
刁翎不中畫戟上	退後一步有何妨	
任你二家刀對鎗	搖板	
三軍看過葡萄釀	叫人來看這葡萄樣	
只管放心飲瓊漿	紀將軍進前來飲瓊漿	
說什麼腹中無酒量	那裡是腹內少酒量	
分明有事在心傍	分明有事在心傍	
你比南山金錢豹	一個好似出山虎	
豪傑英雄賽虎狼	一個好比奎木狼	
狼虎相鬬殺場上	他二人相爭陣頭上	
狼不受殃虎受傷	狼不受傷虎受傷	
爭戰那有息戰好	方天戟抬在轅門上	畫戟抬在轅門外
兩下擺兵都無傷		
昔日高祖創家邦		
楚漢二家逞豪強		
高祖百戰陣陣敗		
霸王一敗死烏江		
那怕項羽有志量		
江山一統歸劉邦	二六	
看來世事休免強	看某彎弓射川楊	
強中更有強中強	刁翎若中畫戟上	
縱有武藝莫使盡	兩下收兵免征強	

退後一步又何妨 三人挽手同一往	刁翎不仲畫戟上 但憑兩家擺戰場 三人挽手東路往 論誰弱來論誰強	
看看轅門射穿揚 威風凜凜出寶帳	倒板西皮 威風凜凜出虎帳	
二下三軍站兩傍 左邊站的淮南將 右邊站的劉關張 兩眼睜睜朝某望 都看某家射穿楊	二六 大隊人馬歸兩傍 左邊站定紀靈將 右邊站定劉孫張 一各個出心把某望	兩家人馬站兩旁
接過狼牙箭一枝 銅台鐵杆弓一張 對著畫杆撒手放 射中小戟響叮噹 箭中小戟世間稀 誰人能中畫杆戟	看某灣弓射川楊 來忙把刁翎放 箭射畫戟世無雙 二六板 箭射畫戟是奸細 誰知後與我見高低	人來看過弓和箭
		劉 漢劉上前來祝告神威 但願得老天爺扶保劉備
		小生 使君休要心發愁 雙手搭上珠紅扣 這一箭射去了兵有數千

車本在這一段唱詞的安排，與「楚曲」有前後次序的不同。「楚曲」先說調停二家之道，再描繪當時雙方劍拔弩張的氣氛，後引楚漢相爭故實，用以說明「兩虎相爭，必有一傷」的道理；車本則是先引楚漢相爭事，勸雙方「征戰那有歇戰好，退後一步有何妨」，再描述當場氣氛，最後才是解決之道。車本的安排顯得層次分明、順理成章。但是京劇本把「楚曲」中的四十六句，刪減成六句唱詞，完全省去呂布射箭時，這些規勸的舉例及對周遭人事物的洞察。〔註19〕但在刪減唱段的同時，卻是為在作表上下工夫，也就是在舞台上

〔註19〕《戲考大全》所收的《轅門射戟》與《戲考》大同小異，在這裡的唱詞一樣大幅刪減，只剩六句：「畫戟抬在轅門外，兩家人馬兩邊排，人來看過弓和箭」、「使君休要心難耐，珠紅雙扣往上抬，這一箭射去了一場兵災」。

以實際的引弓射箭,以營造「箭射中心,兩家收兵回轉;倘若不中,任憑你二家所爲」的緊張氣氛。「楚曲」以大段唱段說「戲」,京劇本以動作表情說「戲」;「楚曲」中的呂布唱了大段唱段,京劇本的呂布則在射箭的動作上加工。德珺如演《轅門射戟》時最爲人稱道的,便是在舞台上「引弓發箭,一射中的,百無一失」,在當時稱爲一絕。〔註20〕不過也有京劇本在此保留「楚曲」本的方式,以大段唱段來說「戲」,名京劇演員葉盛蘭的唱段,就是如此:

楚　　曲	車　　本	葉盛蘭唱曲
小生	呂	呂
二家不必來爭強	將軍休要逞剛強	將軍休要逞剛強
區區有個巧妙方	二六板	二六板
叫人來抬過畫戟杆	剛強好比楚霸王	剛強怎比楚霸王
酒席筵前比殺場	霸王剛強烏江喪	霸王強來烏江喪
某家有個平天斷	韓信強來喪未央	韓信強來他喪未央
但憑天公作主張	昔日楚漢兩征強	這都是前朝的剛強將
畫杆插在轅門上	鴻門設宴害高皇	那一個剛強有下場
待某拿弓搭穿楊	高祖不戰強似將	
刁翎中在畫杆上	項羽自刎在烏江	
兩下擺兵息戰場	征戰那有歇戰好	爭戰那有歇戰上
刁翎不中畫戟上	退後一步有何妨	退後一步又何妨
任你二家刀對鎗	搖板	快板
		紀將軍休要怒滿膛
		某家言來聽端詳
		爭戰那有息戰上
		自古爭戰兩家有傷
三軍看過葡萄釀	叫人來看這葡萄樣	人來看這葡萄釀
只管放心飲瓊漿	紀將軍進前來飲瓊漿	某與兩家解和飲瓊漿
說什麼腹中無酒量	那裡是腹內少酒量	那裡是腹中無酒量
分明有事在心傍	分明有事在心傍	分明有事在心傍
你比南山金錢豹	一個好似出山虎	一個好似出山虎
豪傑英雄賽虎狼	一個好比奎木狼	一個好比奎木狼
狼虎相鬥殺場上	他二人相爭陣頭上	二人相爭戰場上
狼不受殃虎受傷	狼不受傷虎受傷	狼必受屈虎必遭殃
爭戰那有息戰好	方天戟抬在轅門上	方天戟插至在轅門上

〔註20〕 北京市藝術研究所、上海藝術研究所組織編著:《中國京劇史》,頁477。齊如山:《清代皮簧名家簡述》「德珺如」條,亦有相同記載,收在《齊如山全集》(台北:聯經,1979)冊四,頁143,總頁2165。

兩下擺兵都無傷		
昔日高祖創家邦		再與二公作商量
楚漢二家逞豪強		某家有戈凭天講
高祖百戰陣陣敗		將軍使君聽端詳
霸王一敗死烏江	二六	你我同到轅門上
那怕項羽有志量	看某彎弓射川楊	方天畫戟插在中央
江山一統歸劉邦	刁翎若中畫戟上	我若是射至在畫戟上
看來世事休免強	兩下收兵免征強	兩家收兵罷刀槍
強中更有強中強	刁翎不仲畫戟上	我若是射不中畫戟上
縱有武藝莫使盡	但凭兩家擺戰場	全凭兩家擺戰場
退後一步又何妨	三人挽手東路往	三人攜手同路往
三人挽手同一往	論誰弱來論誰強	論什麼剛來你逞的是什麼強
看看轅門射穿揚		

葉氏此處唱段，明顯是在車本唱詞上，加以改造，保留「楚曲」以唱說「戲」
的方式。〔註21〕

　　接著呂布寫信給袁術的一段唱詞，車本變動不大，而《戲考》本的改動
是因為轍口的不同，由原來的「一七轍」改成「江陽轍」，故唱詞無法沿用：

楚　曲	車　本	戲　考
虎爪提起羊毫筆	人來看過羊毫筆	快板
字字行行把話題	手提羊毫寫端的	上寫拜上多拜上
今聞紀將奪小沛	上寫紀靈奪小沛	拜上袁王看端詳
怎奈兵少將又微	請來兵權將又希	劉備看在我面上
各人保守疆土地		免得兩下動刀鎗
切莫爭強逞雄威		
一封書信忙寫起	一封書信忙修起	一封書信忙修上
煩勞將軍順帶回	煩勞將軍轉代回	煩勞將軍奏你王

　　整齣《轅門射戟》從「楚曲」至京劇的變化，是「唱、念、作、打」四
工全面的變化：刪減其他人的唱段以突出呂布主角地位、增加呂布對張飛挑
釁時的一段「內怒外和」的對白、強調轅門射戟時彎弓射箭的動作表現，以
及最後與紀靈的會陣開打。

　　以上三個劇本：《東吳招親》、《花田錯》、《轅門射戟》，從「楚曲」到京

〔註21〕葉盛蘭唱段，上海人民廣播電台文藝台戲曲科編：《京劇小戲考》（上海：上
　　　　海文藝，1990），頁163～164。

劇本的變化過程，可明顯看出劇作往突出劇中某角色的方向改變。

第二節　為劇情而改動楚曲的京劇單齣

　　京劇劇作在繼承沿用「楚曲」劇作時，還有些劇本是因為劇情因素，而在「楚曲」祖本的基礎上有所變化，短篇「楚曲」《洪洋洞》、《斬李廣》、《日月圖》便屬於此類。

一、為劇情合理而改動

▲洪洋洞

　　「楚曲」《洪洋洞》（110～275），分上下本，又名《六郎昇天》，又名《孟良盜骨》、《三星歸位》。敘述楊繼業死於北國，遺骸藏於洪洋洞中，故托夢給六郎，囑其取回骨殖。六郎命孟良前往，焦贊亦私自跟蹤。問明來歷，孟良入洪洋洞內，豈知焦贊在後，謊稱捉拿奸細，孟良大驚，劈死焦贊。孟良得知誤傷焦贊，託更夫程宣將令公骨殖送回，自刎而死。六郎得報哀悼成疾，八王爺前往探病，途遇猛虎，拔箭射虎，豈料此虎為六郎之本命星，六郎因而身亡。車本收有《洪羊洞》（6～273），《戲考》亦收有《洪洋洞》（1～11）。

　　據《京劇二百年之歷史》、《清代伶官傳》、《都門紀略》、《燕塵菊影錄》、《菊部群英》、《菊台集秀錄》、《十日戲劇》、《立言畫刊》：程長庚、譚鑫培、許蔭棠、劉鴻聲、張毓庭、貴俊卿、王又宸、孟小茹、孟小冬、徐立棠、紀壽臣、趙鳳鳴、陸鳳山、唐靜庵、楊四立、羅小寶、吳鐵庵、李桂芬、金少山、陳長壽、徐榮奎、葉盛茂、孟普齋、張三元、孫寶和、錢同喜、鄭德山、克秀山、鄭惠芳、汪桂芬等，均工此戲，以譚鑫培演出最有名。陳長壽、張三元、孫保和合演此劇，時為咸豐十一年。

　　車本改動的部份較多，但京劇本並未沿用，《戲考》所收京劇本，多依「楚曲」本《洪洋洞》。（詳見附錄九）例如車本增加了六郎對孟良再三叮囑的部份：

　　　　（生唱）將軍去必須要私藏暗隱，休驚動塞北的眾多番兵。盜骸骨
　　　　　　　　你一人休逞本領，若走漏這消息大事難成。

　　　　（淨唱）尊元帥休叮嚀請放寬心，我孟良雖粗魯頗有經綸。這件事
　　　　　　　　俺去做神鬼難測，盜不來真骸骨誓不回營。

（生唱）孟伯日他做事從來心細，此一番下胡營必定成功。一霎時
　　　　頭發暈時難扎掙，五腑內似崩烈心血不寧。攙扶我到病房
　　　　將藥調治，休驚動後堂上年邁太君。〔註22〕

「楚曲」本沒有這個部份，車本增加，但京劇本並沒有保留，還是依「楚曲」
原本的情況。

　　京劇改動「楚曲」較多的地方，是在八王爺探病，路上遇猛虎，拔箭射虎，
而此虎是六郎之本命星一段。京劇本情節的前後安排與「楚曲」略有小異：

楚　　曲	車　王　府	戲　　考
付 孤本是金枝葉南宋後根 扶叔王號北宋錦繡乾坤 御妹夫楊延昭忠心秉政 偶得病因此上君臨臣門 見猛虎擋御道惡向心間 對猛虎放刁翎料難逃生 白虎帶箭歸山林 天波府看一看御皇親	付 孤本是金枝葉南宋後根 扶叔王坐北宋錦繡乾坤 御妹夫楊延昭忠心秉政 偶得病因此上君臨臣門 見猛虎擋奔坡下任橫行 叫本御皺雙眉惡向心生 左攀弓右搭箭照定虎形 放白龍緊擔鞭急趕飛騰 虎咆嘯帶箭逃料難活命 似飛蛾撲燈火自送殘生	付 我本是玉金枝大宋後根 保定了我叔王錦繡龍廷 內侍報御妹夫身染重病 因此上我這裡親自來臨 耳邊廂又聽得虎聲盈盈 又只見那猛虎下山林 左拿弓右搭箭射準虎影 這也是那猛虎自送殘生
生 時才恍惚遊都城 見一長官放刁翎 對我胸膛放一箭 好似鋼丁釘在心 叫宗保扶我寢榻上 休要驚動老太君	生 自那日偶得病晝夜不寧 前心裡似鋼釘錠在我心 宗保兒扶爲父牙床穩睡 料今生不過有幾寸光陰	生 我楊家保宋主心血雨盡 最可嘆焦孟將命喪番營 宗保兒攙爲父病房來進 休得要驚動了年邁太君
	生 見骸骨不見我年邁天倫 自兩狼一別後仙遊天庭 爹本是保皇王李陵喪命 我朝夕爲天倫費盡子心 幸今朝見一面兒心方穩 這件事雖瞞過祖母太君 這匣兒和板斧暫且停定 候爲父病去時面奏當今 聽說報焦孟將命喪邊廷	

〔註22〕《清車王藏府曲本》，冊六，頁274。

	叫本帥急煎煎心似油煎 數十年我何曾執鞭墜蹬 今一旦爲我父血染衣襟	
付 御林軍休得報高聲 一步來到寢榻房 見了妹夫問端詳	外 昨夜夢眞凶險心口推問 吉凶是全不曉提防在心 孤特來回你父得何病症 傳御醫來鈐視調治安寧 急忙忙到病房細問端詳	外 來至在郡馬府金鐙 宗保免禮且平身 問宗保你的父何處養靜 又只見御妹夫磕睡沉沉
	生 聽說道賢王駕我心自忖 那裡有大看小君臨臣門 猛睜開昏花眼精神難定 你爲何放刁翎射我前心	生 時才間在荒郊閑遊散悶 遇見了一官長放刁翎 對準我前心射一箭 險些喪了命殘生 猛然間睜開了昏花眼 我面前站定了對頭人 我和你一無有冤 二無有讐恨你你你 你不該放刁翎射我的前心
	外 聽他說射前心孤吃一驚 那白虎卻是他本命元辰 和你自那日朝房議政 到如今又何況郎舅相稱 數十年好親眷並無破損 休把孤認作了放箭之人	外 聽罷言來才知情 卻來那猛虎是他本命星君 我與你好親眷無有傷損 休把孤當作了放箭之人
	生 八千歲爲君臣大禮不論 量寬洪他還念郎舅至親 救爲臣病沉重洪恩寬恤 快上前替爲父賠罪頂荊	生 八千歲爲駕臨門恕臣有病 宗保兒上前去替父參君
生 自那日朝罷面三更時分 見吾父陰靈到前來托夢 道前番差孟良盜回屍靈 儘都是蕭天佐假扮粧成	生 自那日朝罷歸睡夢三更 見吾父來指引話實言眞 他說道潘洪賊九泉心恨 困兩狼受飢餓撞死李陵 那前番命孟良把屍搬運 盡都是蕭天佐將假扮眞	生 自那日朝駕歸安然睡定 三更時夢見了年邁爹尊 臣前番命孟良屍骸搬請 盡都是蕭天佐弄假成眞

眞骸骨還在那石匣裝定 洪洋洞第三層那還是眞	眞骸骨洪洋洞木匣裝定 望鄉台第三層不假是眞 囑咐我把屍骨搬回原郡 死在那九泉下瞑目甘心 我醒來南柯夢又驚又喜 上差孟良私下胡營	眞屍骨在北國洪羊洞 望鄉台第三層那才是眞
命孟良去北番搬骸回郡 又誰知焦克明私往番營 有	一霎時五腑裂血光難忍 朝夕憂爲天倫染病在身 赦爲臣萬死罪言狂語蠢 還須念椒房戚莫論君臣	二次裡命孟良番營來進 又只見焦克明他私自後跟
一卒將吾父骸骨送運 又不見孟伯昌轉回汴京	有小卒把吾父骸骨搬運 匣兒上皇封寫吾父姓名 又有那孟伯昌板斧爲証 方信得那屍骨不假是眞	
探子報他二人番營喪命	探子報洪洋洞二將喪命 細查看卻原是焦孟二人 我三人統貔貅何曾安枕 一心心保宋王秉正忠心 他二人今已死我生則甚	老軍報他二人在洪羊洞喪命 去了我左右膀難以飛行
因此上得下了冤業病根	因此上把病症加上十分	爲此事終日裡憂成此病 因此上臣的病加重十分
付 　御妹夫你休要憂慮在心 　放寬懷身保重自然安寧	付 　御妹夫說此話多欠經綸 　他二人今已死不能復生 　我叔王錦江山仗你保定 　必須要自保重休得輕生	付 　御妹夫休得要珠淚淋淋 　那有個人死後又能復生 　叫宗保到後堂急忙相請 　請出了兒的母與祖母娘親
生 　臣時才恍惚遊都城 　見一官長放刁翎 　扎掙睜開昏花眼 　千歲爲何放刁翎		
付 　我只射的白猛虎 　誰知他是白虎星 　回頭便把宗保叫 　快快請上老太君		

　　八千歲射中楊延昭本命白虎星以及與楊六郎對話的安排前後次序有所不同。「楚曲」本是八千歲探六郎，六郎略述病因起自焦孟之死，像是射箭之人

與八千歲無關似的，後來六郎突然說「千歲爲何放刁翎」顯得突兀且奇怪。車本改爲楊六郎在病榻上想著那有君臨臣之理，但一睜眼卻見到放箭之人是八千歲，所以有些生氣；雖較爲合理，但不盡完善。《戲考》本改爲八千歲見六郎病榻上昏沉模樣，而延昭在昏迷之中化猛虎被射的記憶未消，猛間醒來看見對頭人，故而憤怒地唱道「我和你一無有冤，二無有讐恨。你、你、你、你不該放刁翎射我的前心」。於是劇情顯得合理且完整。雖這個情節在「楚曲」本已經存在，但安排不夠合理，京劇本沿用此一情節時將前後次序略作更動，更見合理。把「楚曲」本及京劇本這個部份的唱詞拿來比對：

楚　　曲	戲　　考
生 　臣時才恍惚遊都城 　見一官長放刁翎 　扎掙睜開昏花眼 　千歲爲何放刁翎	生 　時才間在荒郊閒遊散悶 　遇見了一官長放刁翎 　對準我前心射一箭 　險些喪了命殘生 　猛然間睜開了昏花眼 　我面前站定了對頭人 　我和你一無有冤 　二無有讐恨，你你你 　你不該放刁翎射我的前心
付 　我只射的白猛虎 　誰知他是白虎星 　回頭便把宗保叫 　快快請上老太君	外 　聽罷言來才知情 　卻來那猛虎是他本命星君 　我與你好親眷無有傷損 　休把孤當作了放箭之人

二者在唱詞上是依循沿用的，《戲考》：

> 劇中八賢王探病時，六郎萬分驚駭，倒板中「就是你，你就元不該放雕翎射我前身」句，一連幾個你字，極難頓挫。貴俊卿演此劇，唱洪羊洞之「洞」字，調最佳。〔註23〕

可見這是一個情節高潮處。在「楚曲」中，六郎的唱詞較爲簡略，「見一官長放刁翎，扎掙睜開昏花眼」兩句，只是單純的交待當時六郎昏昏沉沉中，元神出竅、被箭射中，而今病臥睡榻，掙扎起身的情形，語句較爲平直；因此

〔註23〕王大錯：《洪洋洞》條考述，《戲考》冊一，頁11。

睜眼之後的「千歲爲何放刁翎」，顯得無力，甚至有些無耐。而京劇本中，加強了九死一生的驚險情況「險些喪了命殘生」，以鋪墊睜開雙眼見到對人的激烈反應情緒：「你、你、你、你不該放刁翎射我前心」，這當中有著驚駭與憤怨。「楚曲」因爲在劇情上要有所承接，所以在八王爺眼看六郎病情加重，於是用了兩句「回頭便把宗保叫，快快請上老太君」，無法進行前述情緒表現的加強；而京劇本不是在這個地方交待六郎病情的變化，所以可以改成八王爺對六郎的解釋：「我與你好親眷無有傷損，休把孤當作了放箭之人」。正因爲京劇本有這樣的調動，所以劇情顯得合理，而演員又能有所發揮。

二、單純的劇情減省

▲斬李廣

「楚曲」《斬李廣》（110～161），分上下本，上本名爲《斬李廣》，下本又名《李剛打朝》。車本亂彈收有《慶陽圖》（2～274），車本的頭出、二出，正好是「楚曲」本的上、下本。《戲考》收有《慶陽圖》（4～2331）。道光二十五年版的《都門紀略》載余三勝擅演李廣，〔註24〕同治三年刊本《都門紀略》載張三元工演李廣、《京劇二百年之歷史》，錢金福亦工此戲。據《立言畫刊》榮椿社亦曾演出。此劇敘述李廣兄弟平亂而回，周南王設宴慶功，席間李剛失手將國舅馬南的紗帽打落，二人爲此發生衝突。馬南進宮與妹商量，欲設計陷害二人。馬妃誣指李廣與太后有私情，南王大怒，欲斬李廣；袁文晉保奏不成，罷官離去。太后求情，南王下令赦免，但馬南仍將李廣斬首，並謊稱斬後方見赦令。李剛得知李廣被斬，率兵反朝。

車本與「楚曲」本唱詞幾乎完全相同，《戲考》本則做大幅刪減：

楚　　曲	車　王　府	戲　　考
小生（周南王） 引 　龍樓鳳閣一統山河	小生（周南王） 引 　龍樓鳳閣一統山河	
淨（李剛）	淨（李剛）	

〔註24〕但當時余三勝所演劇目是《雙盡忠》，並不是《斬李廣》，而是《慶陽圖》中的另一齣折子。依《中國戲曲志・湖北卷》（北京：文化藝術，1993）得知漢劇《慶陽圖》有原有五齣，《李廣催貢》、《李廣三奏》（又名《雙盡忠》、《換刀殺妻》）、《收李剛》、《斬李廣》、《李剛打朝》。《收李剛》失傳，《李剛打朝》併入《斬李廣》，始成三齣，頁146。

聽一言來怒生嗔 罵一聲馬南狗奸臣 向前來抓住了袍和帶 將你洒在地埃塵	聽一言來怒氣生嗔 罵一聲馬南狗奸臣 向前來抓住了袍和帶 將你洒在地埃塵	
我不看大哥先生面 一足踢得你碎紛紛 叫來人與爺忙開道 看你妹子把本伸	我不看大哥先生面 一足踢得你碎紛紛 叫來人與爺忙開道 看你妹子把本伸	
外（李廣） 這是他酒後無德性 得罪了國舅議事庭 走近前來施一禮 我與國舅倍小心	外（李廣） 這是他酒後無德性 得罪了國舅議事庭 走近前來施一禮 我與國舅陪小心	
他楊楸不楸藐視人 叫人來與爺忙開道 諒你幹不得什麼大事情	他揚揚不採藐視人 叫人來與爺忙開道 諒你幹不得什麼大事情	
末（袁文晉） 他好意與你倍小心 還在一傍發雷霆 功勞本是亞父掙 纔得文官享太平 不過是你妹子生得好 花言巧語哄當今 叫人來與我忙開道 老夫不管你二家閒事情	末（袁文晉） 他好意與你陪小心 還在一旁發雷霆 功勞本是亞父掙 才得文官享太平 不過是你妹子生得好 花言巧語哄當今 叫人來與我忙開道 老夫不管你二家閒事情	
小旦（馬妃） 引 身居在宮院每日伴君眠	小旦（馬妃） 引 身居在宮院每日伴君眠	
		丑（馬蘭） 西皮搖板 可恨李剛太欺情 去到宮中說分明
萬歲爺有道明如鏡 黎民百姓享太平	萬歲爺有道明如鏡 黎民百姓享太平	
生（周南王） 好一個李廣忠良將 換刀殺妻救皇娘 南門喪了李文將 半茄山收了將李剛 李剛更比李文強 纔保爲王坐慶陽	生（周南王） 好一個李廣忠良將 換刀殺妻救皇娘 南門喪了李文將 半茄山收了將李剛 李剛更比李文強 才保爲王作慶陽	小生 西皮搖板 朝罷了文武臣轉回宮 往見了我愛梓童 細說端詳

罵聲馬氏真膽大 氣得寡人兩眼花 叫內臣與孤忙擺駕 金殿之上問問他	罵聲馬氏真膽大 氣得寡人兩眼花 叫內臣與孤忙擺駕 金殿之上問問他	
旦（馬妃） 　今朝一本奏得准 　管叫李廣命歸陰	旦（馬妃） 　今朝一本奏得准 　管叫李廣命歸陰	
生（周南王） 　叫內臣擺駕金殿上 　宣上李廣問端詳	生（周南王） 　叫內臣擺駕金殿上 　宣上李廣問端詳	搖板 　聽一言來心頭恨 　大罵李廣胡亂行 　內侍臣擺駕金殿進 　快宣李廣上龍廷
外（李廣） 　這烏鴉不住叫連天 　叫得我李廣心膽寒 　龍鳳鼓不住咚咚響 　內侍臣不住把我宣 　是是是來明白了 　莫不是議事庭前打馬南 　是不是來上金殿 　朝王參駕奏端詳	外（李廣） 　這烏鴉不住叫連天 　叫得我李廣心膽寒 　龍鳳鼓不住咚咚響 　內侍臣不住把我宣 　是是是來明白了 　莫不是議事庭前打馬南 　是不是來上金殿 　朝王參駕奏端詳	生（李廣） 緊板 　烏鴉不住叫連天 　叫得李廣心膽寒 　莫不是煙塵又起反 　弟兄征剿方才還 　是不是來上金殿 　參王駕來奏王安
		小生 搖板 　一見李廣怒沖冠 　大罵國狗奸讒 　你弟兄無故起反念 　要奪小王錦江山 　人來與孤推出斬
龍鳳閣上入環鎖 　鰲魚吞鉤怎逃脫 　你坐江山虧那個 　怎得龍樓與鳳閣 　含悲忍淚下殿閣 　滿腹含冤對誰說	龍鳳閣上八環鎖 　鰲魚吞鉤怎逃脫 　你坐江山虧那個 　怎得龍樓與鳳閣 　含悲忍淚下殿閣 　滿腹含冤對誰說	
末（袁文晉） 　忽聽金殿鬧聲喧 　待我金殿問端詳	末（袁文晉） 　忽聽金殿鬧聲喧 　待我金殿問端詳	
金殿上昏迷了周天子 　不聽我忠臣把本伸 　你好比紂王寵妲己 　摘星樓前擺酒席	金殿上昏迷了周天子 　不聽我忠臣把本伸 　你好比紂王寵妲己 　摘星樓前擺酒席	

賈氏夫人墜樓死 黃家父子反西岐 十大功勞今日廢 何況我一人在朝裡	賈氏夫人墜樓死 黃家父子反西岐 十大功勞今日廢 何況我一人在朝裡	
夫（太后） 昔日裡有個商紂王 女媧廟中去降香 風吹羅帳現神像 昏王題詩粉壁墙 女王一見怒沖沖 天降妲己朝綱 今日斬了李廣將 怕的是江山不久長	夫（太后） 昔日裡有個商紂王 女媧廟中去拈香 風吹羅帳現神像 昏王題詩粉壁墙 女王一見怒沖沖 天降妲己朝綱 今日斬了李廣將 怕的是江山不久長	
生（周南王） 母后不必說比方 孩兒言來聽端詳 太平年斬了李廣將 離几之時又何妨	生（周南王） 母后不必說比方 孩兒言來聽端詳 太平年斬了李廣將 離亂之年又何妨	
夫（太后） 你既要斬李廣將 到不如一命喪黃泉	夫（太后） 你既要斬李廣將 到不如一命喪黃泉	
淨（李剛） 有李剛怒坐在府門 又聽李虎報一聲	淨（李剛） 有李剛怒坐在府門 又聽李虎報一聲	
聽說大哥綁法場 不由豪傑怒滿膛 將身坐在二堂上 想個計策救兄長	聽說大哥綁法場 不由豪傑怒滿膛 將身坐在二堂上 想個計策救兄長	
外（李廣） 蓋國忠良今日盡	外（李廣） 幹國忠良今日盡	生 搖板 　忠臣無故反遭斬 　身受慘刑為那般
		丑 搖板 　邁步撩袍上金殿 　馬蘭要討監斬官
正生（李廣） 漢馬功勞今日休	外（李廣） 汗馬功勞今日休	生 （倒板）

血戰功勞付水流	血戰功勞付水流	忠良被害氣沖牛斗
只因外國起反寇	只因外國起反寇	（原板）
要奪吾主九龍樓	要奪吾主九龍樓	不由人一陣陣珠淚交流
萬歲聞言心惱怒	萬歲聞言心惱怒	曾記得史妃謀害太后
就命三弟勦賊寇	就命三弟勦賊寇	我弟兄保太子逃出龍樓
萬馬營中統狼狖	萬馬營中統狼狖	我二弟名李文同時爭鬥
只殺得那賊丟盔走	只殺得那賊丟盔走	在北門身中箭一命罷休
三弟回朝把本奏	三弟回朝把本奏	可嘆我秉忠心反要斬首
吾主爺封他為列侯	吾主爺封他威烈侯	
議事庭前排下酒	議事庭前排下酒	
打了馬南把禍招	打了馬南起禍由	
他妹子宮中來勸酒	他妹子宮中來勸酒	
聽信讒言斬老朽	聽信讒言斬老朽	
再不能金殿把本奏	再不能金殿把本奏	再不能領人馬共統豺狼
再不能午門會公侯	再不能午門會公侯	再不能在朝房同把本奏
再不能打馬御街走	再不能打馬御街走	（轉二六）
再不能與民來分憂	再不能與民來分憂	再不能在金殿共定機謀
再不能與妻同飲酒	再不能與妻同飲酒	再不能到春來觀看桃柳
再不能訓子讀書文	再不能訓子讀書文	再不能到夏來避暑在高樓
再不能征戰披甲冑	再不能征戰披甲冑	再不能到秋來同飲菊花酒
再不能提鎗定春秋	再不能提鎗定春秋	再不能到冬來教子攻讀春秋
再不能教場點三軍	再不能教場點三軍	
再不能與賊做對頭	再不能與賊做對頭	悲切切來至在法場口
罷罷罷來休休休	罷罷罷來休休休	這就是忠良臣的下場頭
這是換刀殺妻下場頭	這是換刀殺妻下場頭	
夫（太后）	夫（太后）	
聽說斬了李廣將	聽說斬了李廣將	
年邁蒼蒼到法場	年邁蒼蒼到法場	
漢馬功勞今何在	汗馬功勞今何在	
可憐你年邁一命亡	可憐你年邁一命亡	
將身來在法場上	將身來在法場上	
一見殘臣狗奸黨	一見讒臣狗佞黨	
手執人頭朝下打	手執人頭朝下打	
金殿再罵無道王	金殿再罵無道君王	
淨（李剛）	淨（李剛）	
催命鼓來救命鑼	催命鼓來救命鑼	
只見人頭不見哥	只見人頭不見哥	
叫李虎可用白綾裹	叫李虎可用白綾裹	

一見奸賊怒氣多 手執鋼鞭往下打 叫你一命見閻羅	一見奸賊怒氣多 手執鋼鞭往下打 叫你一命見閻羅	
生（周南王） 叫內侍與孤忙擺駕	生（周南王） 叫內侍與孤忙擺駕	
夫（太后） 一見昏王怒滿膛 李廣身犯何條罪 為什麼立斬在法場	夫（太后） 一見昏王怒滿膛 李廣身犯何條罪 為什麼立斬在法場	
昏王一言出了唇 氣得為娘淚淋淋 你父名喚周南王 聽信奸妃害為娘 為娘綁付法場上 多虧忠良名李廣 換刀殺妻將娘救 君臣三人逃四方 南門喪了李文將 半茄山收了將李剛 李剛更比李文強 纔保昏王坐慶陽 今日斬了忠良將 昏王將山不久長 將身撞死宮門上 落得名兒萬古揚	昏王一言出了唇 氣得為娘淚淋淋 你父名喚周南王 聽信奸妃害為娘 為娘綁付法場上 多虧忠良名李廣 換刀殺妻將娘救 君臣三人逃四方 南門喪了李文將 半茄山收了將李剛 李剛更比李文強 纔保昏王坐慶陽 今日斬了忠良將 昏王將山不久長 將身撞死宮門上 落得名兒萬古揚	
生（周南王） 太后撞死宮門上 不由為王淚汪汪 叫內侍擺駕金殿上	生（周南王） 太后撞死宮門上 不由為王淚汪汪 叫內侍擺駕金殿上	
淨（李剛） 來了豪傑將李剛 你我轉在金殿上 我看昏王在那傍 我大哥犯了何條罪 為什麼立斬在法場	淨（李剛） 來了豪傑將李剛 你我轉在金殿上 我看昏王在那旁 我大哥犯了何條罪 為什麼立斬在法場	
生（周南王） 可恨李剛真膽大 不遵國法把君壓 叫內臣與孤忙擺駕	生（周南王） 可恨李剛真膽大 不遵國法把君壓 叫內臣與孤忙擺駕	小生 一見李剛出宮門 嚇得小王心內驚 內臣擺駕後宮進

見了梓童說根芽	見了梓童說根芽	見了國太定計行
雜（李廣子） 　正在書房習五經	雜（李廣子） 　正在書房習五經	
占（李剛子） 　又聽李虎請一聲	占（李剛子） 　又聽李虎請一聲	
雜（李廣子） 　聽一言來吃一京	雜（李廣子） 　聽一言來吃一驚	
占（李剛子） 　猶如冷水冰在心	占（李剛子） 　猶如冷水冰在心	
雜（李廣子） 　叫弟兄點動人和馬	雜（李廣子） 　叫弟兄點動人和馬	
占（李剛子） 　要與伯父把冤伸	占（李剛子） 　要與伯父把冤伸	
生（周南王） 　將身坐在昭陽院 　又聽得內侍報一聲 　內臣擺駕把城上 　只見人馬好京人	生（周南王） 　將身坐在昭陽院 　又聽得內侍報一聲 　內臣擺駕把城上 　只見人馬好驚人	
淨（李剛） 　本帥馬上傳將令 　看看昏王怎樣行	淨（李剛） 　本帥馬上傳將令 　看看昏王怎樣行	

京劇本完全做精簡版處理，馬妃誣陷李廣兄弟的理由雖略有變動，但李廣一段預知禍事的感受：「烏鴉不住叫連天，叫得李廣心膽寒」，以及李廣被斬前一段有名的唱段：「再不能金殿把本奏，再不能午門會公侯，再不能打馬御街走，再不能與民來分憂，再不能與妻同飲酒，再不能訓子讀書文，再不能征戰披甲冑，再不能提鎗定春秋，再不能教場點三軍，再不能與賊做對頭」，雖然到京劇本略有改動，成了「再不能領人馬共統貔貅，再不能在朝房同把本奏，再不能在金殿共定機謀，再不能到春來觀看桃柳，再不能到夏來避暑在高樓，再不能到秋來同飲菊花酒，再不能到冬來教子攻讀春秋」，把十句刪減成七句，但情緒的鋪陳安排，及唱詞的意義是完全一致。王大錯稱此劇「無甚精彩，惟鬚生一段唱口，娓娓動聽」，〔註25〕推究原因，恐怕是京劇本刪減太多情節之故。「楚曲」本《斬李廣》，前有李剛與馬蘭發生衝突、李廣好意

―――――――――――――――

〔註25〕王大錯：《慶陽圖》考述，《戲考》冊四，頁2331。

陪罪卻換得不睬不理的鋪墊；在周南王決定斬李廣後，有袁文晉、太后保本；最後馬蘭故意誤斬李廣，有太后憤而踅死殿前、李剛金殿理論。這些極具戲劇張力衝突點，都在京劇本中刪除一空，當然「無甚精彩」。

雖然沒有資料可以了解京劇本爲何刪減「楚曲」本的眾多情節與唱段，但楚曲《斬李廣》爲京劇《慶陽圖》祖本，應無疑問。

▲日月圖

短篇「楚曲」《日月圖》（111～53），分上下本。劇情敘述柏茂林至胡林家賣畫，胡林欲娶其女鳳鸞，柏父不允，胡強與金銀彩緞爲聘，並定於次日迎娶。父女二人苦無對策，適遇外甥湯威來訪，告之緣由，湯威男扮女裝，代妹出嫁，欲殺胡林。豈料成親之日，胡林接待徐、常二千歲，無法歸家完禮，使妹胡鳳鸞陪伴新娘，並代兄交拜成禮。孰料湯威爲男扮女裝，湯據實以告，二人私訂姻緣。

劇中顛倒鴛鴦一事，在許多故事中都有此一情節。最早在南宋羅燁的《醉翁談錄》已有「因兄姐得成夫婦」，敘廣州有姚子喬妝代嫁，與高女私合，事露後，即依眾勸而成眷屬，然此事並未驚動官家。〔註 26〕《醒世恆言》中的《喬太守亂點鴛鴦譜》、沈璟《四異記》、瘦道人《如意緣》等，述劉璞、孫潤故事，皆與《醉翁談錄》姚子故事有同相情節，但最後官斷了結。「楚曲」《日月圖》，卻非沿用此一故事，當另有本事。車本亂彈中收四本《日月圖》，有牛郎、織女下凡托生爲湯威、柏鳳鸞，女媧贈柏鳳鸞「日月圖」等前因；以及湯威大戰北番，封平北侯的結局。與《喬太守亂點鴛鴦譜》等劇作單純只是假扮、錯配，弄假成眞，鬧到縣衙、官府點斷，差異甚大。由於「楚曲」《日月圖》折子與車本《日月圖》二本三、四、五場同，推斷「楚曲」《日月圖》應也有「全本」，故事應與車本《日月圖》相同。

「楚曲」僅收《日月圖買畫》、《鬧洞房》二個部份，車本亂彈收有《日月圖》總講（8～407），《戲考》所收《日月圖》（3～1885）正是《鬧洞房》的部份：

楚　　曲	車　王　府
日月圖買畫	第二本第三場

〔註26〕〔宋〕羅燁：《醉翁談錄》丙集卷一〈因兄姐得成夫婦〉。收在《增補中國筆記小說名著》（台北：世界，1965）第一集第七冊，頁 26～27

柏盛（外） 　自昨日來賣畫離了家下 　進城來正遇見富豪人家 　兩軸畫可賣了十兩正價 　且回家代明日再來賣他	
	外 西皮搖板 　憑他官宦勢力重大 　無故的強求親把人欺壓 　如不允公子怒實實害怕 　回家中把此事說與女娃
旦 　忽聽得手抬門連響幾下 　莫不是我爹爹纔轉歸家 　笑嘻嘻開柴門出戶迎迓 　問爹爹那裡來金銀彩紗	旦 西皮搖板 　忽聽得手拍門連響幾下 　莫不是老爹爹才轉回家
外 　我的兒不必急向此話 　聽爲父慢慢的說此根涯 　突想得到胡府去賣墨畫 　又不料胡公子講下結髮 　爲父的不依從只推混話 　那公子發了怒不容回答 　將金銀合彩緞今日拿下 　到明天抬女兒要到他家	外 西皮搖板 　我的兒你不必急問此話 　聽爲父慢慢的細說根芽 　時才間到胡府去賣墨畫 　又不料胡公子講下結髮 　爲父的不依從只推話說 　那公子反發怒不容回答 　將金銀合彩緞今日拿下 　到明天抬女兒要到他家
旦 　聽一言氣得我咽喉喑啞 　半嚮時無言語四肢冷麻 　我豈肯落賊手惹人唾罵 　到不如尋自盡命染黃沙	旦 　聽一言氣的我咽喉喑啞 　半嚮時無言語四肢冷蔴 　我豈肯落賊手惹人唾罵 　到不如尋自盡命染黃沙
我父女貧淡家孤勢寡 　況此處無親友又少葛瓜 　如不然老爹爹把他告下 　難道他官宦家無有王法	西皮搖板 　我父女貧寒家力孤勢寡 　況此處無親友又少葛瓜 　如不然老爹爹把他告下 　難道他官宦家無有王法

外 他父親都招討誰不驚怕 州縣官那一個奈何得他 那時節害不除反惹事發	西皮搖板 他父親都招討誰不驚怕 州縣官那一個奈何得他
	四場
湯威（小生） 恨奸賊不由我心如刀割 狠心賊瞞昧去我無數功勞 有一日中高魁金榜得意 那老賊犯我手萬剮千刀	小生 恨賊子不由我心中煩惱 西皮搖板 那老賊瞞昧我許多功勞 有一日登金榜宮花喜報 拿住了胡定賊萬剮千刀
外 忽聽得門環響連聲人叫 唬得我冷汗淋淋身似水漂 莫不是胡府差人來到 叫我們悶悠悠添上心焦	外 西皮搖板 忽聽得門環響連聲人叫 唬得我汗津津身似水澆
喜孜孜啓柴門出戶迎笑 果然是我賢甥降臨蓬萊 來得好來得妙剛剛湊巧 甥舅們見一面冥目陰曹	 來得好來得妙剛剛湊巧 甥舅們見一面冥目陰曹
生 見母舅雙眉鎖面代煩惱 到叫我急煎煎身似火燒 莫不是與傍人閑氣爭鬪 你與我慢慢的細說根由	生 西皮搖板 莫不是與傍人閑氣爭鬧 尊舅父與外甥細說根苗
外 胡公子逞官勢以大押小 強迫我你妹子要配鸞交 我父女心意亂無法可料 叫賢甥你與我快作計較	外 胡公子逞官勢以大壓小 強霸佔你妹子要代鸞交 我父女方寸亂無法可料 賢甥你快與我作個計較
生 聽一言不由我心中著惱 罵胡林小畜生無義強盜 你的父在邊廷把我功昧 若遇著小畜生割你千刀	生 他的父瞞昧我功勞不少 小蠡子敢膽大犯法例條
旦	旦

	西皮搖板
猛聽得湯表兄今日來到 不由我喜在心笑在眉頭 我父女今日裡有了依靠 那怕他胡公子無義強盜	猛聽得湯表兄今日來到 不由奴喜在心笑在眉梢 我父女今日裡有了依靠 那怕他胡公子無義強盜
生 　母舅莫憂慮休把心操 　有什麼千斤擔我自成招 　他從有剝皮亭油煎火熬 　我情願替妹妹去走這遭	生 西皮搖板 　他從有剝皮所油坑火熬 　我情願替表妹赴火吞刀
代一頂珠翠冠烏雲緊罩 　滿臉上搽脂粉桃之夭夭 　束一條灑線裙紅綾夾襖 　把一個轡門秀扮成女姣	代一頂珠翠冠烏雲緊照 　滿臉上抹脂粉桃之夭夭 　束一條灑線裙紅綾納襖 　把一個轡門客扮成多姣

車本這一段的唱詞與「楚曲」《日月圖》上本與幾乎完全相同。不過京劇本的《日月圖》，就與「楚曲」、車本略有差異：

楚　　曲	車　王　府	戲　　考
鬧洞房	第二本第五場	日月圖
小旦 　看嫂嫂美貌容姣嬈窈窕 　柳葉眉如描畫杏眼桃腮 　漫說是我哥哥把他愛下 　我奴家一見了丟他不開	小旦 西皮正板 　看嫂嫂美貌容姣態窈窕 　柳葉眉如描畫口似櫻桃 　慢說是我哥哥愛他俊俏 　有奴家一見了喜上眉梢	花旦 慢板 　在洞房看嫂嫂十分好看 　好一似天仙女降下凡來 　怪不得我哥哥把他來愛 　就是我見了他難以丟開
生 　見小姐美姣容貌無可賽 　好一似天仙女降下凡來 　開言笑百媚生千金難買 　引得我魂靈兒飛上陽台	小生 西皮正板 　見小姐貌嬋娥無可比賽 　好一似天仙女降下凡來 　櫻桃口漏銀牙千金難買 　倒叫我駙馬心魂遊天台	小生 元板 　唐子燕在洞房用目觀看 　小姑娘只生得亞賽天仙 　但願得蒼天爺心隨我願 　咱二人作一對並蒂雙蓮
旦 　代青巾穿藍衫腰束軟帶 　笑嘻嘻步遲遲且離粧台 　今夜裡替兄長先把堂拜 　看起來沒本錢怎做買賣	小旦 西皮正板 　代頭巾穿藍衫腰擊軟帶 　笑嘻嘻步遲遲且離粧台 　今夜晚替兄長先把堂拜 　看起來二女子難赴陽台	花旦 慢板 　在洞房穿藍衫頭有頂戴 　把一個千金體改扮男才 　今夜晚替哥哥來把堂拜 　作一對好夫妻永不離開

生	小生	小生
蒙姑娘來作伴喜出望外 況我你我盡都是女流裙釵 你有心我有意彼此相愛 做一對假夫妻暫且和偕 上前來叫姑娘雙膝下跪 求卑人出虎穴恩深似海	西皮搖板 　是這等巧姻緣世界希罕	元板 　唐子燕在洞房偷目觀看 　咱二人俱都是女眷裙釵
	小旦 西皮搖板 　作一對假夫妻暫結良緣	花旦 元板 　我愛你你愛我以禮相待
	小生 元板 　他無情我有意彼此相佔	小生 元板 　你愛我我愛你難以丟開
		小生 元板 　今夜晚這件事難遮難蓋 　到叫我讀書人難以安排
且 　胡鳳鸞心不定自思自想 　細端詳觀容貌叫奴可愛 　從然的驚起人將他殺壞 　這臭名揚于外怎能脫解	小旦 元板 　替哥哥娶新婚暫且心歡	花旦 搖板 　時才間進府來令人可愛 　把一個千金體改扮男才 　我本當用寶劍將他斬壞 　只見他貌潘安難以丟開
生 　念小生名湯威黌門秀士 　替表妹無奈何扮作裙釵 　這也非讀書人素隱行怪 　爲只爲婚姻事懸掛心懷	小生 西皮搖板 　念學生名湯威黌門秀俊 　無奈何替表妹扮作裙釵 　非是我讀書人作此鬼怪 　心不忍結髮情被人拆開	小生 慢板 　我本是唐子燕黌門才俊 原板 　都只爲替表妹男扮女孩 　非是我讀書人成心作怪 　小姑娘不開恩不敢起來
且 　奴本是當道花遭人折來 　況他是貌堂堂青年秀才 　若不嫌奴貌丑肯結恩愛 　奴情願許結髮永遠和偕	小旦 　奴本是閨門女遭人折彩 　況他是貌堂堂青年秀才 　莫不嫌奴貌醜肯結恩愛 　奴情願許結髮永遠合諧	花旦 原板 　我好比未開花竟被你採 　你好比蜜蜂兒闖進府來
生	小生	小生

	西皮搖板	原板
這才是正凡惱愁深似海 一霎時變做了喜笑顏開 蒙小姐許婚姻何當頂戴 碧玉環與小姐權且納綵	聽一言不由我愁眉更改 碧玉環赴小姐亦作聘釵	小姑娘你不必珠淚汪汪 細聽我唐子燕把話來言 我把這金耳環與你常戴
旦 得才子奴相配喜出望外 怎消受碧玉環做了聘綵 你有情我有義彼此相愛 笑嘻嘻將金墜送將上來	小旦 得才子奴相配喜出望外 怎消受碧玉環做了聘釵 你有情我有義彼此相愛 笑嘻嘻將金鐲送將過來	花旦 原板 奴把這押鬢簪轉將過來
生 謝小姐許婚姻多承厚愛	小生 西皮搖板 謝小姐許婚姻已成恩愛	
旦 蒙相公結朱陳方趁心懷	小旦 蒙相公結朱陳方趁心懷	
生 我本是黌門秀才子一派	小生 西皮搖板 我本是黌門秀才子一派	
旦 奴也是千金體女中裙釵	小旦 奴必是千金體女中奇才	
生 我二人若不是風流大債	小生 元板 我二人若不是風流大債	
旦 怎能得我哥哥引你前來	小旦 元板 怎能得我哥哥引你前來	
生 卻怎麼紅鸞運成的任快	小生 元板 卻怎麼紅鸞運成的怎快	
旦 這姻緣五百年早已安排	小旦 元板 這姻緣五百年早已安排	
生 湯子嚴訂藍橋如同山海	小生 湯子嚴結婚姻名揚四海	
旦 胡鳳鸞結絲羅趁我心懷	小旦 元板 胡鳳鸞結絲羅方趁心懷	

　　「楚曲」下本「鬧洞房」的部份，胡鳳鸞四句唱詞：「看嫂嫂美貌容姣嬈窈窕，柳葉眉如描畫杏眼桃腮。漫說是我哥哥把他愛下，我奴家一見了丟他不開」，轍口有些混亂，所以車本改爲「看嫂嫂美貌容姣態窈窕，柳葉眉如描畫口似櫻桃。慢說是我哥哥愛他俊俏，有奴家一見了喜上眉梢」的「么條轍」，除此之外，車本與「楚曲」本相似度極高，幾乎是完全沿用。但《戲考》本就與「楚曲」、車本有些出入，由於京劇本只截取「鬧洞房」的部份，所以看不出搶親的前因後果，甚至除了「唐子燕」之外，也沒有其它人的名字出現，成了一齣單純的生旦調笑劇。最後唐子燕與「小姑」的一段對唱，京劇本中予以刪除，不知何故？由於此劇原本篇幅就不長，後面唱段的刪除，似乎結束的有些草率；然而其他的唱段大致相同。《戲考》本與「楚曲」本的主角姓名不同：「唐子燕──湯子嚴」，但仔細考究，二者其實只是讀音聲調上的差異。搶親男子不能拜堂成禮的原因，與唐子燕代表妹男扮女裝的理由都是相同。只是代行聘禮的碧玉環，一下子變成了金耳環，倒是有些奇怪。

　　由於京劇《日月圖》實際上與「楚曲」《日月圖》下本的情節、唱段選擇還是大同小異，再加上作爲中介劇本的車本亂彈與「楚曲」本幾乎沒有太多變化，可知「楚曲」本應該還是京劇《日月圖》的祖本。只是在《京劇劇目辭典》中說此劇「由梆子移植」，〔註27〕不知所據爲何？

　　其實以本節的後兩個劇作《慶陽圖》、《日月圖》比對結果來看，京劇在大量刪減了「楚曲」祖本的唱段後，篇幅雖然短小精簡，但未必是產生了劇情「集中」的效果。反而使原本就是折子戲的劇情，變得沒頭沒尾、語焉不詳，也缺少了高潮起伏，比原來的劇作遜色，這樣「劇情減省」的作法，未必是正確的作法。

第三節　同題京劇單齣的不同劇種來源

▲二度梅

　　長篇「楚曲」《二度梅》（110～1），共三十六場。車本中收有折子《杏元和番》（4～320），《戲考》收《落花園》（1～201）、《失金釵》（10～5801）。故事敘述梅魁升任內閣史部給事，因不滿盧杞禍國，於其壽宴上大罵奸賊後

〔註27〕曾白融主編：「《日月圖》頭本」條，《京劇劇目辭典》（北京：中國戲劇，1989），頁847。

遭陷，滿門抄斬；幸得屠申報信，妻邱氏與子梅良玉得以倖免。梅魁法場被水漂走，為神明救活。良玉投奔岳父，反被出賣，喜童代死，流落至壽菴寺作花童。一日，陳日升至寺中祭拜梅魁，天降冰雹，梅花盡傷；日升感慨，欲削髮為僧，立誓除非梅開二度，證明梅門有後，方罷此念。日升之女杏元，與子春生，囑梅重開，果然梅花再綻。良玉透露身世，日升將女許之。不料盧杞進奏，召杏元和番，杏元與良玉重臺分別，臨行時，杏元贈釵以為憑念後，跳崖自盡。豈料被神風托送至鄒伯符家花園，被鄒夫人收為義女。由於盧杞之前遭杏元怒斥，憤而以「罵詈首相」之名，捉拿其全家。黨茂修途中得知，贈春生、良玉盤費，縱放二人。良玉與春生途中走失，春生投水，被周氏與玉姐救起，後拜梅母兄弟邱仰占為義父。良玉被人誤拿為賊，見馮公改名穆榮，被薦至鄒伯符管理錢糧；因人品才識俱佳，鄒伯符有意以己女配之。良玉至鄒府，拿出金釵把玩，卻為春香拿走；良玉失釵，相思成病。雲英見釵，疑其行為不端；杏元見釵，疑良玉已死，亦得重病。後鄒母詰問，探知二人心事，夫妻得以重逢。良玉、春生二人科場相認，並同榜登科。盧杞見春生才貌雙全，逼其聯姻，春生不肯，掛冠求去。盧杞此舉引起公憤，被眾舉子午門圍毆，皇帝命三司審理，奸賊服誅。沙陀國起兵，良玉、春生領兵出征，得勝還朝，洗雪前冤，兩家封官團圓。本事出自小說《二度梅全傳》。小說有乾隆刊本，共四十回，此一故事乾嘉時期應頗為流行。

　　車本《杏元和番》幾乎完全沿用「楚曲」本唱段：

楚　曲	車　王　府
杏元和番	杏元和番
老旦	老旦
未開言忍不住珠淚不乾	未開言忍不住腮邊珠淚
叫一聲梅年姪細聽端詳	梅年姪你雖要細聽端詳
實指望兒和你地久天長	實指望兒和女天長地久
又誰知半路裡棒打鴛鴦	又誰知半路裡棒打鴛鴦
一路上還須要仔細照看	一路上還須要相思相量
也是我姣生女許配一場	不枉我姣生女許配一場
小生	小生
老伯母賜教訓侄不敢忘	老伯母賜教訓姪兒怎敢忘
這是我命中苦又加慘傷	這是我孤苦命又加慘場
我好似出窩燕被彈打上	我好比出窩燕被彈來打
賢妹妹未開花雨打池塘	賢妹妹未開花雨打池塘

被老賊害得我家業飄蕩 又害我陳妹妹受這磨障 此一去北番地地凍天寒 沙漠路一派是苦楚風霜	被老賊害得我家業飄蕩 又害我陳妹妹受這魔障 此一去北番地天寒地凍 煙障地一派是苦楚風霜
小旦 出繡房止不住珠淚兩行 二堂上拜見我生身老娘 這是我不孝女受此磨障 到學了無義鳥遠離故鄉	小旦 出繡房思不住珠淚嚎啕 二堂上拜見我生身老娘 這是我不孝女受此魔障 倒作了無義鳥遠離故鄉
老旦 我的兒你本是嬌生慣養 那一日離娘身出了閨房 兒好比風箏斷無有去向 丟得你春生弟怎奉高堂	老旦 我的兒你本是嬌生慣養 那一日離娘身出了繡房 兒好比風箏斷無有去向 丟得你春生弟怎奉高堂
小旦 春生弟他本是男兒志量 必須要讀詩書莫悞時光 為姐的此一去性命必喪 血海仇要你報切不可忘 那一傍站定了梅家兄長 只見他淚如雨濕透衣裳 我和你前世裡燒了斷香 今生裡未配合一旦分張	小旦 春生弟他本是男兒志量 必須要讀聖賢休悞時光 為姐的此一去性命必喪 血仇恨要你報切不可忘 那一旁站的是梅家兄長 只見他淚如雨濕透衣裳 我和你燒卻了斷頭之香 到今生未佳偶一旦分張
老旦 我的兒你過來拜見梅郎 你為妹他為兄一路照看 事到此比不得閨閣繡房 講不得周公禮朵朵藏藏	老旦 我的兒你過來拜見梅郎 你為妹他為兄一路稱當 事到此比不得繡閣閨房 講什麼周公禮躲躲藏藏
小旦 遵母命我只得拜見梅郎	小旦 遵母命進前來拜見梅郎
小生 梅良玉忙還禮不敢承當 賢妹妹一路上須要保養 猶恐怕憂慮過損壞顏粧	小生 梅良玉忙還禮不敢承當 賢妹妹一路上須要保養 猶恐怕憂慮過損壞顏粧
小旦 到于今講甚麼奴的顏粧 到北番免不得一命身亡	小旦 事到此說什麼奴的顏粧 去北番免不得一命身亡

老生 　只聽得盧杞賊催聲朗朗 　滿堂語站定了許多姣娘 　這都是老奸賊良心盡喪 　一時間民女們俱要分張	老生 　只聽得盧杞賊催聲朗朗 　滿堂語站定了許多姣娘 　這都是老奸賊良心盡喪 　一時間民女們俱要分張
小旦 　我哭一聲爹來叫一聲娘 　你孩兒落不孝罪名承當 　再不能在膝前侍奉高堂 　再不能在閨閣刺繡描粧 　從今後也不要心掛懸望 　只當做你孩兒一命身亡 　眼睜睜一家人無有主張 　要相逢除非是夢裡還鄉 　我只得咬銀牙且把車上	小旦 　我哭哭一聲爹 　我叫叫一聲娘 　你孩兒倒做了不孝的人 　不能侍奉高堂 　從今後也不要掛肚懸望 　只當做不孝兒一命身亡 　眼睜睜一家人沒有主張 　要相逢除非是夢裡還鄉 　我只得咬牙齦且把車上
	小旦 　血海深仇俱在你二人身上
生旦 　家不幸老天爺降下禍殃 　一家人各自分張	二生 　遭不幸老天爺降下奇殃 　霎時間一家人各自分張
<div align="center">**杏元贈釵**</div>	
旦 　陳杏元離家鄉珠淚不乾 　一陣陣朔風起令人難當	小旦 　陳杏元坐車輪離了家鄉 　一陣陣朔風起令人心寒
叫梅兄你不必羞口答話 　到于今怎分得男女混雜 　我和你前世裡少修緣法 　未配合鴛鴦鳥忽遭棒打 　一路上稱中妹難辨真假 　你那思我這想兩下懸掛 　趁此間無人處知心講話 　到雁門我和你各分天涯	叫梅兄你不必羞口答話 　到如今怎分得男女混雜 　我和你前世裡少修緣法 　未配合鴛鴦鳥勿遭棒打 　一路上稱中妹難辨真假 　你那思我這想兩下牽掛 　趁此間無人處知心講話 　到雁門我合你各分天涯
生 　謝妹妹這等恩情義欠掛 　恨小生前世裡少修元法 　非是我無言語不講不答	小生 　謝妹妹這等情真心牽掛 　恨小生前世裡少修緣法 　非是我無言語不講不答

好叫我斷腸人心內如麻 你本是千金體無福受下 天降你北國內去享榮華 我終身只許你永不娶嫁 立下誓做鬼魂將你報答	好叫我斷腸人心內如麻 你本是千金體無福受下 天降你北番內去享榮華 我今生只許你永不再娶 立下誓做鬼魂將你報答
旦 梅兄長你說的痴心之話 講什麼千金體貴人榮華 我爹娘將奴家終身許下 生為人死為鬼還是梅家 奴一枝金釵兒你且收下 分別後見此釵如見奴家	小旦 梅兄長你說的是那里話 講什麼千金體貴人榮華 我爹娘將奴家終身許你 生為人死為鬼還是梅家 奴一枝金鳳釵你且收下 分別後見此物如見奴家
生 接金釵我心中由如刀刮 這恩情卻叫我怎樣丟下	小生 接金釵我心中由如刀絞 這恩情教小生怎樣丟下
旦 此一去你心中休要欠掛 切莫要荒詩書念著奴家 分別後我性命如絲懸掛 少不得到北番命染黃沙 你後來中黃榜伴了王駕 報此仇洩此恨定將賊殺	小旦 此一去你心中休要牽掛 切不可荒詩書戀著奴家 分別後奴性命如絲懸掛 少不得到北番命染黃沙 你後來中黃榜伴了王駕 報此仇定將賊殺
生 盧杞賊害得我夫妻分下 恨不得一霎時將賊刺殺 似這等情性語心如刀刮 卻叫我一時間怎樣丟他	小生 盧杞賊害得我夫妻離散 恨不得一霎時將賊刺殺 似這等情性語心如刀刷 卻叫我急煎煎怎樣丟他
旦 流珠淚對南方雙膝跪下 哭一聲爺來我叫一聲媽 空養我女孩兒年交二八 到做了無義鳥飛去天涯 眼睜睜兄和妹難分難舍 這乃是生死別活活哭殺 無奈何含珠淚且把台下 我和你霎時間各分天涯 叫一聲姊妹們忙排鑾架 且到了雁門關命染黃沙	小旦 流珠淚對南方深深下拜 哭一聲老爹爹 我叫一聲年邁的親娘吓 你空養了女孩兒一十六載 倒做了無義鳥飛去天涯 眼睜睜兄與妹即刻分離 正乃是生死別活活哭殺 沒奈何含珠淚且把台下 我和你傾刻間各分天涯 叫一聲姐妹們忙擺鑾架 且到了雁門關命染黃沙

車本《杏元和番》源自於「楚曲」本當無疑義，但是《戲考》卻未收此劇。《戲

考》所收《落花園》（1～201）與「楚曲」本情節相同，唱曲也較相似。敘述杏元和番路上，投崖自盡，被昭君顯靈救至鄒家花園，杏元假稱汪月英，爲鄒夫人收爲義女。據《菊部群英》、《燕塵菊影錄》、《京劇二百年之歷史》、《菊台集秀錄》、《情天外史》、《都門紀略》載：陳嘯雲、章麗秋、姜妙香、張芷仙、陳德霖、趙蘭香、樊杏初、王瑤卿、張寶蘭、孫怡雲、果香林、孫八等均工此戲。《戲考全書》稱陳德霖、王瑤卿「最臻上乘」。〔註28〕《平劇劇目初探》《二度梅》下有註明：

> 一名《梅杏聯芳》又名《杏元和番》。其中《落花園》一折常單獨演出，陳德霖代表作。〔註29〕

在《劇學全書》卷七收錄的旦角劇本《落花園》，與《戲考》本大同小異：

楚　曲	戲　考	戲學全書
落花園	落花園	落花園
旦 引 　征風寂寂 　惹動秋波	旦 引 　風吹鈴兒響 　荷花開滿塘	旦 引 　風吹鈴兒響 　荷花開滿塘
鄒云英坐繡閣消遣 身帶著丫環女去到花園 出深閨又只見皓月明現 孤鴻雁一聲聲口叫空懸 眞乃是秋風景星移斗轉 焚清香爲的是爹娘安全 但願得二雙親身體康健 每日裡焚清香答謝蒼天 猛聽得叫苦聲卻也不遠 夜深沉這花園那有人言	慢板西皮 　老爹爹在朝中官居爵祿 　我母親受誥封在家享榮華 　耳邊廂又聽得風聲響落 　叫丫環看分明細對我說	西皮原板 　老爹爹在朝中服官食祿 　我母親受誥封享盡榮華 　耳邊廂又聽得風聲響落搖板 　叫丫環看分明細對我說
杏 耳邊廂又聽得呼喚人言 想必是到陰曹閻君面前 無奈何睜開了昏花的眼	正旦杏 反二簧 　耳邊廂又聽得走石飛砂 　猛然間睜開眼太湖石下	正旦杏 反二簧正板 　陳杏元投澗下一心無假 　爲什麼昏沉沉來到此家 　猛然間來至在太湖石下

〔註28〕許志豪、凌善清編著：《戲學全書》（上海：上海書店，1993）卷七《落花園》，頁1。此書原名《戲學彙考》，爲1926年上海大東書局出版。
〔註29〕陶君起：《平劇劇目初探》（台北：明文，1982）《二度梅》條，頁177。

投深崖爲什麼來到此間 又只見一小姐丫環同伴 但不知是何處官宦花園 望小姐發慈悲行個方便 念奴家落難女搭救殘生	那一旁坐定了觀音菩薩 適纔間奴投澗一心無假 昏沉沉也不知落在誰家 亦非是妖魔怪休要驚怕 奴本是落難人奔走天涯	那一旁坐定了觀音菩薩 也非是妖魔怪休要驚怕 奴本是避難人來到你家
	旦 搖板 　他本是被難人來到我家 　不由我一陣陣心內如麻 　叫丫環忙帶路後堂以下	旦 搖板 　他本是被難人來到我家 　不由我一陣陣心內如麻 　叫丫環忙帶路後堂以下
	老旦 搖板 　我的兒請爲娘有何根芽	老旦 搖板 　我的兒請爲娘有何根芽
	正旦 搖板 　老夫人問我的眞情實話 　漏機關又恐怕被人所殺 　不由我一霎時爲難心下 　陳杏元改換了 　汪月英哄騙於他	正旦 搖板 　老夫人問我的眞情實話 　倘若是漏機關恐被禍殃 　一霎時倒叫我爲難心下 　改換了名和姓哄騙於他
有難女坐花園一言稟告 老夫人和小姐細聽根苗 都只爲北國中賊蠻造反 盧杞賊做一本杏元和番 選民女四十人隨相作伴 小女子隨貴人去到邊關 怕只是那番兒將奴作賤 昭君廟投深崖自喪黃泉 蒙神聖護保佑將奴救轉 但不知一霎時送到花園 家住在揚州地父是官宦 小女子王月英深閨少年 望夫人發慈悲行個方便 憐難女無奔處搭救殘生	西皮慢板 　尊夫人與小姐聽奴言講 　細聽我落難人敘說端詳 　家住在揚州郡江都小縣 　奴姓汪名月英父母在堂 　都只爲雁門關打下敗仗 　恨盧杞命杏元去和番邦 　選美女四十名一同前往 二六板 　有小女在其內離了故鄉 　到他國不過是下賤之樣 　奴投在落雁坡一命身亡 　蒙神聖保佑我性命未喪 　又誰知落在了夫人花牆 　尊夫人賢小姐聽奴言講 　夫人前奴情願爲使女又 　待何妨	西皮慢板 　未開言不由我淚流滿面 　細聽我避難人表一表家園 　家住在揚州郡江都小縣 　奴姓汪名月英父母雙全 　都只爲沙漠國賊兵造反 　唐天子命杏元前去和番 　買民女四十名與他陪伴 二六 　小女子命運低落在其間 　我恐怕到北國一齊命染 　因此上投澗下命喪黃泉 　有神聖在空中救我大難 　一陣風括至在夫人花園 哭板 　望夫人和小姐救我大難 　夫人哪收留我當作了使女 　丫環
	老旦 搖板	老旦 搖板

	聽伊言來淚悲傷 罵聲杞狗奸黨 哭板 　只害得他一家人東逃西往	聽伊言來淚悲傷 罵聲杞狗奸黨 　只害得他一家人東逃西往
	小旦 　勸母親免悲淚慈悲心腸	小旦 　勸母親免悲淚慈悲心腸
杏 走上前施一禮深深跪下 尊母親容孩兒細聽根芽 多蒙了老母親將兒收下 到後來不忘恩剪肉報答	正旦 搖板 　喜揚揚近前來雙膝跪倒 　尊一聲老夫人細聽根苗 　在府中望母親多多訓教 　到後來兒不忘收養恩高	正旦 搖板 　喜揚揚近前來哀言奉告 　尊一聲兒的娘細聽根苗 　兒年幼望母親多多訓教 　到後來兒不忘養育恩高
	小旦 搖板 　叫姐姐你請上受我一拜 　我與你好一比一母同胎	小旦 搖板 　叫姐姐你請上受吾一拜 　我與你好一似一母同胎
杏 蒙母親和賢妹將我收下 不到處望賢妹指教奴家	正旦 搖板 　近前來把賢妹一聲高叫 　為姐的有一言細聽根苗	正旦 搖板 　我這裡近前來把賢妹來叫
小旦 　今日裡花園內姐妹結拜 　你愛我我愛你由如同胎	在府中早晚間多多看照 咱二人猶如那一母同胞	雖是那乾姐妹亞賽同胞
老旦 他二人一見時心歡喜暢 從今後學針指共成一雙	老旦 搖板 　叫丫環將酒宴後堂擺好 　母女們飲一個快樂逍遙	老旦 搖板 　叫丫環將酒宴後堂擺好 　母女們飲一個快樂逍遙
	小旦 搖板 　叫姐姐休得要珠淚啕嚎 　我與你好一似一母同胞	小旦 　叫姐姐休得要珠淚嚎啕 　且開懷府前後共走一遭
杏 我雖然在此間安心住下 但不知你二人落在那家 但願得你二人名榜高掛 報此冤洩此恨要把賊殺	杏 搖板 　蒙夫人與小姐恩高義好 　今日裡在鄒府獨自逍遙	杏 　蒙夫人與小姐恩高義好 　今日裡在鄒府獨自逍遙 搖板

	背轉思賢公子珠淚垂吊 思想起好一似萬把鋼刀 在崇台言和語可曾記好 想不到你的妻也有今朝	背轉思賢公子珠淚垂吊 思想起好一似萬把鋼刀 在崇臺言和語可曾記好 想不到你的妻也有今朝

兩個京劇本，唯一改動的地方是陳杏元自敘身世的部份，《戲考》本唱「江陽轍」，《劇學全書》本唱「言前轍」。這個京劇本的《落花園》（《二度梅》）應是當時舞台常演的劇作，也是沿用「楚曲」祖本的劇作。

　　但是《戲考》中收的《失金釵》（10～5801），似乎就與「楚曲」本有很大的差異；《失金釵》分十三場，劇情從「楚曲」十一回〈落花園〉開始，到二十六場〈池邊相會〉：

楚　　曲	戲　　考
二度梅	失金釵
杏元投崖 ○　雁門關與良玉春生分別 ○　昭君顯靈 ○　杏元投崖 ○　翠環代扮杏元	一場 ○　昭君顯靈
第十一回落花園 ○　鄒小姐上場，發現杏元，稟告母親。杏元自道身世，鄒夫人收為義女，雲英杏元姐妹相稱。	二場 ○　鄒夫人上場，丫環告知花園有哭聲 三場 ○　杏元自道身世，鄒夫人收為義女，雲英杏元姐妹相稱。
二十場書房思釵 ○　穆榮奉命至鄒府 ○　鄒夫人接家書，知穆榮為半子人選。 ○　良玉睹釵思人，被春香、秋香窺見。	四場 ○　改名木榮的梅良玉出府遊玩
二十一場失釵相思 ○　春香在書房搜尋，找到金釵。	五場 ○　丫環納紅在木榮房裡搜尋，找到金釵。
○　良玉痛失金釵，懷疑是書童竊走。	六場 ○　丫環把金釵交與雲英，杏元見釵，痛哭失聲。
○　春香將金釵交與雲英，杏元見釵臉色大變。二人同去拜見母親。	七場 ○　良玉回書房現金釵失蹤
○　杏元回房途中昏倒。	

二十二場請醫詰問 　○　二人傳來病重消息，鄒夫人延請大夫。 　○　醫生看良玉病。 　○　醫生看看杏元病。鄒夫人心亂如焚。	八場 　○　雲英告知母親杏元見釵的奇怪反應，此時傳來二人重病的消息。
○　鄒母探杏元之病，杏元說出金釵由來。	九場 　○　鄒母探杏元之病，杏元說出金釵由來，說出重台贈詩。鄒母命納紅改扮，試探木榮。
二十三場探病究根 　○　鄒夫人到書房探望良玉。 　○　鄒母得知重台贈詩，命春香在書房門外以詩試穆榮。	
二十四場以假試真 　○　春香書房外假扮杏元，以詩試探穆榮，得知穆榮即是良玉，卻被良玉發現是春香而非杏元。鄒夫人探望良玉，告知金釵仍歸舊主。	十場 　○　納紅書房門外以詩試木榮，得知木榮即是良玉。 十一場 　○　鄒夫人將因由告訴雲英，並到書房探望良玉，告訴知杏元未死之事
二十五場春香探花 　○　春香奉命探病，遇良玉花園散步。良玉苦苦求問，並至中堂拜見鄒夫人，得知真象。	
二十六池邊相會 　○　杏元打扮停當，至池邊等待良玉。鄒夫人花亭擺宴，邀梅良玉共飲。良玉花園散步，與杏元相會。	十二場 　○　杏元房中感傷，良玉探病，夫妻重逢。
	十三場 　○　鄒伯符返家，夫人告知此事前因後果。

《失金釵》情節上的安排和「楚曲」《二度梅》雖然部份相似，但已有許多差異：「楚曲」二十場〈書房思釵〉的部份，京劇《失金釵》完全沒有。二十一場〈失釵相思〉是先演良玉痛失金釵，才演春香將釵交與雲英，被杏元看見的情節；京劇本則是相反，納紅先將金釵交與雲英，才演良玉發現金釵失蹤。「楚曲」本還多了延醫治病、及鄒母初試良玉、春香探病，良玉拜見鄒母詢問究竟等情節。最後的相會也不相同，「楚曲」本的「池邊相會」既驚奇又合

理，有著「猶恐相逢是夢中」的戲劇效果；《失金釵》良玉直探杏元香閨的安排，不僅不合理，還有銜接上的破綻。二本甚至連陳杏元的身世、重要的鄒府丫環名稱都不同。「楚曲」本中的杏元是父被斬但母還在，且有弟弟春生；在劇中去試探梅璧的丫頭叫「春香」。《失金釵》裡杏元是母親自小就辭世，而且也沒有弟弟；雖然一樣是去測試梅璧，但丫頭名字卻叫「納紅」。

二本唱詞也幾乎完全不同，大多數選擇唱段的地方是不一樣的（詳見附錄十）。少數唱段相同處，唱詞也有很大差異，以陳杏元落花園，向鄒夫人自道身世，及杏元自道金釵來歷兩段為例：

楚　　曲	戲　　考
落花園	失金釵
杏 　耳邊廂又聽得呼喚人言 　想必是到陰曹閻君面前 　無奈何睜開了昏花的眼 　投深崖為什麼來到此間 　又只見一小姐丫環同伴 　但不知是何處官宦花園 　望小姐發慈悲行個方便 　念奴家落難女搭救殘生 　有難女坐花園一言稟告	花旦 西皮倒板 　霎時間不由我魂魄無影 　我七魄悠悠的漂渺天庭 　睜開了昏花眼用目觀定 搖板 　見一位老夫人坐在花廳 　奴非是妖魔怪休得疑心 　奴本是避難女受了苦情
老夫人和小姐細聽根苗 都只為北國中賊蠻造反	正板 　老夫人請上坐容奴細稟 　小女子住在那揚州元郡 　世居住東城外有奴家門 　我的父陳東初身遭不幸 　奴伯父離紅塵深山修行 　我的母陳傅氏年邁之人 　我名叫陳杏元我母喪 　上無兄下無弟奴單一人 　小女子受茶禮早以聘定 　許了那梅良玉未曾完婚 　盧杞賊在朝中良心喪盡 　勾動了土番國擾亂朝廷 　萬歲爺寵愛賊誰人不敬 　用冷本害夫父一命歸陰 　土番國興人馬威風凜凜 　逢州搶遇縣劫殺害黎民 　杏黃旗止不住空中飄定

盧杞賊做一本杏元和番
選民女四十人隨相作伴

一字字一行行寫得分明
上寫著進美女干戈平定
若不進兩下裡要動刀兵
言一來那盧杞一本奏定
傳旨意曉諭了眾家公卿
眾公卿在金殿閉口不應
盧杞賊金殿上又奏一本
他又奏陳杏元美貌不輕

快板

萬歲爺准了本聖旨飄定
要奴家到北國與賊完婚
奴本是千金體閨閣繡錦
怎能夠與反賊兩下成親
因此上昭君塘落崖自盡
是何人救奴家來到花廳

小女子隨貴人去到邊關
怕只是那番兒將奴作賤
昭君廟投深崖自喪黃泉
蒙神聖護保佑將奴救轉
但不知一霎時送到花園
家住在揚州地父是官宦
小女子王月英深閨少年
望夫人發慈悲行個方便
憐難女無奔處搭救殘生

哭板

真心話對夫人一言難盡
後來事奴不知所為何情

楚　　曲	戲　　考
請醫詰問	失金釵

占
　聽罷言叫丫環將我來扶定
　下床來見母親跌跪塵埃
　兒本是陳杏元和番難女
　曾許配梅良玉托下終身
　遭奸賊保和番難以違命
　沒奈何別爹媽只得起程
　打從那河北地重台之上
　那時節卻只有梅郎在傍
　夫妻們遭拆散實難割捨
　不得已取下了一股金釵
　我二人頭抱頭題詩為記
　約定了來生的綢繆姻緣
　前日見金釵在妹妹之手
　想則是梅良玉早赴幽冥
　他既然喪黃泉我生則甚
　恨不得到酆都去見情人

花旦
快板
　老娘親你在上容兒言道
　女兒的心裡內好似油澆
　昨日裡與賢妹繡樓坐道
　梳粧內有金釵細細觀瞧
　問賢妹這金釵何處來到
　他說道老爹爹押信來交
　這金釵是女兒重台敬表
　贈與了梅郎夫不差分毫
　為什麼這金釵父押信道
　因此上這根苗真蹊巧
　怕是梅郎命赴陰曹
　莫不是被公差鎖拿住了
　到如今這金釵才有下稍
　女兒我得此病難以得好
　看起來兒的命要赴陰曹

	再不能與母親歡言談道 再不能問安寧侍奉年高 女兒我赴陰曹感恩不少 恕女兒少侍奉收留恩勞

雖有轍口上的差異，但情況卻不同於前面分析過的劇作，這裡的敘述方式完全看不到依循沿用的痕跡。

　　該劇中也有些地方編得不盡合理。如鄒夫人對梅璧的態度，在「楚曲」中因為很清楚梅璧是幕僚人員，所以夫人對他極為客氣；但到了京劇本，在還沒弄清楚陳杏元生死之前，二人怎麼就攀上關係，「我兒」、「娘親」互稱了起來，著實有些奇怪。當良玉得知杏元也在鄒府時，直接前去探望，不合情理之至。二人對話之中也有許多破綻：當良玉問杏元「我乃問你，昨日晚間，你可曾到過書房門外，窗下唸詩，來過麼？」杏元回答「我不曾去吓！」良玉接著說的是「哦哦哦！是了！吓！小姐如今你的病體可愈否？」有點像是打啞謎一般，沒頭沒尾，而良玉心中的疑惑一樣未解。劇中陳杏元也由青衣正旦變成了花旦扮。

　　曾白融記錄的京劇《二度梅》，是集折式的全本，〔註30〕而且由齊如山改編過：

　　　　為《賞梅識破》、《罵相別家》、《重台贈別》、《落雁岩》、《落花園》、
　　　　《失金釵》、《賞月重圓》等劇之總名。何希時藏本，齊如山改編。

　　〔註31〕

如此正可以說明，為何比對車本與「楚曲」本的《杏元和番》幾乎完全相同，但京劇本的《落花園》就與「楚曲」本有些許不同。而《戲考》所收的《失金釵》，更不像是前述全本《二度梅》中的一折，因為《失金釵》的劇情，包括了原本《落雁岩》、《落花園》、《失金釵》、《賞月重圓》的部份，梅杏二人重逢也不是池邊賞月的安排。這個版本不知源自何處，但經由比對之後，顯然與「楚曲」離得很遠，應是沿襲自於不同「前身劇種」的劇作而來。〔註32〕藉由「楚曲」《二度梅》與相關題材的京劇劇本比對，可以看出京劇包容、吸納的能力，才有同一題材劇作，卻有著不同的劇本的情形出現。

〔註30〕有關「集折本」的定義，詳見第四章第二節「集折串演本」。
〔註31〕曾白融主編：《京劇劇目辭典》（北京：中國戲劇，1982），《二度梅》條，頁457。
〔註32〕小說《二度梅》的安排與「楚曲」本相同。

結　語

　　從本章分析的「楚曲」劇作看來，京劇對「前身劇種」的劇作，有繼承也有創新。有些京劇劇本幾乎是完全沿用「楚曲」劇作的情節與唱詞，不加更動；有的雖有刪改，也都是在「楚曲」祖本的基礎上進行加工改造，只是這樣的改動未必全部都是越改越好、越改越精；因精簡過度弄巧成拙的也有，京劇《斬李廣》、《日月圖》便是因為精簡過度，成為「無甚精采」的劇作。京劇沿用「楚曲」唱段，唱詞卻略作變化的原因，大多是因為轍口的不同，這種局部的更動，在不同的京劇劇本中也會出現，前一章分析的《上天臺》、本章的《轅門射戟》都有這樣的情況。有的京劇劇本，在沿用「楚曲」劇作時，會將某個角色加以刻意塑造，使人物形象更為突出，如《轅門射戟》的呂布、《甘露寺》中的喬玄、《花田錯》中的春蘭。有些「楚曲」劇本情節有些不合理，京劇本加以更動，以求合理，如《洪洋洞》便是。但京劇中也存在著同樣題材，卻來自不同「前身劇種」的劇作，如京劇的《落花園》便是沿用「楚曲」《二度梅》的情節、唱詞，但京劇《失金釵》卻可能是來自其他「前身劇種」的劇作；這兩個同題材劇作，一樣能並行不悖。

　　由於「楚曲」劇作並沒有標示出唱腔，〔註33〕所以無法了解從「楚曲」至京劇的唱腔變化；但在經過「楚曲」與京劇劇本的比對之後，其實不難發現「楚曲」作為京劇重要的「前身劇種」，能流傳下來的劇本，大多為京劇沿用。京劇從形成到成熟，約一百多年的時間（1790～1917），但劇作的變化其實還是很穩定且有規則可循。

〔註33〕少數劇作標示出部份的唱段西皮或者板式，如《新詞臨潼山》、《轅門射戟》、《回龍閣》、《龍鳳閣》劇作中，都出現了標示為「西皮」的唱段。

結　論
從楚曲京劇劇本看板腔體戲曲的「場上性」

　　在中國戲曲發展的漫漫長河中，清代的「花雅爭勝」是一個非常重要的課題。青木正兒甚至認為，清中葉之後的戲劇史，就是一部「花雅」興亡史。這一段戲曲發展變化的歷程，使中國戲曲無論在形式或內容上都產生了巨大的變化。由於受到清朝政府的政治干預，以及文人觀念的食古難化，使得原本單純的戲曲發展更替過程，附加了雅正──俗鄙、正統──歧出等干擾。回歸戲曲史發展的歷程，其實這是中國戲曲由曲牌音樂轉變成板腔變化音樂、由體製劇種轉變為聲腔劇種、由劇作家中心轉變為演員中心，不管「案頭」只理會「場上」的重要歷史時刻。而「花雅爭勝」最後的霸主──京劇，正是具備這些轉變後特質的集大成劇種。

　　「楚曲」在清代戲曲「花雅爭勝」的歷史過程中，扮演了承上啓下，繼往開來的關鍵角色。如果戲曲發展史是一條前後銜接的鎖鍊，那麼以往傳奇與京劇之間，正少了「楚曲」這個扣環；清代「楚曲」劇本的發現，使這條鎖鍊得以緊密扣合。雖然目前所見僅二十九種「楚曲」劇作，即使分成折子演出，對後來擁有近六百個劇目的京劇而言，數量上也實在不成比例，但這些「楚曲」劇作中所具有的如最早皮黃合奏的特質，對眾說紛紜的「花雅爭勝」這段歷史的釐清作用，卻彌足珍貴。

　　「花雅」競爭之初，受限於資料不足之故，僅能從乾隆中葉所輯之《綴白裘》及末葉《納書楹曲譜》中的花部劇本得知。這些資料，讓我們了解到梆子與傳奇曲牌音樂之間的關係，屬於板腔體音樂的梆子腔，如何與曲牌音

樂之間如何融合、過度的情況。而這批最遲於嘉慶末葉已出現的「楚曲」資料的發現，則可知皮黃與傳奇之間的關係，即從徽班過渡到京劇這一路的發展。對照時間的先後，正是花部梆子一系與皮黃一系，先後對京劇造成影響。經由「楚曲」劇本的分析，補足了戲曲發展史「花雅爭勝」中後期空缺的一部份，也使得長期處於各說各話的戲曲發展歷史，有了明確的證據可供依循推論。

　　經本文的分析研究後，這批已是皮黃並奏，名為「楚曲」實為漢調的劇本，在戲曲發展史中，具有以下幾點重要性：

一、確立「徽班──漢調──京劇」發展的脈絡

　　清中葉以後的「花雅爭勝」，除了戲曲聲腔問題外，更重要的是的中國戲曲由曲牌音樂時期進入板式音樂時期，以往一直將較多的關注點放在徽班受梆子腔的影響上，而忽略了楚曲漢調。實則真正造成徽班蛻變為京劇的主因，是進京時間較梆子為晚，道光初「漢調」藝人帶來的「楚調新聲」及其劇作內容形式。

　　聯絡五方之音的徽班，演唱的聲腔以徽調二黃為主，並包括崑山腔、吹腔、撥子、四平調以及民歌小調等。進京之時，已是一個能唱各種聲腔的綜合戲班。而魏長生之徒、三慶掌班高朗亭，入京師後，吸收了京、秦兩腔的特色，更使徽班能在京城立於不敗之地。儘管徽班第一次「以安慶梆子合京、秦兩腔」多腔並陳的藝術風格，在京城立足，但距離產生新的聲腔劇種──京劇，則尚有一段距離。造成徽班蛻變為京劇的重要因素，便在於「徽、漢合流」。「漢調」演員帶來已是皮黃合奏的「楚調新聲」，由於其中的二黃與徽班有相同的基礎，於是很快的互相交融。楚伶對在徽班的影響，便因這同唱二黃的基礎，將大量的漢調劇目帶入徽班，奠定了以生為主的演出角色局面，與當時秦腔粉戲截然不同；並且提高改造了皮黃的聲腔曲調，使聲腔旋律更完豐富外，也使得徽班演唱的語言沿用了漢調的湖廣音得以吸收與融合；為徽班加強了演員陣容，豐富了徽班演出的色彩。漢調演員加入徽班，經過演員米喜子、王洪貴、李六等的努力，終於在余三勝的時代，哄傳一時。

　　清中葉以來，乾嘉時期文人所留傳下的品花記錄，多以秦腔、梆子藝人為主；但這並不表示「徽班」與梆子的關係更為密切。然而文獻資料的欠缺，研究者只能以劇目比對的方式進行研究；只是中國同題材故事的劇作，在各

劇種中多有流存的情況，光以劇目比對，常有「失之毫釐，差之千里」的困境。這批清代「楚曲」劇本的發現，使得這一段徽班到京劇的發展過程，得以有了考察的憑據，再加上與車王府所代表的「京劇初期劇本」與其「前身劇種」劇本之間的關係，「徽班——楚曲——京劇」一脈相傳的情況，得到明確的聯繫。

二、「楚曲」上承傳奇下啟京劇的特殊地位

　　長篇「楚曲」的體製表面上看似與傳奇相同，但內容結構卻有所不同，也就是「楚曲」擺脫了因傳奇體製帶來的敘事方式，而有屬於自己的敘事方法。這種體製的繼承與變化，更可突顯清代戲曲發展史上，「花雅」戲曲的交流與互動關係。

　　以同為長篇的「楚曲」劇作與傳奇比較。「楚曲」前有「小引」做為劇作大意的概括，相當於傳奇的「傳概」；「楚曲」劇作中的「報場」，相當於傳奇的「副末開場」、「家門」；且第一回（場）多是上壽或是感嘆自道之類，最後一場也都以封官、團圓方式為結尾；也有分卷的情況，明顯受傳奇體製影響。相對於傳奇有「出腳色」的體製，「楚曲」中並沒有這樣的設計，「楚曲」以精簡的方式處理腳色登場的問題，通常在「登場」之時，就兼具了出角色與劇情進展的雙重功能。

　　這種體製上的雷同，使人乍看之下，會覺得「楚曲」根本就是用傳奇體製在「演故事」，只不過音樂換成了板式變化體音樂，而非曲牌聯套體的音樂罷了。只是「楚曲」在沿用傳奇體製的同時，由於音樂的變化，使得戲劇結構也連帶產生變化；由傳奇曲牌聯套的「分齣」制，變為以「人物上下」為主的「分場」制。這樣的轉變有助於音樂與戲情的緊密結合，更自由靈活地運用唱段鋪展劇情、刻畫人物、描寫心情、表現衝突，更進而造成戲劇整體表現的差異。於是劇中主角與結構線的安排也產生了與傳奇不同的變化，不完全以傳奇體製的生旦為主線發展，整體的篇幅也不如傳奇冗長。

　　「楚曲」打破了以「生」、「旦」為主的定制，連帶的也影響了「角色定制」帶來的「結構制約」；因此「主情節線」也就不一定僅適用於劇中生旦所發展出的線索，而是依「事隨人走」的安排，以劇中故事情節圍繞的角色，作為判斷主角的依歸。在傳統戲曲「事隨人走」的情況下，不以生旦為劇作主角的劇本，就不會出現「生旦分合」的情況等傳奇必備的情節段落，連帶

的影響到整個敘事情節脈絡的發展。這一連串的改變，造成長篇「楚曲」中情節結構線的安排，有單一結構線、兩線結構（生旦對位或生旦對位的變形）、多線結構三種。單一結構線的劇作因爲沒有旁枝，劇作全部重心都在主要角色身上，所有情節高潮當然都緊扣著唯一的結構線，也緊扣著劇中的主角。但多線結構布局的劇作就不然，由於生旦對位情節結構的變形，戲劇高潮隨之改變，劇中的主結構線不再只是生旦二線時，戲劇高潮便可能四處遊走，於是可能出現主結構線與戲劇高潮的不相應情況。依「戲在人身，戲隨人走」的要求，「楚曲」劇中，非生旦角色的行當，便因爲結構線的改變，成爲劇中重要人物，因此豐富了各行當的表演。

另一個值得注意的現象，是結構布局的變化，導致串珠式情節布局逐漸向區塊靠攏，以便累積更多的戲劇能量及情節高潮。這些區塊，自己形成一個像單線結構情節布局的拋物線情節高潮，同一角色得以在接連的幾場戲中盡情揮灑，成爲此一區塊的主角。這樣的劇情安排，在「楚曲」中有越來越有明顯的趨勢，《辟塵珠》、《打金鐲》、《英雄志》都出現這樣的情況。這種「區塊集中」的劇情安排，使得多線結構的劇作，變成了多個單線結構劇作的組合，而任取其中一個角色的片段，也就可以在不用大幅刪改的情況下，成爲某個角色的「折子戲」。

當崑腔傳奇勢力逐漸衰弱之時，新生的楚曲漢調，沿用了傳奇體製所擁有的分卷、副末開場等體製外貌，然劇作內容卻因爲所唱板腔體音樂而產生實質的變化。情節的安排由傳奇「串珠式」的分散「點」，往區塊集中；情節線的安排，除保留傳奇以生、旦爲主的兩線布局結構，也有變化爲單線或多線的結構布局。在戲曲敘事的表現手法上，開出一條與傳奇體製藕斷絲連，卻又有所新變的路子。理清了「楚曲」與傳奇的異同，中國戲曲如何由曲牌音樂過渡到板式變化的轉變，便顯得順理成章，這是目前所見同爲板腔戲曲的清代梆子腔劇作無法提供的答案。

三、釐清「楚曲——京劇」的關係

在目前可見清代二十九種「楚曲」劇本中，有長篇與短篇，與最早的京劇劇本集《梨園集成》中，亦收有長篇及單齣劇作的情況相同。相對於目前京劇多以單齣形式演出的情況，長篇「楚曲」的出現，使得研究者對京劇長篇劇作有更多的認識。短篇「楚曲」劇本，明顯不是從長篇「楚曲」中選取

出的「折子」，與後來京劇單齣未必選自全本的情況相同。當然由於京劇尚有其他前身劇種，所以許多「楚曲」劇作，也未必一定是現今京劇的祖本，不過大多數的「楚曲」劇作，對同題材的京劇幾乎都產生一定的影響。（詳見附表）

　　清乾嘉（中葉）之後，傳奇全本戲的演出，已幾乎被折子戲所取代，徽班當然不自外於此種情況，京劇從徽班脫胎而來，自然也受此影響。京劇的演出，以走向「折子」式的片斷，即楊掌生所謂的「軸子」為大宗，《戲考》所收劇作就是最好的例子。由於長篇京劇的劇本難得，使得相關問題，一直乏人討論，藉由《梨園集成》與長篇「楚曲」劇作的比對，可以發現京劇對長篇「楚曲」劇作沿用的方式，經比對情節、唱段後，有「全本沿用」、「集折串演」，以及以「楚曲」故事為主，加工形成的「連台本戲」三種，明顯可見京劇對「楚曲」的承接關係。由此也可了解京劇長篇體製與其「前身劇種」間的相關問題，並釐清京劇發展史上一些模糊的地帶。

　　至於短篇「楚曲」與京劇的關係就略為複雜些，從第五章的分析比對，可見有些「楚曲」劇作並沒被京劇沿用下來。不過這些楚曲劇沒被沿用下來的情況，還可分成幾種狀況：一是毫無流傳資料可尋，如《烈虎配》、《臨潼鬧寶》、《鬧書房》及《曹　公賜馬》；二是車本收有相對劇作，但京劇本卻無，如《鬧金堦》、《探五陽》、《青石嶺》；三是車本收有相關名稱的劇作，且與「楚曲」本相同；但京劇本相關題名劇作卻不同，如《蝴蝶夢》、《殺四門》；四是「楚曲」本同題材劇作，在車本中已產生變化，京劇本也與「楚曲」本不同，因此京劇相關題材劇目，其前身劇種恐非來自「楚曲」，如《英雄志》。

　　從第六章分析的「楚曲」劇作看來，京劇對「前身劇種」的劇作，有繼承也有創新。有些京劇劇本幾乎是完全沿用「楚曲」劇作的情節與唱詞，不加更動；有的雖有刪改，也都是在「楚曲」祖本的基礎上進行加工改造，只是這樣的改動未必全部都是越改越好、越改越精；因精簡過度弄巧成拙的也有，京劇《斬李廣》、《日月圖》便是因為精簡過度，成為「無甚精采」的劇作。京劇沿用「楚曲」唱段，唱詞卻略作變化的原因，大多是因為轍口的不同，這種局部的更動，在不同的京劇劇本中也會出現，《上天臺》、《轅門射戟》都有這樣的情況。有的京劇劇本，在沿用「楚曲」劇作時，會將某個角色加以刻意塑造，使人物形象更為突出，如《轅門射戟》的呂布、《甘露寺》中的喬玄、《花田錯》中的春蘭。有些「楚曲」劇本情節有些不合理，京劇本加以

更動，以求合理，如《洪洋洞》便是。但京劇中也存在著同樣題材，卻來自不同「前身劇種」的劇作，如京劇的《落花園》便是沿用「楚曲」《二度梅》的情節、唱詞，但京劇《失金釵》卻可能是來自其他「前身劇種」的劇作；這兩個同題材劇作，一樣能並行不悖。

由於「楚曲」劇作並沒有標示出唱腔，所以無法了解從「楚曲」至京劇的唱腔變化；但在經過「楚曲」與京劇劇本的唱詞比對之後，其實不難發現：「楚曲」作為京劇重要的「前身劇種」，能流傳下來的劇本，大多為京劇沿用。京劇從形成到成熟，約一百多年的時間（1790～1917），但從「楚曲」到京劇劇作的變化卻如此穩定且有規則可循，更可顯見二者之間的關係密切。

四、「楚曲」影響京劇的表現技法

「楚曲」對京劇的影響，不只在聲腔及板式的變化上，更有許多特質及表現技法為京劇吸收繼承。

從現存「楚曲」各劇中的主要人物看來，以生角為主的戲的數量，遠遠超過以旦角為主的戲的數量，可知「楚曲」重視男性角色的傳統。以三國故事為主的兩個長篇「楚曲」《祭風臺》、《英雄志》，全劇中沒有一個女角色，傳統被視為女角色的用詞「正旦」，在《祭風臺》中成了周瑜的角色。許多長篇劇作雖是有女性角色出現，但無法與生角平分戲份，如《魚藏劍》中的吳祥公主、浣紗女、《上天臺》的郭妃。《龍鳳閣》中的女性角色雖有三人，但徐金定、楊滿堂只在第四回出現了一下，完全是陪襯性質的可有可無，且扮李豔妃才算比較重要。如果再根據其他各劇出現場次及所唱曲文，就更能夠証明「楚曲」中重生輕旦的現象。

而這些男性角色中，又以老生（鬚生、末、外）的角色特別出色。《魚藏劍》中的伍子胥、伍奢、伍尚；《上天臺》的劉秀；《英雄志》、《祭風臺》中的諸葛亮；《祭風臺》中的魯肅、《打金鐲》中的宋士傑、毛蓬、楊春；《回龍閣》王允及十八年後薛平貴；《龍鳳閣》的楊波；《李密降唐》中的王伯黨；《斬李廣》中的李廣；《新詞臨潼山》中的李淵；《鬧金階》中的趙匡胤；《洪洋洞》裡的楊六郎；《楊四郎探母》中的楊四郎；《楊令婆辭朝》中的宋仁宗。這些不論是一路或二路角色，「楚曲」所呈現出來的人物形象，皆個性分明、氣韻生動；且大多具有浩然正直的一面。這個部份，早期京劇完全接受且繼承，因此得以一掃花部（主要指秦腔）以旦色為主的局面。而「楚曲」不以生旦

為主結構的敘事改變，再加上各角色行當的積累發展，使得京劇不同的角色也開始有各自的代表劇作。

「板腔體」戲曲與「曲牌體」戲曲的差別，除了「以聲腔音樂曲文撰寫格律」的根本不同之外，還有著「分齣」至「分場」的結構轉換。京劇成熟期的劇本形式，也以成熟的「分場」制作為京劇成立的標誌之一。目前可見嘉慶間的梆子腔劇本《畫中人》、《刺中山》，還看不到場次更迭的標記；然「楚曲」中分場與分回並行的體製，明顯可見「楚曲」正介於「分齣」到「分場」的轉換過渡時期，且「分場」制日漸成熟。

「楚曲」在唱段的安排上，充份運用板腔體音樂的靈活自由，使劇情的情感高潮與情節高潮有了較好的結合。「楚曲」唱段使用的語詞，不論扮演劇中何種角色，用典踐文的情況都很少見，口語、俗語、日常語皆入唱詞，使「楚曲」唱段呈現明白易懂的面目。並利用「對口接唱」節奏急迫的特點，將焦點凝聚，迸發出「針鋒相對」的激烈辯析，情感表現得以一氣呵成。再運用排比句法，深化放大劇中人物的情感表達。以「細說從頭」的唱段，幫助觀眾了解故事的來龍去脈、前因後果，這種「前情提要」的唱段，使人從這些唱詞中，使舞台上停格放大的故事片段得以銜接。「楚曲」在上下場或沒有唱段說白的行動時，運用曲牌做為過場音樂的情況已非常普遍，而且各曲牌所運用的場合，有逐漸形成定制的傾向。由於傳奇必須依賴唱段才能表現情節，卻因「曲」的抒情特質，常把表現重心由「情節高潮」模糊轉移成「情感高潮」，而「楚曲」在表達「情節高潮」時，不一定得靠唱段表現，因此多了許多選擇迴環的餘地。從今日所見的京劇劇本，明顯可看出這些特質都被京劇吸收與運用。

「楚曲」中的幾項特點：重視生角的傳統，分場制的形成，唱腔、發音的特殊性，唱詞語言風格的特色，運用曲牌音樂做為過場動作的安排等，許多是在現今可見的清代梆子劇本裡找不到的，由此可知「楚曲」影響京劇之深。

五、場上性才是劇作傳演的主要因素

就戲曲史的發展看來，京劇醞釀形成期，也正是崑腔傳奇不再競演全本戲，而以折子為主要演出方式的時期。此時文人對戲曲的關注，也轉而以演員技藝的品評論斷為主，這單從《清代燕都梨園史料》中收錄的各種品花記錄，都是以品評演員為主，便可見一般。然而品評關注的焦點，卻隨著京劇

的發展與成熟，由乾隆末葉的以旦角為主，逐漸轉移到以生角為主。這種轉變有人以當時國勢不振，人心亟待振作，故出現許多愛國思想劇作有關，然考查現存「楚曲」劇本後，卻不難發現其中造成風氣大變的關聯性。再比對「楚曲」與「京劇」的關係後，更可發現「京劇」中許多至今傳唱不絕的生角劇本，皆源自「楚曲」。這種情況，正與「秦腔」粉戲，造成旦角特別突出，而受文人重視的情況雷同。如此看來「楚曲」對「京劇」的影響，就不光只是唱腔的融合、劇目的傳承及演藝的精進而已，其中更帶有審美品味的轉變，使劇壇關注的焦點，從注重藝人的色相，再回到藝人的技藝之上。

　　「楚曲」劇本雖不若明清文人傳奇劇本充滿文學之美，卻以其板式音樂的靈活變化特性，更適合在唱詞中表現戲劇性及行動力。曲牌聯套體的傳奇劇作，雖然在明末清初變得更有彈性，可用各種集曲、南北合套的方式來陳述劇情、表達人物情感，但畢竟受制於套曲的規矩，而產生不少旁出的頭緒。「楚曲」京劇中板腔體唱曲，由於以上下對句形式出現，對唱、輪唱、接唱的形式更為靈活，在情節的敘述、情緒的傳達、戲劇性的渲染上，更加自由順暢。加上不用受制於一齣最少唱一套曲的規定，而以「人物上下」區分場次，這就可以避掉無關冗雜的線索。唱詞用語的平淺口語，使一般觀眾在觀劇的當下就能立刻領會，不會墜入五里霧中。不過「楚曲」在情節安排及動作指引方面，特別是行動與武打的場面，由於唱詞與說白的減省，使有些地方不能銜接；但這些部份都安排了場面音樂，配合著大量的舞台動作，這個部份也部京劇所吸收，進而形成一套表演程式，成為藝人可發揮的空間。這些為著戲曲場上性的表演動作，豐富了板腔體戲曲的藝術生命，增加了更多的可看性。

　　中國傳統戲曲在宋元雜劇時代，皆以場上性為重，但在明代文人大量參與創作之後，戲曲劇本的文學性被過度強調。明代劇壇的三大議題：《琵琶》、《拜月》之優劣；本色當行的討論；臨川派與吳江派在文詞音律輕重上的對峙；都擺脫不了劇本文學的思考角度。大多數文人對戲曲劇本的看法，也都還在「可傳可演」與「可演可傳」間掙扎；孫鑛、王驥德、李漁這一類重視場上的劇論家，是其中的少數。〔註1〕沒有文人插手干預、出身草莽的花部諸

〔註1〕有關明清文人對劇作有關「場上」與「案頭」的看法，可參見筆著〈場上與案頭的左右傾斜——談明清文人對戲曲劇本的品評標準〉一文。收在《戲曲研究》第六十四輯（北京：文化藝術，2004），頁57～69。孫鑛的觀點，見呂

劇，相對幸運地沒有這樣的困擾。「楚曲」、京劇並沒有「場上」與「案頭」的糾葛，全憑著劇作的好看與否，決定劇作的流傳。唱詞淺白不一定品味庸俗，唱腔直質也不代表缺乏內蘊。在戲曲的發展過程中，劇本雖是戲曲表演的根本依據，但在明清文人眼裡，更多時侯劇本被視爲文學之一體；只是劇本未搬之場上，都只能算是「未完成」的戲曲。戲曲劇作作爲一種「立體的活動的文學」，〔註2〕場上搬演的整體藝術表現，才算是完整的「戲劇」。事實証明，在花雅交鋒的過程中，京劇取得最終的優勝地位，其所代表的意義，正是戲曲場上性的回歸。

天成《曲品》，收在《中國古典戲曲論著集成》第四冊；王驥德觀點參見王驥德《曲律》〈論戲劇第三十〉，《中國古典戲曲論著集成》第四冊；李漁觀點，見《閒情偶寄》。

〔註2〕 徐凌霄稱：「戲曲文學──（不衹皮黃）那的確應該認爲立體的活動的文學」。所以爲與一般文學有所區隔，將其稱之爲「戲台上的立體文學」。見氏著《皮黃文學研究》（台北：學藝，1980，原北世界編譯館北平分館，1936初版），頁6。

附　錄

附錄一　「楚曲」《回龍閣》與梆子腔、《戲考》所收諸折唱詞對照

楚　曲	梆　子　腔	戲　考
進府拜壽上本	拜壽	算糧登殿
旦 　彩樓前與父曾結掌 　寒窯受苦好淒涼 　幾年未見侍女們 　面容焦瘁不如先 　丫環倒有主僕意 　爹爹並無疼兒心 　走上前來雙膝跪 　兒願爹爹福壽綿	旦 　王寶川離了寒窯院 　想起了平郎夫囑託之言 　昨日裡我夫妻曾相見 　他命我到相府去把糧搬 　這幾載未到過王相府 　油漆彩畫不一般 　王寶川行抵進相府	旦 搖板 　王寶川離了寒窯院 　想起了平郎夫囑託之言 　昨日裡我夫妻曾相見 　他命我到相府去把糧搬 　這幾載未到過王相府 　油漆彩畫不一般 　王寶川行抵進相府
	丫環 　小丫環迎接了三姑娘	丫環 元板 　小丫環迎接了三姑娘
	旦 　問一我的娘安好可安好 　我的父上朝可曾回還	旦 元板 　問一我的娘安好可安好 　我的父上朝可曾回還
	丫 　老夫人爲你眼哭壞 　老相爺上朝也曾回來	丫 元板 　老夫人爲你眼哭壞 　老相爺上朝也曾回來

	旦	旦
		元板
	我的娘想我常思念 嫌貧愛富老椿萱 我不見爹爹回去了罷 平郎問我無話言 走上前來雙膝跪 兒本是不孝的王氏寶川	我的娘想我常思念 嫌貧愛富老椿萱 我不見爹爹回去了罷 平郎問我無話言 走上前來雙膝跪 兒本是不孝的王氏寶川
外 　一見姣兒淚滿腮 　十八載才進相府來	老生 慢板 　十八載見了王寶川 　淚珠滾滾灑胸前 　我兒不在寒窯院 　來在相府爲那般	老生 慢板 　十八載見了王寶川 　淚珠滾滾灑胸前 　我兒不在寒窯院 　來在相府爲那般
旦 　有話不對爹爹講 　後堂說與老娘親	旦 　可恨爹爹心太偏 　一樣女兒兩樣看 　想父不與奴講話 　後堂去把老娘參	旦 頂光板 　可惱爹爹心太偏 　一樣女兒兩樣看 　想父不與奴講話 　後堂去把老娘參
外 　我說話夫人短我的 　有三女活活你慣成	老生 慢板 　我一聲嚇不住王寶川 　爲父的言語全不聽	老生 慢板 　我一聲嚇不住王寶川 　爲父的言語全不聽
	老旦 　老相講話太絕情 　你說三女我心疼	老旦 元板 　老相講話太絕情 　你說三女我心疼
旦 　自幼兒看過了列女傳 　三從四德兒知情 　將衣脫在二堂廷		
外 　他脫衣好似花郎樣 　在寒窯過的是什麼日光	老生 　看兒吃來看兒用 　在寒窯只落得這般光景	老生 元板 　看兒吃來看兒用 　在寒窯只落得這般光景

夫	老旦	老旦 元板
你富你貴是你的命 他不曾借你半毫分	你說他窮是他命 王相府未借米半升	你說他窮是他命 王相府未借米半升
	老生	老生 元板
	老丐婆說話縱他性 三女兒俱是你慣成	老乞婆說話縱他性 三女兒俱是你慣成
	老旦	老旦 流板
	守節立志心拿定 你父之言莫要聽	守節立志心拿定 你父之言莫要聽
	旦	旦 雙倒板
	酒席前施一禮卻奉高堂 兒命薄怎配那狀元才郎 聞人說平郎夫西涼命喪 爹娘吓 依兒看他還在陽世上 有此話你就該背地言講 同我娘咱三人再作商量 酒席前現有我二位姐丈 雖然是內親姓不了王 王寶川低頭自思想 想必是穿父的舊衣裳 我把這寶衣寶裳一件一件 俱脫下 我至死不沾你相府的光	酒席前施一禮卻奉高堂 慢板 　兒命薄怎配那狀元才郎 聞人說平郎夫西涼命喪 爹娘吓 依兒看他還在陽世上 有此話你就該背地言講 同我娘咱三人再作商量 酒席前現有我二位姐丈 元板 　雖然是內親姓不了王 王寶川低頭自思想 想必是穿父的好衣裳 我把這寶衣寶裳一件一件 俱脫下 我至死不佔你相府的光
外 開言我把蘇龍叫 你勸三妹早回心	老生 好一個烈性的王寶川 寶衣捧在父面前 回言我把賢婿喚 老夫不能你向前	老生 亂倒板 好一個烈性的王寶川 寶衣捧在父面前 回言我把賢婿喚 老夫不能你向前

末（蘇龍）	蘇	蘇
		元板
	酒席筵前告了便	酒席筵前告了便
		慢板
蘇龍心中似火燒	上前去相勸王氏寶川	上前去相勸王氏寶川
好個貞節王寶川	三妹妹請來把禮見	三妹妹請來把禮見
走上前來把禮見	爲兄言來聽根源	爲兄言來聽根原
尊一聲賢妹聽我言	傍人說平貴把命喪	傍人說平貴把命喪
立志守節在人間	是不是還在兩可間	是不是還在兩可間
千萬莫聽岳父言	岳父大人命你另改嫁	岳父大人命你另改嫁
	從不從盡在了你的心間	從不從盡在了你的心間
旦	旦	旦
		元板
從前西涼賊造反	王寶川走向前忙施一禮	王寶川走向前忙施一禮
我夫多蒙你照管	尊一聲大姐丈你聽仔細	尊一聲大姐丈你聽仔細
我夫非是忘義漢	在征西路上救命多虧你	在征西路上救命多虧你
請坐一旁莫開言	那魏虎他本是謀害的	那魏虎他本是謀害的
	昨夜晚回來了一個薛	昨夜晚回來了一個薛
	薛平郎相見寒窰裡	薛平郎相見寒窰裡
	倘若是爹娘問道你	倘若是爹娘問到你
	你一搖二擺三不知	你一搖二擺三不知
	蘇	蘇
		元板
	好一個烈性王寶川	好一個烈性王寶川
	說出話來人可觀	說出話來人可觀
	出言我把魏親喚	出言我把魏親喚
	下官不能你上前	下官不能你上前
小旦（金川）		
有金川走上前來		
叫叫一聲賢妹聽我言		
立志守節人間有		
千萬莫聽爹爹言		
旦		
任他說得蓮花現		
我不改嫁也惘然		
小旦		
即然立志心莫		
你的名兒萬古傳		

且 從前對天發下願 縱死黃泉也心甘		
進府拜壽下本		
	魏 蘇親說話你有差 男子漢說不過婦道人家 上前去不用著兩三句 管叫他另行改嫁在目前 有魏虎笑嘻嘻 出言叫聲咱三姨	魏 元板 蘇親說話你有差 男子漢說不過婦道人家 上前去不用著兩三句 管叫他另行改嫁在目前 快板 有魏虎笑嘻嘻 出言叫聲咱三姨
	且 魏虎賊好大膽 三姑娘面前發顛狂 有日犯在我的身 剮你一刀問一聲	且 元板 魏虎賊好大膽 三姑娘面前發顛狂 有日犯在我的手 剮你一刀問一聲
	魏虎 三姑娘不要把臉翻 非是俺魏虎發狂言 慢說犯不了你的手 犯在你手也枉然 狗屁蛋來狗屁蛋 狗屁蛋來狗屁蛋	魏虎 元板 三姑娘不要把臉翻 非是俺魏虎賣狼言 慢說犯不了你的手 犯在你手也枉然 狗屁蛋來狗屁蛋 狗屁蛋來狗屁蛋
占 在二堂行過風擺柳 有銀川走上前 尊一聲賢妹妹王寶川 西涼死了薛平貴 何不另行改嫁人	銀川 酒席筵前告了便 慢板 上前來相見王寶川 三妹妹請來把禮見 為姐言來聽根源 人人說平郎把命喪 你苦苦守節為那般 老爹爹命你來改嫁 轟轟烈烈過一場	銀川 倒板 酒席筵前告了便 慢板 上前來相勸王寶川 三妹妹請來把禮見 為姐言來聽根原 人人說平貴把命喪 你苦苦守節為那般 老爹爹命你來改嫁 轟轟烈烈過一場

旦	旦	旦 元板
罵聲銀川好厚臉 二堂那有你開言 我若不看爹娘面 一足踢你面朝天	狗賤人假意把我勸 王寶川心中不耐煩 我看你花枝招展頭上戴 紅紅綠綠身上穿 來來來隨我到簷下看 你看一看魏虎賊那個容顏 秤它鼻子歐兒眼 雅賽過古廟中一個判官 未從走動大肚來挺 並賽那東海岸那們大的不老黿	狗賤人假意將我勸 王寶川心中不耐煩 我看你花枝招展頭上戴 紅紅綠綠身上穿 來來來隨我到簷下看 你看一看魏虎賊那個容顏 秤它鼻子歐兒眼 雅賽過古廟中一個判官 未曾走動大肚來挺 那賽那東海岸一個老烏龜
占 再三不聽我言語 恐怕失節後悔遲		
旦 我要一個真皇帝 豈嫁那無志做狗官	我要嫁嫁一個真皇帝 我是不嫁那魏虎狗官	我要嫁嫁一個真皇帝 我是不嫁那魏虎狗官
	銀 三妹妹休要出此言 為姐有話聽根原 你說他長得不好看 我看他容貌賽潘安 你愛平貴那一件 不過挨門乞討郎 爹爹奶奶千聲叫 好容易賺來一文錢 在相府不看爹娘面 一腳踢你個面朝天	銀 元板 三妹妹休要出此言 為姐有話聽根原 你說他不好看 我看他容貌賽潘安 你愛平貴那一件 不過挨門乞討郎 爹爹奶奶千聲叫 好容易賺來一文錢 在相府不看爹娘面 我一腳踢你個面朝天
丑（魏虎） 說著說著變了臉 尊一聲三妹聽我言 西涼死了薛平貴 你在相府把我纏	魏 三妹妹自古良言道的好 死了男兒莫怨天 十字路有千萬 去了紅的 你看還有我穿綠的男	

旦 開言我把魏虎叫	寶 魏虎賊好大膽 三姑娘前出狼言 講此話你敢打我的手 打了我手欺了天	寶 快板 魏虎賊好大膽 三姑娘前出狼言 講此話你敢打我的手 元板 打了我手欺了天
	老生老旦 元板 走上前來忙遮定 你二人吵鬧未何因	老生老旦 元板 走上前來忙遮定 你二人吵鬧爲何因
旦 十八載糧餉怎安排 十八載糧餉要早算 休要放走魏左參	寶 快板 魏虎不要出此言 三姑娘把話對你明 如若平郎他在世 十八載糧餉要你還	寶 快板 魏虎不要出此言 三姑娘把話對你明 如若平郎他在世 十八載糧餉要你還
	魏 假如平貴他在世 短你一斗還擔三	魏 快板 假如平貴他在世 短你一斗還擔三
	寶 魏虎不要說狂言 爹娘與兒作証見 低頭出了王相府 寒窯去把平貴搬	寶 快板 魏虎不要說狂言 爹娘與兒作見証 低頭出了王相府 寒窯去把平郎搬
	算糧	
生 出得窯來心歡喜 賢德妻子整衣裳 進得相府抬頭看 紅紅綠綠滿堂官 上面坐的王丞相 那一傍坐的魏左參 岳母上面告的罪 問我一言答一聲	平 倒板 有爲王打扮得小卒模樣 爲三姐叫孤王離了西涼 此一去到相府莫要亂嚷 算糧事有丈夫一面擔承 行幾步來在了相府以上 魏虎賊在一傍意氣昂昂 見岳母失一禮可惱丞相 薛平貴怒沖沖立在一傍	平 倒板 有爲王打扮得小軍模樣 慢板 爲三姐叫孤王離了西涼 此一去到相府莫要亂嚷 算糧事有丈夫一面擔承 行幾步來在了相府以上 元板 魏虎賊在一傍意氣昂昂 見岳母施一禮可惱丞相 薛平貴怒轟轟立在一傍

丑	魏	魏 元板
這椿事兒從天降 殺死鳥兒又還鄉 回頭我對岳父講 果是平貴轉回鄉	平貴作事禮不該 你把我妻摟抱懷 回頭再對大人講 果是薛親轉回來	平貴作事禮不該 你把我妻摟抱懷 回頭再對大人講 果是薛親轉回來
外 聽說平貴轉長安 走上前來用目觀 看他不像花郎樣 天平飽滿似貴郎 回頭我對夫人講 果是平貴轉回鄉	老生 聽說來了薛平貴 待老夫上前看端的 看他不相昔年體 胸前打著三絡鬚 爲三女上前施一禮 揚揚不採邈視誰 老夫人忙接喜 薛平貴果然轉回來	老生 亂倒板 聽說來了薛平貴 慢板 待老夫上前看端的 看他不像昔年體 胸前打著三扭鬚 爲三女上前施一禮 揚揚不採邈視誰 老夫人快接喜 薛平貴果然轉回還
夫 聽說平貴轉回鄉 開言叫聲魏左參 你道死了薛平貴 今日爲何又還鄉	老旦	老旦 元板
誰家漢子好無禮 敢在相府稱女婿 罵聲平貴好無才 十八載才進相府來 爲娘的爲你眼哭壞 妻爲你立得貞潔牌 從今休出人世外 爲娘與你米和柴	賢婿作事欠主裁 西涼一去不回來 老身爲你眼哭壞 三女爲你受苦埃 從今向後莫出外 免得母女掛心懷 看罷一番孝開懷 果是賢婿轉回來	賢婿作事欠主裁 西涼一去不回來 老身爲你眼哭壞 三女爲你受苦埃 從今向後莫出外 省得母女掛心懷 元板 看罷一番笑開懷 果是賢婿轉回來
	寶 當年皮氣還未改 坐在一傍痴呆呆	寶 元板 當年脾氣還未改 坐在一傍痴呆呆
	平郎算糧之事要明白 千萬間莫走脫魏虎狗官	元板 平郎算糧之事要明白 千萬間莫走脫魏虎狗官

		元板
	頭上青絲如墨染 不是姐妹是仇冤	頭上青絲如墨染 不是姐妹是仇冤
	老旦 不要巧嘴波浪舌 你的心腸如蟹尖 來來來寶川兒隨娘走 去到後堂飲酒巡	老旦 元板 你不要巧嘴波浪舌 你的心腸如蟹尖 來來來寶川兒隨娘走 去到後堂飲盃巡
生 下前來扭住了葵花帶 十八載糧餉怎安排	平 出言叫聲魏元帥 刻扣軍餉未那般 上前抓住袍何帶 萬歲面前把理排 哈哈哈好奸賊	平 元板 出言叫聲魏元帥 刻扣軍餉為那般 上前抓住袍和帶 萬歲面前把理排 哈哈哈好奸賊
	老生 看平貴與魏虎抓袍奪帶 上殿面君 待老夫上殿保他一本便了	老生 看平貴與魏虎抓袍奪帶 上殿面君 待老夫上殿保他一本便了

楚 曲	梆 子	戲 考
貧貴登殿團圓	大登殿	迴龍閣
生 起板 孤王興兵奪了位	生 金鐘三響王登殿	生 倒板西皮 龍鳳閣內把衣換
坐的唐室錦江山 馬達江海一聲叫 去到寒窯把你娘娘搬 代戰女捷去宮和院 高士繼提拿王相官	西京長坐江山 可恨魏虎狗肺男 當初生心將我害 今日定要報仇冤 宣王娘娘上金殿	西皮慢板 薛平貴焉有今日天 馬達江海把旨傳 你就說孤王我駕坐在長安 龍行虎步上金殿 原板 然間想起了彩樓前 馬達江海一聲宣 在寒窯內快宣那王氏寶川

旦	旦	寶川
適才來手對我言 他道兒夫坐金鑾 放心不下來觀看 果然他駕坐金鑾 走上前來雙膝跪 萬歲爹宣妾為那端	金牌調來銀牌宣 王相府來了我王氏寶川 九龍口用目觀觀 只見平郎丈夫頭帶王帽 身穿蟒袍腰橫玉帶足蹬 朝靴端端正正正正端端 大模大樣坐在金鑾 這才是老天爺睜開龍眼 我不再武家坡去把來剜 大搖大擺上金殿 參王駕來問王安	二六 忽聽萬歲一生宣 寒窰來了王寶川 站立金殿用目看 原來是我夫坐金鑾 大搖大擺 搖板 上金殿 參王駕來問王安
生 你為我受苦十八載 後宮院蟒袍任你穿	生 薛貧貴在金殿用目觀 在殿下跪下了王氏寶川 在寒窰受罪十八載 你亦到後宮去把鳳衣穿	生 搖板 你為孤受苦十八年 後宮去把鳳衣穿
旦 叩罷頭來謝罷恩 從今不穿破衣衫	旦 在金殿叩罷頭抽身就走 背轉身不由人喜笑眉頭 猛想起二月二龍抬頭 王寶川打扮上彩樓 公子王侯我不打 彩球單打貧貴頭 自說打著薛貧貴 薛門輩輩出王侯 莫枉我受罪十八秋 等著等著坐了皇后	旦 搖板 謝罷萬歲下金殿 從今後不穿破衣裳
生 一見老賊怒沖冠 陣陣惡氣往上翻 馬達江海一聲叫 取他人頭掛高杆	生 快把王允綁上殿 為王金殿用目觀 金殿跪下老賊奸 當年定計把王害 今日我要報仇冤 馬大江海一聲喚 推出午門用刀參	生 搖板 一見老賊怒沖冠 先前定計將孤害 今日也要報仇冤 馬達江海推去斬 殺他人頭掛高竿

旦	旦	寶
馬達江海休要斬 候你娘娘上金鑾 不顧生死把殿上 尊一聲萬歲聽妾言 **滾板** 我叫吓叫了一聲萬歲主 我哭吓哭了一聲萬歲爹 想當初我爹爹不過一時之錯 你今將他斬首 王寶川倒做了不孝之人 你要斬就把妾來斬 要求我爹爹活命還 哎吓我那萬歲爺	慢著不要殺來不要斬 寶川撩衣上金鑾 我父身犯何等罪 為何把他問刀參	**搖板** 聽說要把我父斬 唬得寶川心膽寒 急急忙忙上金殿 要斬我父為那般
	生 當年定計將王害 今日我要報仇冤	生 **搖板** 先前定計將孤害 今日拿他報仇冤
	寶 寶川捨命跪金鑾 尊聲萬歲聽妻言 妻為你受苦十八載 為妻為受罪十八年 今天饒了我的父 小妃與你保江山 今天不饒我的父 小妃蹑死在金鑾	旦 **搖板** 先前本是父不好 我母待你恩如山 **搖板** 萬歲一定將父斬 不如蹑死在金鑾
生 王三姐哭得我肝腸斷 鐵石人聞言也淚淋 你父如同殺我父 你父我父俱一般 你今天下實少有 上得志書表得名 王三姐性隔天生定 殿腳下放了你父親	生 孤王心中意以定 梓童莫管這閒事情 叫梓童你莫要行此短見 發表下赦回了你父老年	生 **搖板** 御妻休要行短見 午門外赦回王相官
	旦 在金殿叩罷頭忙謝恩典 發表下赦回了我父老年	

外 適才新主將我斬 何人救我活命還	王允 快板 　千層浪裡翻身轉 　此去煙想回還 　強打精神用目看 　金殿上坐定王寶川	王允 快板 　千層浪裡翻身轉 　百尺高竿得命還 　站立金殿用目看 　那傍站立王寶川 搖板 　娘娘千歲寶川我的兒吓 　時才萬歲將我斬 　何人救我活命還
旦 適才新主將你斬 是你女兒救你活命還	寶 老爹爹不必淚連連	寶 搖板 　適才萬歲將父斬 　女兒救父活命還
外 爲父當初瞎了眼 眞龍當做魚蝦觀 你今救得父命轉 忠孝名兒天下傳		王允 搖板 　我兒救得父不死 　可算忠孝兩雙全
旦 從前道他花郎樣 到于今爲何坐朝綱 三朝元老爺兒的命 救卻還要封大官	旦 細聽爲兒訴根源 想當年爲兒把夫選 不該打著貧貴男 老爹爹一見沖沖怒 將兒趕出大門前 我夫妻二人無投奔 破瓦窯中把身安 貧貴無耐投軍去 功勞簿上他佔先 唐王一見龍心悅 封他爲督都掌兵權 老爹爹上殿把本奏 都督改做先行官 奸賊魏虎把兵點 差他關外去防奸 明著關外把奸妨 暗著充軍不回還 我在寒窯受勞苦 屈指算來一十八年 老爹爹在朝爲首相	寶 二六板 　說什麼忠孝兩雙全 　女兒言來聽根原 　大姐配的蘇元帥 　二姐配的魏虎讒 　惟有女兒命運苦 　彩毬單打薛平男 　先前到是花郎漢 　到如今花郎坐金鑾 　來來來隨兒上金殿 　謝萬歲不斬還要封官

	富貴榮華樂安然 看起來爲兒到有憐父意 你心腸如同那鐵石一般	
生 非是爲王不斬你 多虧三姐把本參 寶倉庫不用你代管 金殿賜你金校椅 事平之日再封官	生 梓童不必訴苦冤 將他鬆綁下金鑾	生 搖板 殿角賜你金校椅 事平之後再封官
		王允 搖板 萬歲休把老臣怨 俱是魏虎起禍端
	忙把魏虎綁上殿	生 搖板 忙將魏虎押上殿
生 一見賊子怒氣生 不由孤王咬牙根 從前定計將孤害 今日才得冤報冤 馬達江海一聲叫 取他人頭掛高杆	一見奸賊怒沖冠 急忙拉下將賊斬	生 搖板 一見賊子怒沖冠 先前定計將孤害 仇報仇來冤報冤 馬達江海推去斬
旦 馬達江海休要斬 你娘娘還要問一番 將坐兒打在金鑾殿 叫聲魏虎聽我言 叫你定計將他害 說將來放你活命還	旦 妾身還要問根源 內待臣看過金交椅 叫一聲魏虎你聽言 當初怎樣將我害 如今還是我王寶川	寶 妾妃還要問一番 人來打坐向前罵 罵聲魏虎狗奸讒 先前定計將我害 一一從頭說根原
丑 有魏虎戰兢兢尊一聲三姨 尊一聲娘娘千歲聽臣言 害主非是魏虎過 該是岳 皆因岳父禮不端 娘娘若還饒臣死 齊心合力保江山	魏 有魏虎跪在金鑾殿 尊三姨妹聽我言 娘娘千歲三妹妹聽根源 你今日奏本將我饒過 到來生變犬馬結草啣環	魏 搖板 有魏虎跪腳尊一聲三姨妹 娘娘千歲三姨妹細聽我說 你今若是饒了我 從今以後念彌陀

旦 小兒面得異目表 放虎歸山把人傷 馬達江海一聲叫 取他人頭掛高杆	旦 叫武侍推出把他斬 斬他人頭掛高竿	旦 搖板 馬達江海推去斬 斬他人頭掛高竿
生 開言我把三姐叫 去到相府把我岳母搬	生 孤王金殿把旨傳 梓童到相府去把岳母搬	
	旦 王寶川金殿領聖旨 王相府去把老娘來搬	
龍書案下出赦條 赦與天下黎民曉 一赦錢糧並殘糟 二赦囚犯出監牢	生 孤王傳出旨一篇 曉諭文武得知言 一赦陳欠錢糧米 二赦囚犯出牢監	
夫 午門之外下車輦 叫聲二女聽娘言 服兒一雙好怪眼 帝王選在彩樓前 姣兒扶娘上金殿 九龍口內叩龍顏	老旦 來在殿前下車輦 萬歲出旨將我搬 這是皇天睜開眼 仇報仇來冤報冤 三女攙我上金殿 看看我兒平貴男	
生 王三姐攙扶你母王親拜 尊一聲岳母聽開懷 只因為娘親亡得早 多蒙岳母代兒賢 將岳母封在養老院 每日三次王問安 為王賜你玉石匾 孤王賜你龍鳳燈 岳母門上釘銀丁 孤王門上釘金丁 為什麼不把金丁釘 分一個君來分一個臣 金丁銀丁俱一樣 玉石匾傍掛龍鳳燈 岳母請進養老院 為王不送下龍廷	生 一見岳母心悲嘆 梓童攙扶王拜參 慢唱 參拜了岳母龍身轉 尊一聲岳母親貴耳聽言 想當年婿兒我身在危難 你三女破瓦窯苦受熬煎 聽傳說老岳母常常掛念 在相府終日珠淚不干 婿兒我今日榮耀歸轉 請岳母養老院去把身安	

夫 　叩罷頭來謝罷恩 　回頭叫聲王相官 　手掌手背俱是肉 　一樣女婿兩樣心 　到于今封我在養老院 　養老院內樂安然	老旦 搖板 　謝過萬歲龍恩寬 　想起當年事一端 　我的兒彩樓把花郎選 　今日得把鳳衣穿 　叫女兒攙爲娘下金鑾	
	旦 　將老娘送在養老院 　回頭來又看見我父老年 　來來來隨兒上金殿 　參王駕來問王安	
	生 　當年定計把王害 　封你太師有職無權	
	外 　叩罷頭來謝恩典 　封我太師有職無權受氣 　的官	
生 　馬達江海把旨傳 　宣你娘娘上金鑾	生 　馬達江海一聲喚 　宣你公主上金鑾	生 搖板 　斬魏虎方稱心願 　快宣公主把駕參
占（代戰公主） 　滿開大步上金鑾 　他國陽氣三冬暖 　我國地陰六月寒 　他國穿的綢和緞 　我國穿的羊毛占 　大搖大罷上金殿 　只見娘娘坐一邊 　走上前來把禮見 　他笑我番邦禮不全	占 　忽聽有旨將我宣 　大搖大擺上金殿 　走上前來把禮見 　無全何二次把禮見	公主 二六 　來在他國用目觀 　看他國我國不一般 　他國穿的綾羅緞 　我國穿的羊毛毡 　大搖大擺上金殿 搖板 　上面坐的王寶川 　走向前施一個番邦禮 　他爲正來我爲偏 　走向前來把禮見 　娘娘千歲

旦	旦	寶
王三姐偷眼來觀看 代戰女打扮賽天仙 怪不得兒夫他不轉 卻被他纏住了十八年	王寶川走上前禮相還 姐妹同上金鑾殿	快板 王寶川抬頭用目看 代戰女打扮似天仙 怪不得兒夫不回轉 被他纏繞一十八年 寶川若是男兒漢 也到他國住幾年 我本當不把禮來見 他道我寶川禮不端 走上前來用手攙 尊一聲妹妹聽我言 兒夫西涼你照看 多虧你照看他一十八年
		公主 快板 姐姐說話言太欠 小妹言來聽根原 說什麼兒夫我照看 可憐你受苦一十八年
		寶 快板 手挽手兒上金殿
		公主 快板 參王駕來問王安
生 代戰女封在昭陽院 還有前妻王寶川 你二人論什麼偏來論什麼正 你二人偏正俱一般 你二人同進昭陽院 齊心合意保江山	生 平貴抬頭用目觀 來了二位女嬋娟 寶川封為昭陽院 代戰公主西宮把身安 賜你二人龍鳳劍 扶保寡人坐江山	生 快板 孤王金殿用目看 二梓童打扮似天仙 寶川封在昭陽院 代戰公主掌兵權 賜你二人龍鳳劍 三人同掌錦長安
	旦 謝罷龍恩將身轉	寶川 快板 叩罷頭來謝恩典

	占	公主 快板
	寶川封爲昭陽院 封我西宮把身安 萬歲爺將我眼下看 不如一命染黃泉	你爲正來我爲偏
旦 走上前來把妹摻 尊一聲賢妹聽我言 主在西涼蒙你奉 蒙你代奉十八年 到于今封你在昭陽院 你爲正來奴爲偏	旦 王寶川走上前急忙遮攔 論什麼大來論什麼偏 咱二人同侍一夫男 來來來後宮去把酒餐	寶 快板 說什麼正來講什麼偏 姐妹二人俱一般 三人同掌昭陽院
占 姐姐說話太過賢 說什麼正來說什麼偏 你我同進昭陽院 學一個女英娥皇伴舜眠		公主 快板 學一對鳳凰伴君眠
	旦 王寶川在金殿偷眼觀看 只見那番邦女賽過天仙 是怎麼不把足纏 怨不的丈夫不回轉 被他纏繞七八十拉年 王寶川若是男兒漢 也被他纏個七七八十拉 年 噯噯纏我不想回還	
	末 忽聽有旨將我宣 來了皇家二品官 撩袍端帶上金殿	
生 只要你忠心把國掌 封你養老太師在朝班 蘇龍恩官走聽前		生 快板 寶川近前聽旨傳 相府去把岳母搬

爲王傳旨你聽言 寶倉庫內你代管 封你左榜丞相在殿前 高士繼走上前 且聽爲王把旨傳 殿前將軍扶皇聖 朝裡朝外保皇王 馬達江海一聲叫 封你滿漢大將軍 東南角下紫雲獻 朝房閃出奏事官		
		寶川 快板 　辭別萬歲下金殿 　相府去把老娘搬
		生 快板 　孤王金殿出赦條 　曉諭黎民得知曉 　一赦錢糧並錢鈔 　二赦囚犯出監牢
		老旦 搖板 　來在午門下車輦 　有勞三姐把娘頒 快板 　我的兒一雙好尖眼 　十八年才得龍椅盤 　站立在殿角用目看 　上面坐的薛平男 　先前道他是花郎漢 　到如今頭戴皇帽身穿蟒袍 　腰橫玉帶足蹬朝靴端端整 　整整整整端端坐在金鑾 　寶川兒攙娘上金殿 搖板 　參王駕來問王安

		生 倒板 　二梓童攙岳母待王拜見 二六 　拜岳母如同拜泰山 　不幸我娘親亡故早 　你比我親娘勝強十賢 　寶川封在昭陽院 　代戰西宮掌兵權 　老岳母封在養老院 　你在那壽星宮中樂享安然 　宮娥彩女常陪伴 　兒一天三次去問娘安 　請請請老岳母請下金鑾
		老旦 搖板 　辭別萬歲下金殿 　抬頭只見王相官 　你道我養女無好處 　一個女似十個男 　來來來隨我到養老院 　養老院中樂安然 　我還不耐煩
		生 搖板 　忙將王允宣上殿 　孤封你養老太師 　在朝綱有無權
		允 搖板 　辭別萬歲下金殿 　王允做的受氣官
		生 搖板 　內侍與孤把班散 　養老宮中去問岳母安

附錄二　「楚曲」《辟塵珠》與京劇《碧塵珠》重要唱詞對照

楚　曲	梨　原　集　成
四場拾寶進京	
夫 引 　竹影清搖幽窗 　兩行鴻噪夕陽 十字二凡 　嘆一聲我良人早已命喪 　丟下了兒和女好不淒涼	正 引 　山青水鳥背知亡 　竹徑桃園本出塵 二簧正板 　夫在朝為官時何等榮耀 　已仙遊嘆家中漸漸蕭條 　幸喜得兒合婿雙雙行孝 　不枉我守冰清玉潔名流
占 　勸婆婆休要把公公思想 　總是他大數盡命歸天堂	
小生 　一家人來至在墳台之上 　不由人哭啼啼心中傍徨	小生 　寒窗苦怎能夠文章射斗 　習孔孟一卷書萬里封侯 　中高魁瓊林宴三杯御酒 　但願得感皇恩獨佔鰲頭
	旦 　寒食節春深早林出俊鳥 　滿空中蝴蝶飛子燕高樓 　一路上祭掃人如梭行走 　臣盡忠子行孝歷代不休
夫 　母子們跪墳台哭聲大放 　好一似同林鳥無有下場	苗 　每年間溝節全家祭掃
	迎 　謝閣君養育恩地原天高
	桂 　祖陰靈保相公早登科第 　中皇甲驛馬車出仕在外

	桂 　春風起滿山中樹枝飄繞
小生 　一雲時起風把我驚蕩 　尊母親站一旁且把身藏	迎 　尊母親免心驚忍耐荒郊
	苗 倒板 　祭掃時天空朗懸日高照
	桂 　半山是妖孽風山野群妖
	迎 　墳台前紫金勝其情難料 　且放下包天膽仔細觀瞧 夾板 　這是先故父陰靈扶保 　天賜我滿門福足踏金鰲
夫 　吾的兒把此事休得亂講 　有鄰人來盤問必要隱瞞	
為娘的坐草堂言語訓教 　吾的兒在一旁細聽根苗 　上一番上京都珠寶進到 　受皇恩必須要早寄家書	苗 　我的兒休上京進貢國寶 　守寒窗指日裡身掛紫袍 　若身榮必須要急早回呈
占 　王氏女站一廂雙眼垂淚 　尊一聲奴的夫妻有話說 　婆在堂妻年少無依無靠 　切莫要效王魁無有下稍	
小生 　賢德妻說此話真個甚妙 　早晚間侍奉婆切莫心焦 　我此去帝王城身受榮耀 　人來接老母王氏妻姣	
老娘親說此話言語顛倒 　嚇得我戰兢兢心似火燒 　看起來上京事不去為妙 　怕只怕母只們分別今朝	
夫 　既立心上京城去進珠寶 　但願你受皇恩于史名標	

占 　勸夫君免憂愁休得煩惱 　老婆婆自有奴早晚劬勞 　此一去受君爵家書早報 　那時節婆與媳快樂無憂	苗 　但願得感皇恩代漏回音
小生 　好一賢德妻世間少有 　他勸我遂功名即上京都 　拜別了老娘親出門俯首 　忍不住腮邊淚點點長流	迎 　離膝下缺甘旨為只不孝 　為功名那顧得路遠山遙 　進珠寶必定是封官顯耀 　倚柴扉準備著報音回頭
夫 　見姣兒他上了陽關大道 　好一似無情刀母子開交	
占 　婆媳們守家範清淡長久 　我的夫有官回才放心稍	
五場定計誆寶	
	迎 　路遙馬力呈途遠 　夢似虛心神意懸 　此去若得黃榜點 　四馬高車奪狀元
	王 　奉王旨意尋珠寶 　數日不見信和苗 　披星戴月無蹤曉 　萬里山川不辭勞 　想必是狂法徒隱藏不獻 　無知輩怎當得王法森嚴
小生 　離家鄉數日正心常掛念 　好叫我為子者難以別娘 　耳傍內聽鑼響不離多遠 　且看他來的是那部官員	迎 　行過了數日整思量掛念 　為功名離膝下慈母跟前 　只聽得導鑼響喊聲不遠 　且停鞭細觀看那部官員
丑 　金殿上奉聖命明查暗訪 　又只見小書生擋住路旁	王 　叫左右名村莊急忙查點 　下馬來即盤問暗理藏奸

伍賢姪你那裡且把心放 要陞官待愚叔一人承當	
六場酒害春	
淨 　你的父在朝廷忠心耿耿 　今一見後人來滿心歡然	眞 　你父親奉君王無不稱羨 　國有道社稷興又出大賢
丑 　蒙恩主待吾侄情意不淺 　進珠寶必然是欽賜朝員	王 　這富貴從天降奇緣福獻 　望大人帶小姪面見龍顏
小生 　蒙大人賜酒宴況飲大醉 　我本是鄉間人禮義不全	迎 　蒙大人恩義厚賞賜酒晏 　恐小姪年紀輕禮不周全
	眞 　道來朝上金楷一同上殿
	才 　望恩點必中進寶狀元
飲酒時頭眼昏是何情見 莫不是用藥酒害人殘生 我和你非親故無仇無怨 我與你無來往並不相連 罵一聲老賊子起心不善 我心中行彷忽腹如箭穿	迎 　誠恐怕小姪兒福薄命淺 　似鸚鵡怎飛入鳳凰池邊 快板 　一霎時身恍惚難以睜眼 　我腹內心崩烈似火燒煎
淨 　眾家丁你與我放開大膽 　打死了這狂生老夫承當	
七場尋子驚夢	
夫 　吾的兒去進寶音信未轉 　好叫悲切切愁鎖眉尖	苗 　夫在朝不飲羨奉君待天 　愛民子治國事可美大賢 　因此上守家業常存善念 　感天地將珠寶賜與我年 　少兒郎到如今夜難合眼 　受皇恩接後代忠孝名傳

占	桂
勸婆婆免憂慮容奴細講 我的夫必定是進寶狀元	孤單單冷清清珠淚點點 悶懨懨愁切切意思懸懸 爲夫君消瘦了容顏嫩臉 奴不是貪風花難欠青年 都只爲夫離家無有信傳 婆共媳倚門牆雙眼著穿

附錄三 「楚曲」〈綁子上殿〉與車本《綁子上殿》、京劇《上天臺》唱詞對照

楚 曲	車 王 府	戲 考
綁子上殿	綁子上殿	上天臺
生（劉秀） 金鐘響玉香影 王登寶殿孤喜的 民安樂太平之年 文憑著鄧先生妙算八卦 武憑著姚皇兄保定邦家	生 外國王子眞個膽大 一心要奪寡人錦繡中華 文憑著鄧先生陰陽八卦 武仗著姚皇兄保定邦家 內侍臣擺御駕引上金殿 又聽得後宮內鬧聲喧嘩	老生 二黃慢板 金鐘響玉鞭應 王登龍廷喜的是 太平年五穀豐登 君有道民安樂天下同慶 普天下眾黎民共享太平 文憑著鄧先生陰陽有准 武仗著姚皇兄保定乾坤 內侍臣擺御駕九龍口進 又聽得後宮院大放悲聲
旦（郭妃） 淚汪汪哭出西宮院 忙上金殿奏明君 萬歲爺與妾妃作了主 那怕姚剛有功臣	旦 宮女擺駕金殿上 奉求萬歲作主張 萬歲爺與小妃作了主 管叫你黑頭掛午門	青衣 搖板二黃 內侍擺駕上龍廷 萬歲台前奏分明
淨（姚期） 安慶府綁裂子怒氣沖發 罵一聲小畜聲不知王法 那郭榮得罪你叔計心下 回府來對父言過府回他 明知是他女兒西宮伴駕 滿門中文武臣誰不懼他 皇王爺降聖旨將兒斬殺	淨 倒板 安定府綁姚剛怒氣皆發 氣得我年邁人老眼昏花 兒的膽量比天還大 奉旨誇官將人殺 兒殺別人有一講 故殺皇親登時上殿將兒的 頭殺	淨 倒板 安定府綁姚剛怒氣皆發 只氣得年邁人兩眼昏花 郭太師在朝中勢力皆大 滿朝中文武臣誰不怕他 似這等犯王法兒全然不怕 少刻間見萬歲定把兒的頭 殺
花（姚剛） 父子們平南蠻功勞該大 萬歲爺封南王帽插金花 那奸賊在金殿一傍答話 他道兒年幼小難封王家 次日裡走府門百般叫罵	付 老爹爹不必怒氣發 且聽孩兒說根芽 南蠻救父功勞大 奉天子與孩兒帽插金花 誇官遊街遙過這老賊的府	剛 搖板 爹爹不必怒氣發 孩兒言來聽根芽 在府門與郭永百般叫罵 怒惱了你孩兒將他來殺

罵得兒氣來了比天還大 殺奸賊整朝綱不曾犯法	那老賊攔住馬頭百般辱罵 孩兒殺一個裙邊代的官員 也算不得什麼王法	
淨 小畜生說的話真個膽大 為什麼把強言這等說話 是好漢隨為父朝王見駕 萬歲爺台前 一椿椿一件件誰是誰非 姚剛我的兒你要細奏皇家	淨 聽罷一言怒氣發 事到如今你還這等樣說話 豈不知那老賊有一女隨王 伴駕 合朝文武官員誰不懼他 他到金殿作一本 為父的看當今面上還讓他 還樣的王法全然不怕 隨為父上殿面奏君王 兒見萬歲台前 一椿椿一件件誰是誰不是 你細奏王駕	淨 搖板 小奴才說此話膽比天大 打死人還說是不犯王法 是好漢隨為父參王見駕 少刻間見萬歲 誰是誰非 兒要啟奏皇家
聖天子明如鏡把旨傳下 心問口口問心自己猜華 手帶著罷林兒且把殿下 為父的有一言細聽根芽 此一去到河北保定殿下 我的兒休逞強將人來殺 免得我年邁人懸把心掛	萬歲爺赦了姚剛子 好似枯樹又逢春 手拉姣兒金殿下 為父言來要兒聽 你到河北改情性 不要提刀亂殺人 兒進前來看為父 兩鬢蒼蒼好有一比 比那風前之燭瓦上霜 能見幾春	萬歲爺赦了姚霸林 好似枯木又逢春 手拉姣兒下龍廷 開言叫聲姚霸林 此番湖北兒要改情性 兒不要提刀亂殺人 為父的兩鬢蒼蒼白如銀 好一似瓦上霜風前燭 能過幾春
花 爹流淚來兒悲傷 悲淚不住灑胸膛 伴君如同羊伴虎 虎落回頭羊命亡 萬歲今日龍恩大 恐怕奸妃巧計生 勸爹爹寫道辭王表 告老歸家得安康	付 爹爹講話兒悲傷 點點流淚灑胸膛 老爹爹在朝為官 那西官賊如猛虎 虎要發威將人傷 吾勸你為官有什麼好 不及還鄉鬼神莊	剛 搖板 爹爹落淚兒悲傷 點點珠淚灑胸膛 在朝為官有什麼好 一點不到有損傷 到不如寫上辭王表 告職回鄉樂安康
午門外拜別生身父 去到河北保劉莊	在午門辭別了生身的父爹 爹 到家多拜祖萱堂	午門辭別生身父 回府去拜上老萱堂

淨	淨	淨
午門外去了姚霸林 好似剛刀刺在心 撩袍攜帶上金殿 萬歲爺台前告老還鄉	在午門逃走了姚霸林 霎時間鋼刀刺我心 難爲兒有勇無謀不心在 你枉坐皇家一棟樑 看起來伴君如同羊伴虎 不及告職還鄉樂安康	金殿去了姚霸林 父子們相逢萬不能 轉過金堦梧桐樹 告職回鄉樂安寧
生 姚皇兄在金殿告老還鄉 不由孤灑時間兩淚胸膛 漢江山多虧了皇兄所掌 叫寡人怎捨得開國忠良	**生** 老皇兄在金殿把本奏上 要告職嚇得我膽戰心慌 都只爲小愛卿情性決降 連累了老皇兄代了慌忙	**生** 二黃原板 姚皇兄休得要告職還鄉 龍書案聽寡人細說端詳 你本是坐朝中開國良將 叫寡人怎捨得架海金樑
淨 一非是在金殿告老還鄉 待老臣有一本細奏端詳 萬歲爺代老臣恩重山海 怕的是郭娘娘暗害老臣 怕只怕到後來無有下場	**淨** 非是臣辭王駕告職還鄉 龍書案有一本回奏君王 小姚期斬皇親滿門遭喪 萬歲爹發河北刁得安康 怕只怕郭娘娘暗害君梁	**淨** 原板 非是臣在金殿告職還鄉 老姚期有一本啓奏吾王 小姚剛打死了太師命喪 怕的是郭娘娘暗害忠良
生 孤離了龍書案皇兄帶定 將手挽待寡人細說分明 可恨那南蠻賊擾亂邊廷 連累了老皇兄遭困番營 好一個小愛卿三子霸林 到番營救父還勦滅賊兵 孤封他平南蠻金殿歡飲 郭太師站一傍心懷不平 因此上他二人結下仇恨	**生** 老皇兄休得要再把本上 爲王的下龍位細說端詳 曾記得劉毛賊興兵反上 一心要奪寡人錦繡家邦 老皇兄回朝來把本奏上 你奏道子姚金次子姚銀 不服水土命喪他邦 爲王的聽此言心中悲嘆 孤封你父子王位永鎮朝綱 郭太師在一傍把本奏上	**生** 二黃原板 孤離了龍書案把話來講 君臣們站金闕細談衷腸 昔日老王爺龍歸海藏 那時節孤年幼不能承當 那王莽將玉殿自行執掌 將孤王趕出都流落他鄉 甲子年邦王莽曾開科場 眾學子內其中也有孤王 孤一心放冷箭射死王莽
次日裡闖府門兩下相爭 一來是小愛卿年幼情性 二來是郭太師命該歸陰	他奏道那有個父子王位全 居朝堂 小愛卿在金殿聞言衝撞	又誰知那一箭不曾代傷 那王莽中了那岑彭貌相 科場內怒走了馬武子章

今早朝郭娘娘哭奏寡人
要孤王將皇侄問罪典刑
孤起旨無道君行事不正
寵妃子斬功臣敗亂朝廷
孤當初走南陽四路逃奔
中途上遇皇兄白水村林
初起首眾皇兄保扶寡人
駕坐在洛陽城把旨傳下
姚不反漢不斬扶保寡人
孤念你老伯母懸樑自盡
三年孝改三月扶保寡人
孤念你有三子兩子喪命
孤今日將皇侄問罪典刑
豈不是絕了你姚門後根
這都是老皇兄家門不幸
生烈子連累你常掛憂心
孤念你保寡人社稷重整
孤念你保寡人四路掃平
孤念你征南蠻戰場遭困
孤念你兩鬢霜白髮似銀
孤念你保寡人東蕩西除
南征北勦
殺得晝夜馬不停蹄
到如今
耳聾眼花還是忠心耿耿
孤念你是一個開國元勳
勸皇兄休得要告老歸林
勸皇兄放寬心扶伴寡人
勸皇兄進西宮去把罪請
勸皇兄你休要臉帶淚痕
此一番隨寡人同進宮廷
你須要願娘娘福壽康寧
孤戒酒不聽他花言巧語
害你開國功臣
孤是個有道君心如明鏡
你要隨定了寡人

氣昂昂辭寡人忙下朝堂
那時間你二家把仇記上
為王的時刻間常掛心腸
今早朝郭娘娘把本奏上
郭太師他洪淺一命身亡
為王的未遇時曾把旨降
漢不斬姚姚不反漢永扶朝
堂
鬼神莊訪皇兄老母命喪
你二年孝改三刻扶保孤王
昆陽城與岑彭打過數仗
收二十單八將龍鳳呈祥
雲台觀拿捉了王莽命喪
眾英不保孤王駕坐洛陽
孤念你虎頭關把賊兵來擋
孤念你征南蠻受盡風霜
孤念你四路裡把煙塵掃蕩
孤念你下蘇觀滅了紀王
孤念你老伯母玄樑命喪
孤念你東擋西除南征北討
耳聾眼花年邁蒼蒼馬不停
蹄忙
孤念你為江山不離馬上
孤念你所只有小小姚剛
劍劈了郭太師禍從天降
郭娘娘求寡人即殺姚剛
老皇兄降愁眉但把心放
總有那千金擔寡人成當
老皇兄進宮去頂荊倍罪
把好言奏上
寡人戒酒百日
不聽讒言起害你開國忠
內侍臣擺御駕把西宮前往
老皇兄你那裡一步步一步
步隨孤人進朝陽

城牆上提反詩險把命喪
孤與那鄧先生到卿的寶莊
鬼神莊與皇鄉住了一鄉
老皇兄曾言道上有高堂
老伯母窗螢外偷聽話講
行至在廚房下自縊懸樑
老皇兄要守孝三年制喪
天下人俱掛孝方稱心腸
六月天霙時間曾把雪降
老皇兄三年孝改三月三月
孝改三日三日孝改三時
三年三月三日三時三刻不
滿扶保孤王
孤念你開國臣曾把江闖
孤念你秉忠心扶保家邦
孤念你一鐧東征西討
孤念你每年間東擋西除
馬不停蹄血戰疆場
到如今你還是扶保孤王
孤念你三個子把兩子來喪
孤念你只剩下一子姚剛
孤念你兩鬢蒼蒼如霜降
孤念你風前燈瓦上之霜
後宮院孤賜你玉宴瓊漿
王戒酒你陪酒又待何妨
君臣們站金闕細說相讓
叫一聲姚皇兄姚子況
伴駕王孤的愛卿
你那裡放寬心大著膽

一步一步隨定了孤王

淨	淨	淨 二黃原板
萬歲爺待老臣恩如山海 老姚期分尸碎骨也是應該 想吾主走南陽一十二載 全仗著鄧先生八卦安排 黃土崗救駕時威風何在 吾主爺有道君常掛心懷 論姚剛殺皇親滿門有害 發河北去充軍才放心懷 那裡是臣與君將酒來戒 皆因是老姚期 東蕩西除南征北勦功勞浩大 買動了皇王心懷 我還怕誰來	萬歲爺代老臣重如山海 老姚期進其忠禮自應該 草橋關收岑彭刁把帥排 多虧了鄧先生八卦安排 自古來那有臣把君酒戒 皆因是老姚期幼年間 南征北討東擋西除畫夜殺 砍馬不停蹄征來的功勞 到今還把誰怕著	萬歲爺代老臣恩似山海 老姚期粉身碎骨理所應當 自盤古那有臣把君酒來解 這都是老姚期幼年間 東蕩西殺南征北戰畫殺夜 砍馬不停蹄 買動了皇王的心懷 吾還怕著誰來

附錄四　「楚曲」《李密降唐》與車本《斷蜜澗》、京劇《雙投唐》唱詞對照

楚　曲	車　王　府	戲　　考
李密降唐	斷蜜澗	雙投唐
打圍	一出	
淨（李密） 引 　國亂民荒 　怎奈天心順他邦		淨 西皮快板 　瓦崗寨上殺氣飄 　密密層層擺鎗刀 　閒來山前觀花草 　悶在宮中樂逍遙 　將身且在我的蓮花島 　王賢弟回來問根苗
生（王伯當） 大王說話好痴迷 細聽王勇把話提 三十六人同結義 生死相顧永不離 二劫瓦崗把禍起 大反山東惹是非 王勇一人把唐敵 秦瓊匹馬取金奇 夜奪瓦崗非容易 三日三晚拜帥旗 咬金有福登王位 兵多將廣人馬齊 陰陽八卦有徐勣 南爭北戰眾英奇 自從大王到此地 錦繡江山化灰泥 提兵調將無人語 有功不賞亂胡為 眾將紛紛散了去	生（王伯當） 大王說話好痴迷 細聽王勇把話提 三十六人同結義 生死相顧永不離 二劫瓦崗把禍起 大反山東惹是非 王勇一人把唐敵 秦瓊匹馬取金奇 夜奪瓦崗非容易 三日三晚拜帥旗 咬金有福登王位 兵多將廣人馬齊 陰陽八卦有徐勣 南爭北戰眾英奇 自從大王到此地 錦繡江山化灰泥 提兵調將無人語 有功不賞亂胡為 眾將紛紛散了去	老生 搖板 　來在瓦崗下虎豹 　見了大王把令交 快三眼西皮 　大王說話太痴迷 　細聽伯黨把話提 　三十六人曾結義 　生死相交永不離 　二劫皇淦把禍起 　大反山東惹是非 快板 　王勇單人把唐抵 　秦瓊匹馬取金堤 　夜奪瓦崗非容易 　三月三日拜帥旗 　秦咬金有福登龍位 　兵多將廣人馬齊 　自從大王到此地 　錦繡江山化灰泥 　恨飛鼠盜去倉糧米 　滿山的嘍囉似鵲飛 　眾家弟兄喪了隊

一個東來一個西 耗鼠盜去倉糧米 滿山嘍囉似雪飛 單勝王勇來保你 反說為臣把主欺 倘若哪國刀兵起 禍到臨頭你靠誰	一個東來一個西 耗鼠盜去倉糧米 滿山嘍囉似雪飛 單勝王勇來保你 反說為臣把主欺 倘若哪國刀兵起 禍到臨頭你靠誰	一個東來一個西 只剩王勇來保你 反說為臣把君欺 倘若那國馬兵起 禍到臨頭悔不及
淨（李密） 王勇說話真有理 倒把孤家心中急 李密聽罷忙離位 背轉身來自徘徊 天心不順我何起 勝者為王敗者賊 倘若哪國刀兵起 好似黃鶯抓孤雞 回頭叫聲王賢弟 孤家言來你聽知 偶然冒瀆衝撞你 錯出一言悔不及 馬行棧道難迴避 船至江心補漏遲 孤王大事全仗你 莫把閒言鎖雙眉 你本是堂堂忠良將 休學那忘恩負義一夥賊	淨（李密） 伯當說話甚有理 不由孤王心著急 李密撩袍忙離位 背轉身來自揣疑 天心不順有何易 勝者王侯敗者賊 倘若哪國刀兵起 好似黃鶯抓雛雞 回頭叫聲王賢弟 孤王言來你聽知 馬行棧道難迴避 船至江心補漏遲 孤王大事全仗你 莫把閒言記心裡 你本是堂堂忠良輩 怎學那忘恩負義賊	淨 搖板 王賢弟說話倒有理 快板 問得孤王無話提 李密忙離金校椅 背轉身來自猜疑 孤王有道天心順 滿山的嘍囉人馬齊 我好比困龍遭蝦戲 敗陣的鳳凰不如雞 扭回頭叫賢弟 孤家的言來細聽端的 你 本是堂堂奇男子 莫做三心二意的
生（王伯當） 主公不加為臣罪 伯當怎敢把主欺 王勇保主有假意 馬踏屍首肉化泥	生（王伯當） 大王不加為臣罪 伯當怎敢把主欺 王勇保主有假意 馬踏屍骨肉化泥	老生 快板 說什麼三心二意的 為臣怎敢把君欺 我若保主有假意 氣化清風肉化泥
淨（李密） 好個忠良王賢弟 賽過當年伍子胥 孤王若把良心昧 亂箭穿心骨化泥	淨（李密） 好個忠心王賢弟 亞賽當年介之推 李密若把良心昧 亂箭攢身化灰泥	淨 快板 好一個忠良王賢弟 亞賽當年介之推 孤王若把良心昧 亂箭攢身死不回

淨（李密）	淨（李密）	淨 原板西皮
有李密上馬淚悲啼 玉石焚消慘淒淒 頭上取下飛龍帽 身上脫下滾龍衣 勒馬回頭用目觀 錦繡山林化灰泥 捨不得瓦崗風景地 龍樓鳳閣崔嵬嵬 畫樑雕棟成粉碎 刀槍劍戟已成灰 此去投唐好一比 虎落平川把頭低 自古明曉不是志 到今朝事急一旦且相隨	李密上馬淚淋漓 低下頭來自尋思 頭上取下飛龍帽 脫下了身邊滾龍衣 勒馬回頭用目看 錦繡山林一旦棄 捨不得瓦崗風景好 鳳閣龍樓勢嵬嵬 畫棟雕樑俱粉碎 槍刀劍戟化成灰 此去降唐好一比 好比做虎落平陽把頭低	在頭上取下了我的飛龍帽 在身上脫下了我的滾龍衣 勒過了馬頭用目趨 錦繡江山化灰泥 捨不得瓦崗風景地 捨不得瓦崗人馬齊 此一去降唐好一比 虎落在平陽被犬欺
生（王伯當）	生（王伯當）	生： 快板
大王不必長吁氣 是之成敗有輪迴 阿房宮殿在那裡 銅雀樓台已成灰 江山也有興和敗 那個男兒不屈志 時來風送滕王閣 運去雷推薦福碑 去邪反正把唐歸 也落得青史標名萬古提	大王不必長吁氣 細聽伯當說端底 阿房宮殿今何在 銅雀樓台已成灰 江山也有興和敗 男兒落魄不為低 時來風送滕王閣 運去雷推薦福碑 去邪歸正把唐順 凌煙閣上把名題	大王不要暗著急 伯當言來聽端的 江山自有興和廢 那個男兒不受欺 改邪歸正投唐去 青史名標萬古提
淨（李密）	淨（李密）	淨 快板
怕的唐童把仇記 籠中之鳥怎騰飛	怕的是唐王把仇記 君臣插翅也難飛	怕的唐統把仇記 籠中之鳥怎能飛
生（王伯當）	生（王伯當）	生 快板
殺身之禍臣願替 管教大王掛紫衣	殺身之禍臣願替 管保大王掛紫衣	殺身大禍臣願抵 願保大王掛紫衣
		小生 引
		少小英雄膽氣豪 黃石略法呂望韜 為將名圖垂千古 替主陣前血染刀

小生	小生	小生
倒板		倒板
叫兒郎將人馬扯住銀宮山		叫人馬紮在銀弓山
		搖板
刀槍劍戟賽雪霜	刀槍劍戟賽雪霜	刀槍劍戟似秋霜
五色旌旗空中現	五色旌旗空中現	五色旌旗空中蕩
強弓硬弩圍成團	硬弩刁弓滿上弦	強弓硬弩擺成行
飛禽自中雕翎箭		
斜插彎弓滿上弦		
大小兒郎架鷹犬	大小兒郎架鷲犬	
芳草林中起雲煙		
天邊飛來一群雁	天邊飛雁鬧聲喧	南邊飛來一群雁
字字行行鬧嘩喧	叫三軍看過弓合箭	字字行行鬧嚷嚷
輕輕搭滿朱紅扣		小王答上珠紅箭
望著飛鴻放一弦	對準賓鴻放一弦	對準鴻雁撒上弦
鴻雁中了雕翎箭	只見箭雁落山崗	
百發百中不虛傳	不知賢臣在那廂	
生	淨	淨
		搖板
昔日螳螂去捕蟬	昔有螳螂出捕蟬	昔日螳螂取獨蟬
淨	生	老生
豈知黃雀在身邊	豈知黃雀在身邊	偶遇黃雀在道邊
生	淨	淨
黃雀又被金彈打	黃雀又被金彈打	黃雀又被金彈打
淨	生	老生
打彈之人被虎傷	打彈之人遇虎餐	打彈之人被虎餐
生	淨	淨
猛虎跌落古井內	猛虎跌落山崗內	看來一報還一報
淨	生	老生
仇報仇來冤報冤	仇報仇來冤報冤	仇報仇來冤報冤
舉目抬頭來觀看		
	淨	淨
	舉目抬頭往下看	勒住絲韁用目看
生	生	生
一枝箭雁落馬前	一枝御箭落馬前	只見箭雁落馬前
一見箭雁喜雙眉		
不由豪傑笑嘻嘻		
耳旁聽得人馬喊		
旌旗獵獵遍山林		

淨	淨	淨
從空降下金披箭	空中降下金披箭	搖板 　　從空落下刁翎箭
生	生	生
邂逅相逢天賜緣	邂逅相逢天賜緣	狹路相逢天賜緣
拾箭降唐	**二出**	
小生	小生	小生 　搖板 　　此雁著了雕翎箭 　　百發百中不虛傳 　　傳旨趕過桃花店 　　不知箭雁在那邊
催馬追至桃花店 　不知箭雁在那邊	催馬追至桃花店 　不知箭雁在那邊	
王皇兄不必細叮嚀 　孤王豈是等閒人 　父王仁義安天下 　招賢納士訪良臣 　李密既然來歸順 　理應帶他入朝門 　前一事兒丟開了 　一筆勾銷不理論 　上殿保奏太平本 　父王見罪孤擔承	皇兄不必細叮嚀 　小王豈是等閒人 　父王仁義治天下 　招賢納士訪良臣 　李密既肯來歸順 　南牢之事不記心 　上殿啟奏太平本 　父王見罪孤擔承	快板 　　皇兄不必細叮嚀 　　小王非是等閒人 　　只要真心來歸順 　　我與他皇兄御弟稱
生	生	老生 　快板
好個秦王李世民 　腹寬量大世罕聞 　後來若是登九五 　他比堯舜不差分 　一步來在松林內 　便把主公請一聲	好一個仁義二主君 　腹寬量闊似海深 　一步來至松林內 　便把大王請一聲	好一個仁義二主君 　　他比堯舜勝十分 　　後來若是登九五 　　必定不差半毫分 　　松林內忙把大王請
淨 　耳旁聽得一聲請 　心中恍惚不安寧	淨 　耳旁聽得一聲請 　心中恍惚不安寧	淨 　搖板 　　心中恍惚不安甯

生	生	生
大王何必太執性	大王何必太直性	快板
王勇上前把話明	王勇上前把話明	
說什麼瓦崗獨爲君	說什麼瓦崗稱孤寡	說什麼瓦崗獨爲君
說什麼屈膝不求人	說什麼屈膝不求人	說什麼低頭不拜人
唐王本是仁義主	唐王本是仁義主	
眞命帝王下凡塵		
治國安邦比堯舜		
四海人稱聖明君	四海人稱聖明君	
九嬪八妃今何在	九嬪八妃今何在	
火燒瓦崗玉石焚	燒毀瓦崗玉石焚	
去邪歸正來降順	去邪歸正來降順	
理應屈膝口稱臣	理應屈膝口稱臣	
上前行個君臣禮	上前行個君臣禮	上去施一個君臣禮
管教你頭頂冠帶入朝門	管教你頭頂冠帶入朝門	我保你頭戴烏紗入朝門
淨	**淨**	**淨** 二六
李密聞言無定准	李密聞言無定准	李密聞言心不準
低下頭來自思忖	低下頭來自沉音	背轉身來自思忖
曾記瓦崗多僥倖	曾記得瓦崗威風凜	想孤在瓦崗多僥倖
稱孤道寡在朝廷	稱孤道寡賽朝廷	稱孤道寡亞賽過朝廷
一聲將令山搖動	一聲將令山搖動	到如今孤王來歸順
帳內出言鬼神驚	帳內出言鬼神驚	
可恨徐勣巧改本	可恨徐勣巧改本	
釋放猛虎返山林	釋放猛虎歸山林	
到今日屈膝向他跪	今日屈膝向他順	反要屈膝跪他人
		這才是船到江心
		快板
		風不順
時衰運去鬼弄人	時衰運去鬼弄人	時衰運去鬼弄人
罷罷罷我暫時忘卻心頭恨	罷罷罷暫息心頭恨	罷罷罷暫忍我的心頭恨
		慢慢再定巧計生
		扭回頭我對賢弟論
叮嚀言語孤在心	叮嚀言語謹記心	孤王言來細聽分明
只要唐王不記恨	只要唐王不記恨	只要那唐統不記南牢舊恨
情甘屈膝口稱臣	情願屈膝口稱臣	我跪他一席怎待生
賢弟與孤前帶路	賢弟與孤把路引	王賢弟與孤把路引
罪臣李密來負荊	罪臣李密來負荊	有罪的李密我來叩見聖明君

小生	小生	小生 搖板
魏王不必太謙遜 憂愁二字免掛心 孤王愛將不記恨 已往事兒化灰塵 去邪歸正來降順 孤王保你做公卿 父王駕前安情定 吾許你皇兄御弟稱	魏王休要太謙遜 憂愁二字免掛心 孤王愛將不記恨 已往之事化灰塵 父王駕前奏一本 你我皇兄御弟稱	西魏王不必禮恭敬 依禮而代入朝門
淨	淨	淨 搖板
人說唐王禮恭敬	人說唐王禮恭敬	人說唐統似堯舜
生	生	老生
話不虛傳果是眞	話不虛傳果是眞	話不虛傳果是眞
淨	淨	淨
降唐事兒心已定	降唐事兒心已定	降唐事兒心拿穩
生	生	老生
狂風吹散滿天雲	狂風吹散滿天雲	似狂風吹散了滿天雲
外（李淵） 引	外（李淵） 引	外（李淵） 引
河清海晏 五穀豐登太平春	河清海晏 五穀豐登	河清海晏 五穀豐登
殺宮招宮	三出	
旦（河陽公宮主）	旦（河陽公主）	旦（河陽公主）
引	引	引
玲瓏日影 祥雲映玉樓	玲瓏日影悠 祥光映玉樓	雨露似天才 夫榮妻貴堪偕
淨	淨	淨 元板
招宮夜靜御宴開 夫妻同席把酒擺 袖中機關人眞解 擺定心腸不滿懷	瓊宮夜宴御筵開 夫妻們對面把話擺 袖內機關人難解 滿腹心事不滿懷	皇宮內院把宴擺 夫妻們對飲開懷 停杯不飲愁眉帶 他怎知我心事揣在懷
旦	旦	旦 元板
琴瑟調和眞恩愛 夫唱婦隨兩和諧 今日宮中把酒擺 駙馬何事不開懷	琴瑟調和眞恩愛 夫唱婦隨兩和諧 今日宮中把宴擺 駙馬何事不開懷	琴瑟和調眞恩愛 夫唱婦隨永合諧 今日宮中把酒擺 駙馬因何不開懷

淨	淨	淨 快板
非是本宮愁眉飛 宮主聽我表心懷 瓦崗爲王有數載 猶如天子坐龍臺 飛龍帽兒頭上戴 絳黃禮袍海外來 腰間八寶白玉帶 粉底朝靴墻金階 也有文武朝參拜 也有宮娥女裙衩 閑言跨馬游郊外 悶向宮中把宴排 宮娥彩女解龍帶 顛鸞倒鳳任開懷	非是本宮愁眉黛 尊聲公主聽開懷 瓦崗爲王有數載 猶如天子坐龍臺 飛龍帽兒頭上戴 杏黃蟒袍海外來 腰繫八寶白玉帶 粉底朝靴墻金堦 也有文武朝參拜 也有宮娥女裙釵 閑言跨馬遊郊外 悶來宮中把宴排 宮娥彩女解龍帶 顛鸞倒鳳樂開懷	非是本宮愁眉帶 宮主聽我表心懷 瓦崗爲王有數載 猶如天子坐龍台 飛龍帽兒頭上戴 絳黃蟒袍海外來 腰束八寶白玉帶 粉底朝靴端金堦 也有文武朝參拜 也有宮娥女裙釵 閑言跨馬遊郊外 悶向宮中把宴擺 宮娥彩女解龍帶 三宮六院伴陪我好不快樂哉
不幸散了瓦崗寨 因此投唐到此來 雖蒙唐王恩似海 怎及瓦崗快樂哉 東床駙馬我不愛 一心只想坐龍台	不幸散了瓦崗寨 無奈投唐到此來 雖蒙聖上恩似海 怎比瓦崗樂開懷 東床駙馬我不愛 一心只想坐龍台	不幸散了瓦崗寨 因此投唐到此來 雖蒙唐王恩似海 怎及瓦崗快樂哉 東床駙馬我不愛 一心還想坐龍台
旦	旦	旦 快板
聽他言來心驚懷 背轉身來自徘徊 只道李密忠良將 原來是個無義才 皇伯恩父將他待	聽他言來心驚壞 背轉身來自徘徊 只道李密忠良將 原來是個無義才 皇伯優禮將他待	聽他言來愁眉帶 背轉身來暗思裁
還要謀位坐龍臺 知道假裝不知道 故意向前問開懷	還要謀位坐龍臺 明明知道伴不保 故意向前問開懷	皇伯恩義將他待 奴家與他配合偕 東床駙馬他不愛 一心只想謀龍台 我明明知道裝不解 假意向前問開懷
察言觀色心忽迷 袖內機關與解開 皇伯恩義將他待 一片丹心付塵埃		
駙馬做事自不揣 全然不識凶與良 不記你在瓦崗寨 提起前昨惱胸懷	駙馬做事自不揣 全然不知興和衰 曾記你在瓦崗寨 提起令人惱胸懷	快板 聽一言來牙咬壞 駙馬做事禮不該

秦王險些被你害	秦王險些被你害	不幸散了瓦崗寨
囚禁南牢該不該	囚禁南牢該不該	王伯黨引你投唐來
不是二賢把本改	不虧二賢把本改	皇伯待你恩似海
看看一命赴陽台	堪堪一命赴泉台	反把奴家配合諧
既然投唐完已解	既然投唐冤仇解	非是奴身將你怪
從前事兒兩丟開	前番之事兩丟開	看來你是無義才
不念夫妻恩和愛	若不念在恩和愛	
管教你福去禍又來	管教你福去禍降來	
淨	**淨**	**淨** 快板
聽言怒氣沖天外	聞言怒氣沖天外	聽他言來牙咬壞
咬牙切齒罵裙衩	咬牙切齒罵裙衩	大罵賤人你不該
說什夫妻恩和愛	說什夫妻恩和愛	既已嫁夫隨夫愛
說什麼福去禍又來	說什麼福去禍降來	夫唱婦隨禮應該
李淵在隨為臣宰	李淵隨朝為臣宰	
與孤同僚拜金階	與孤同僚拜金堦	
煬帝無道　　敗	煬帝無道江山敗	
各霸一方把土開	各霸一方坐帝台	
臣謀君位稱唐代	臣謀君位稱唐代	
晉陽宮中巧安排	晉陽宮中巧安排	
孤王霸占瓦崗寨	孤王霸占瓦崗寨	
天心不順社稷衰	天心不順社稷衰	
降唐本是無其奈	降唐本是無計奈	
豈甘屈膝在塵埃	豈甘屈膝在塵埃	
謀位篡位有何待	謀位篡位有何碍	
要把乾坤扭轉來	要把乾坤扭轉來	
賤人若把消息敗	賤人若把消息敗	賤人再把顏色賣
萬剮千刀喪塵埃	萬剮千刀喪塵埃	千刀萬剮死無有葬埋
旦	**旦**	**旦** 搖板
匹夫出言真膽大	匹夫出言真膽大	上前抓住袍和帶
敢在皇宮罵裙衩	敢在宮中罵裙釵	一同上殿奏金堦
夜深與你難分解	夜深難與你分解	
明日早朝奏帝台	明日早朝奏帝台	
淨	**淨**	**淨** 搖板
無志賤人真膽大	無知賤人真膽大	賤人抓住袍和帶
火冒心頭氣上來	火冒心頭起上來	不由本宮惱心懷
前生結下冤仇債	前生結下冤仇債	
殺你賤人滅禍胎	殺死賤人免禍胎	
寶劍出鞘魂不在	寶劍出鞘魂不在	寶劍一舉魂不在
三魂渺渺赴泉台	三魂渺渺赴泉台	
匹馬沖出唐世界		
豈容賤人逞　才		

斬草除根方無害 禍福二字且丟開 滿院宮娥齊殺害 河陽宮主喪塵埃	斬草除根方無害 禍福二字且丟開 滿院宮娥齊殺害 河陽宮主喪塵埃	河陽宮主倒塵埃 搖板 前生結下仇似海 今生特地報仇來 寶劍一舉齊殺害 宮娥彩女倒塵埃 將身跳出宮門外 見了賢弟說開懷
李密跑出宮門外 叫出王勇把計排	李密逃出宮門外 忙喚王勇把計排	
生 紫綃金帳吾不愛 一片丹心隨意懷	生 紫綃金帳我不愛 一片丹心常罣懷	生 搖板 蟒袍玉帶我不愛 一片忠心揣在懷 將身來在宮門外 大王慌張為何來
		淨 甩開大步往前邁 賢弟快快安排
王勇魂飛天涯外 七魄悠悠上天台 河陽宮主你殺害 內侍宮娥喪塵埃 殺人全不知禍害 入網魚兒怎脫腮 飛娥撲火無救解 君臣束手赴泉台 恨不得揚拳將你打 氣得王勇口發呆	一見公主喪塵埃 七魄悠悠上天台 全然不知禍福害 入網之魚怎脫開 飛娥撲火無救解 君臣束手赴泉台 恨不得揚拳將他打 氣得王勇只發呆	老生 搖板 一見公主倒塵埃 不由王勇淚悲腮 哭聲公主今何在 忘恩無義怎安排
淨 王勇且將愛愁解 君臣速速巧安排	淨 賢弟且將憂愁解 君臣們速速把計排	淨 搖板 鰲魚脫出金鉤釣
		老生 搖頭擺尾再不來
	淨 君臣逃出天羅網	
	生 猶如蛟龍下長江	

小生 引 　春眠不覺覺 　鳥語報花香	小生 引 　春眠不覺覺 　鳥語報花香	
聞言心頭火未去 　既知犯法又難饒 　皇宮怎敢持強暴 　忙上金殿奏端詳	聞言心頭烈火燒 　藐視國法罪難饒 　皇宮膽敢持強暴 　忙上金殿奏分曉	

附錄五 「楚曲」《楊四郎探母》〈回營見母〉，與車本《四郎探母》、京劇《四郎探母》唱詞對照

楚　　曲	車　　本	戲　　考
回營見母	四郎探母	四郎探母
小生（楊宗保）唱	小生（楊宗保）唱	小生（楊宗保）唱
大營打罷鼓初更	大營打罷鼓初更	帳中領了父帥令
來了巡更撩哨人	巡營撩哨要小心	巡營瞭哨要小心
南北不睦起戰爭	南北不睦起戰爭	
歲歲年年動刀兵	歲歲年年動刀兵	
番賊巧佈天門陣	番賊巧佈天門陣	
千軍萬馬扎團營	千軍萬馬扎團營	
耳傍聽得鑾鈴響	耳邊聽得鑾鈴振	耳傍聽得鑾鈴響
再與小校把話論	三軍撒下絆馬繩	三軍洒下絆馬繩
生（楊四郎）	生（楊四郎）	生（楊四郎）
爲探慈母一片心	爲探慈母一片心	時才過關盤查緊
巧粧打扮黑夜行	巧粧打扮黑夜行	巧粧假扮黑夜行
		無心觀看路旁景
		一心過營探娘親
遙望宋營旌旗影	遙望宋營旌旗影	眼觀宋營多齊整
鎗刀劍戟似麻林	鎗刀劍戟似麻林	刀鎗劍戟似馬鈴
大膽且把宋營闖	大膽且把宋營闖	大膽且把宋營進
闖進宋營拜慈親	闖進宋營拜慈親	闖進宋營見娘親
末唱	末唱	末唱
一封戰表到東京	一封戰表到東京	一封戰表到東京
宋王御駕自親征	保主御駕自親征	宋王御駕親自征
延昭帳內掌帥印	本爵中軍掌帥印	
統領皮貅百萬兵	統領皮貔貅百萬兵	
九龍虎峪擺天陣	九龍峪裡擺惡陣	蕭天佐擺下了天門陣
眾將不能識陣名	眾將不能識陣名	
牛皮帳內修書信	蓮花帳內修書信	
天波府頒來了老太君	天波府頒請老太君	天波府邀來了老娘親
	吾兒宗保加鞭鐙	我令宗保去巡營
吾兒宗保遇仙人	半路途中遇仙人	在中途路上遇仙人
授他天書三卷整	授他天書三卷整	拾來天書三卷整
	化道清風影無蹤	

展開天書從頭看 方知番邦陣有名 蕭天佐擺的天門陣 那陣玄妙不非輕 發令頒兵把將請 候將到齊破天門	展開仔細從頭看 方知番邦陣有名 蕭天佐擺的天門陣 其中奧妙不非輕 發令頒兵把將請 候將齊到破天門	方知番邦陣有名 將身且坐寶帳等 五哥到來破天門
小生 夜照虎帳夜談兵 夜宿貔貅萬盞燈	小生 夜照虎帳夜談兵 夜宿貔貅萬盞燈	小生唱 邁步且把寶帳進 見了父帥說分明
生（楊四郎） 大吼一聲如雷震 楊家將令殺氣生 大著膽兒把帳進 上面坐的同胞人 不覺分別十五載 怎知胞兄回宋營 進帳未迎無責任 問我一言答一聲	生（楊四郎） 大吼一聲如雷震 楊家將令鬼神驚 大著膽兒把帳進 上面坐的同胞人 不覺分別十五載 怎知胞兄回宋營 將身站在丹墀境 問我一言答一聲	生（楊四郎） 大吼一聲如雷震 楊家將令鬼神驚 大膽且把寶帳進 上面坐的同胞人 站立不通名和姓 問我一言答一聲
末唱 延昭帳內二目睜 見一番漢帳內行 煙氈大帽齊眉按 黃陵短褂罩其身 龍行虎步非凡品 燈光之下看不明 白虎帳內開言問 你是番邦什麼人 家住那州與那郡 要見本帥有甚情	末唱 本帥寶帳二目睜 見一番漢帳內行 煙氈大帽齊眉按 黃陵馬褂穿在身 龍行虎步非凡品 燈光之下看不明 白虎帳內開言問 你是番邦什麼人 家住那州併那郡 要見本帥爲何情	末唱 本帥帳中用目睜 燈光之下認不清 白虎堂上開言問 你是番邦什麼人 家住那州並那郡 要見本帥爲何情
生（楊四郎） 家住山東石州郡 火塘寨上有家門 吾父楊業官極品 吾母本是佘太君 十五年前沙灘會 流落番邦被賊擒 聞聽老母來番境 巧妝打扮夜夜行 賢弟下帳把我認 我是你四哥回宋營	生（楊四郎） 家住山後石州郡 火塘寨上有門庭 我父令公官極品 母親佘氏老太君 十五年前沙灘困 失落番邦被賊擒 聞聽老母來番境 巧妝打扮黑夜行 賢弟下座把我認 我是你四哥轉回營	生（楊四郎） 家住在山後磁州郡 火塘寨上有家門 我父令公官極品 我母佘氏老太君 十五年前沙灘會 失落番邦被賊擒 六弟下位把我認 我是你四哥回宋營

末唱 　察罷言來問其情 　原來四哥回宋營 　三軍退帳語肅靜 　自己骨肉認不眞 　走向前來忙鬆綁 　雙膝跌跪地塵埃	末唱 　聽罷言來問其情 　原來是四哥回宋營 　三軍退帳語言靜 　自己骨肉認不清 　燈光之下忙細看 　六弟不知少奉迎 　走上前來忙鬆 　雙膝跪倒地流平	末唱 　聽說四哥到來臨 　一家骨肉認不眞 　走上前來忙鬆綑 　弟兄們對坐訴間文
生（楊四郎） 　憶昔當年手足分 　愚兄失落在番營 　今日相逢咽喉哽 　賢弟請起敘寒溫	生（楊四郎） 　憶昔當年手足情 　愚兄失落在番營 　今日相逢十五春 　賢弟請起敘寒溫	
末唱 　兩國不和屢戰爭 　那知四哥回宋營 　進帳未迎休責任 　弟兄久別認不眞	末唱 　兩國不和屢戰爭 　那知四哥回宋營 　進帳未迎休見罪 　弟兄久別認不眞	
小生唱 　忽聽帳內哭聲震 　宗保進帳問分明	小生唱 　忽聽帳內哭聲震 　走向前來問詳情	小生唱 　忽聽前帳鬧嚷嚷 　急忙進帳問端詳
生（楊四郎） 　被困番邦十五春 　鐵鏡公主結成婚 　蒙他賜我一枝令 　特來與母回安寧	生（楊四郎） 　被困番邦十五春 　鐵鏡公主結成婚 　蒙他賜我一枝令 　特來回營見娘親	生（楊四郎） 　失落番邦十五春 　鐵石人兒也淚淋 　聞聽老娘來到北郡 　因此上巧裝假扮 　黑夜裡回宋營探望母親
末唱 　四哥失落在番營 　哭壞老母佘太君 　今朝喜得團圓慶 　尤如天降一喜星	末唱 　四哥失落在番營 　哭壞老母佘太君 　今朝幸得重相會 　由如天降一喜星	末唱 　四兄長失落在番營 　高堂上哭壞了老娘親
小生唱 　一見伯父珠淚淋 　想起當年痛傷心 　一家骨肉成畫餅 　天降伯父回宋營	小生唱 　一見伯父淚珠淋 　想起當年痛傷心 　一家骨肉成畫餅 　天降伯父回宋營	

末唱 　四伯悄悄回宋營 　帳裡帳外莫高聲 　有人交頭私言語 　插耳遊營不容情	末唱 　四伯悄悄回宋營 　帳裡帳外莫高聲 　有人交頭私議論 　插耳遊營不容情	宗保兒近前聽將令 　曉諭帳下眾三軍 　那一個交頭接耳 　插箭遊營不順情
小生唱 　宗保帳內領將令 　巡查圍營眾兵丁	小生唱 　宗保帳內領將令 　巡查各營眾兵丁	小生唱 　帳中領了父帥令 　曉諭帳下莫高聲
生（楊四郎） 　楊家將令真威嚴 　快引愚兄拜慈顏	生（楊四郎） 　楊家將令真威嚴 　快引愚兄拜慈顏	生（楊四郎） 　問賢弟老娘今何在
末唱 　久別相逢語難盡 　得睹萱顏福安寧	末唱 　久別相逢語難盡 　得睹萱顏福安然	末唱 　現在後帳把兵排
		生唱 　有勞賢弟把路帶
		末唱 　母子們見面痛傷懷
老旦唱 　宋王御駕征北寨 　兩國不和動兵災 　九龍虎峪擺惡陣 　六郎頒我到此來	老旦唱 　宋王御駕征北塞 　兩國不和動兵災 　九龍虎峪擺惡陣 　六郎頒我到此來	老旦唱 　兩國不和刀兵災 　宋王爺御駕到此來 　六郎兒營中挂了帥 　天波府頒娘到此來
末唱 　老母思兒無寧耐 　相逢難免淚悲哀	末唱 　老母思兒長掛懷 　相逢難免淚悲哀	末唱 　四哥且站營門外
		生唱 　賢弟稟報老萱台
老旦唱 　一見嬌兒淚滿腮 　心中陣陣似刀裁 　母子分別十五載 　想起當年痛傷懷 　父子八人征北寨 　保王御駕到五台 　沙灘會上筵宴擺 　楊家死得好悲哀 　你大哥長鎗把命壞	老旦唱 　一見嬌兒淚滿腮 　心中陣陣似刀裁 　母子分別十五載 　想起當年痛傷懷 　父子八人征北寨 　保主御駕到五台 　沙灘會上筵宴擺 　楊家死得好悲哀 　你大哥長鎗來刺死	老旦唱 　一見嬌兒淚滿腮 　默默珠淚灑下來 　沙灘赴會一場敗 　只殺得楊家將好不傷懷 　大郎兒替宋王長鎗命壞

二哥短劍喪塵埃	二哥短劍喪泉台	二郎兒短劍下命付陰台
三哥馬踏如泥塊	三哥馬踏如泥塊	楊三哥被馬踏屍骨不在
五弟削髮在五台	五弟削髮在五台	可憐我四郎八順
你父李陵碑下壞	你父李陵碑下壞	失落番邦不得回來
七弟亂箭穿屍骸	七弟亂箭攢屍骸	
單只六弟掌軍帥	只有六郎掌帥印	
八姐九妹女裙釵	八姐九妹女裙釵	
一家骨肉成瓦塊	一家骨肉成瓦塊	
死故亡逃好傷懷	死故逃亡好傷懷	娘只說母子們不能見
我只道母子不能會	我只道母子不能會	我的兒吓
		那一陣風把兒吹回來
誰知今日天降來	誰知今日天降來	
生（楊四郎）	生（楊四郎）	生（楊四郎）
老娘請上受兒拜	老母請上受兒拜	老娘親請上受兒拜
千拜萬拜也應該	千拜萬拜也應該	千拜萬拜兒亦應該
兒困番邦十五載	兒困番邦十五載	沙灘赴會一場敗
好似明珠土內埋	好似明珠土內埋	只殺得楊家好不傷懷
當初被擒名姓改	當初名姓被擒改	孩兒被擒把名姓改
鐵鏡公主配和諧	鐵鏡公主配和諧	鐵鏡公主配和諧
雖然逍遙多自在	雖然彼處多自在	兒失落番邦一十五載
常將母容掛心懷	常將母容掛心懷	常把免的老娘親在兒的心懷
胡蝶衣冠懶穿帶	胡蝶衣冠懶穿帶	胡蝶衣冠懶穿帶
每見花開心不開	每見花開心不開	每年間花開兒的心不開懷
昨聽老母臨北寨	昨聽老母臨北塞	聞聽老娘到北塞
巧粧打扮宋營來	巧粧打扮宋營來	喬妝改扮過營來
見母一面愁眉解	見母一面愁眉解	見母一面多安泰
願母康寧福壽偕	願老母康寧福壽諧	兒願老娘福壽康寧永無災

附錄六　「楚曲」《東吳招親》與車本《甘露寺》、京劇《甘露寺》唱詞對照

楚　　曲	車　　本	戲　　考
東吳招親	甘露寺	甘露寺
外（喬玄） 引 　丹心秉政扶君王 　願吾主社稷安康	喬 引 　身居台閣鼎鼐元臣 　兩朝柱石轉佐經濟絲綸	外 引 　位居國老保東吳 　最重邦交
		生（劉備） 搖板 　我君臣到江東心神不定 　好一似空中鳥飛入樊籠 　恨周郎設毒計要害我命 　總然是插雙翅也難飛騰
老旦（吳國太） 引 　桑榆掌宮權 　喜吾兒獨霸為尊	太后 引 　桑榆暮景 　喜吾兒獨霸為尊	老旦 引 　獨坐皇宮院 　好一似不老神仙
		西皮原板 　昨夜晚得一夢三更三點 　只見那小青龍摘取牡丹 　醒來時唬得我渾身是汗 　但不知此一兆所為那般
老旦 　清盛宮氣壞了吳太后 　好似鋼刀刺心頭 　畜生要把荊州討 　可同文武作良謀 　發兵遣將與他鬪 　取得荊州萬古標 　假將胞妹哄他到 　敗俗傷風天下搖 　恨周郎氣得我花了 　你陷害吾女怎開交	太后 　氣宸宮氣壞了吳太后 　罵聲皇兒你聽從頭 　既為荊州彈丸土 　就該與文武作良謀 　出兵調將與他鬪 　怎把胞妹作計籌	老旦 倒板 　這件事好叫我氣沖牛斗 　罵一聲小奴才細聽根由 　要荊州你就該帶兵爭鬪 　你為何無故的設下奸媒 　倘若是將劉備來斬首 　我女兒望門寡怎樣出頭

淨（孫權）	權	
母后教訓兒當受	母后訓兒兒當受	
對面不敢強抬頭	對面不敢強出頭	
兒殺劉備心早有	兒殺劉備心已久	
千謀百計為荊州	千方百計為荊州	
孫權臉上雙眉皺	孫權面上雙眉皺	
不殺劉備世不休	不殺劉備事不休	
外	外	外
		快板
勸千歲殺字休出口	千歲爺殺字休出口	二千歲不必來爭論
細聽老臣說從頭	細聽為臣說從頭	不如弄假成了真
劉備本是靖王後	那劉備本是靖王後	劉備英雄威名振
景帝玄孫宗裔苗	景帝玄孫一脈流	細聽老臣說分明
有個二弟壽亭侯	他有個二弟壽亭侯	劉備出世顯威名
青銅偃月鬼神愁	青龍偃月鬼神愁	二弟雲長真英雄
白馬坡前誅文丑	博望坡前誅文丑	三弟翼德賽天神
古城又斬蔡陽頭	五關斬了蔡陽頭	還有常山子龍將
有個三弟張飛將	他有個三弟張翼德	軍師諸葛字孔明
兩手能使丈八茅	兩手能使丈八茅	今日兩家結秦晉
曾破黃巾兵百萬	為破黃巾斬魁首	江東基業永太平
虎牢關前戰溫侯	虎牢關前戰溫侯	
當陽河邊一聲吼	當陽河下一聲吼	
喝斷霸橋水倒流	嚇斷板橋水倒流	
有個四弟子龍將	還有個四弟子龍將	
蓋世英雄貫斗牛	他的威名貫九州	
長坂坡前救阿斗	長坂坡前救阿斗	
殺得曹兵個個愁	殺得曹兵無處投	
這班武將那個醜	這一班武將誰敢鬥	
還有孔明好機謀	還有孔明用機謀	
你將劉備來殺了	你殺劉備話不久	
他們弟兄怎肯休	他人未必肯干休	
倘若荊州人馬到	倘若荊州代人馬	
東吳那個是對頭	東吳那個是對頭	
且把好言勸太后	回項太后把本奏	
將計就計結鸞儔	將計就計結鸞儔	
備	末	生
		搖板
多蒙太尉恩高大	多感太尉恩高大	
此恩何日得報答	此恩何日報答他	
甘露寺內相真假	甘露寺內相真假	甘露寺中把宴飲
叫孤連夜染鬚髮	叫我連夜染鬚髮	
又恐席前有奸詐	又恐席前有奸詐	
外穿袍服內掛甲		
怕只怕周郎詭計大		
你我君臣防備他	君臣必須防備他	此番前去要小心

雲 　主公說的那裡話 　長他志氣滅了咱 　趙雲全憑跨下馬 　單鎗匹馬劫長沙 　長坂坡前救過小主駕 　願保主公轉回家	小生 　主公休說懦弱話 　長他人志氣滅了咱 　趙雲全憑跨下馬 　匹馬單鎗取長沙 　長坂坡前救過幼主的駕 　願保主公轉中華	
	后 引 　天作良緣成佳偶	
	外 引 　甘露寺內駕鵲橋	
備 　太后尊坐大佛殿 　細聽劉備表根原 　吾皇高祖興西漢 　後來分繁在燕山 　黃巾賊黨造了反 　一路投奔在中山 　結拜二弟關美髯 　燕州張飛拜為三 　水淹下邳擒呂布 　曹丞相帶我到中原 　獻帝把我宣上殿 　查起劉氏宗譜傳 　道我本是苗裔後 　爵封皇叔掌兵權 　有個四弟子龍將 　長坂坡前救兒還 　三請茅蘆諸葛亮 　神機妙算世無雙 　火燒博望人罕見 　祭起東風破曹蠻 　劉備本是漢室後 　現有皇圖宗譜傳	末 　太后吳侯坐佛殿 　細聽劉備表家園 　吾皇高祖與炎漢 　弟兄結義在桃園 　只因黃巾作了亂 　憤志投軍到燕山 　結拜二弟關美髯 　范陽翼德居為三 　水淹下邳擒呂布 　曹丞待我到中原 　獻帝宣上金鑾殿 　把我歷代宗譜觀 　我本是景帝玄孫後 　爵稱皇叔掌兵權 　在南陽三請諸葛亮 　那位先生非等閒 　火焚博望人少見 　祭起東風破曹蠻 　趙子龍一身都是膽 　長坂坡前救主還 　我本是漢室宗親後 　現有歷代宗譜傳	

老旦	后 西皮正板	老旦 慢板
甘露寺內擺酒宴 觀看劉備是貴男 龍行虎步帝王相 兩耳垂肩相貌全 看來可做吾女婿 尊聲太尉你聽知 月老媒人就是你 選擇良辰配佳期	甘露寺內擺酒席 觀看劉備貌整齊 龍眉鳳目帝王體 兩耳垂肩手過膝 本是上蒼紫微帝 執掌山河立社稷 看來本是我門婿 叫聲太尉聽端的 月老冰人就是你 選擇者日會佳期	有老身在筵前用目覷 劉玄德生來相貌奇 龍眉鳳目非凡體 兩耳垂肩雙手過膝 想當年破黃巾英雄蓋世 在桃園三結義美名題 與吾女結絲蘿可稱佳婿 喬太尉做冰人把親提
淨 將人馬札在甘露寺 刀鎗劍戟擺得齊 安排打虎牢籠計 准備金鈎釣鰲魚 足踏寺門朝內看 大耳劉備坐首席 那傍坐的喬太尉 母后喜的是劉備 本待執劍殺進去 恐怕母后不肯依 保駕趙雲不離體 爲恐有人走消息 將人馬退去一箭地 少刻殺他也未遲	權 刀鎗劍戟擺得齊 安排打虎牢籠計 准備香耳釣鰲魚 站立殿外用目取 大耳劉備坐首席 那傍坐定喬太尉 母后一旁笑嘻嘻 本待執劍殺進去 又恐母后他不依 保駕將軍不休離 又恐有人走消息 賈華暫候一席地 少時殺他也不遲	孫權 在簷前用目望 母后與劉備飲瓊漿 還須要想妙計另作主張
云 趙雲抬頭往外視 只見刀鎗擺得齊 走上前來一聲起 甘露寺內有奸細	小生 趙雲抬頭觀仔細 刀鎗劍戟擺得齊 回頭轉來一聲啓 甘露寺外有奸細	趙 搖板 時才寺中來觀望 兩廊軍士持刀鎗 急忙與主公把話講 甘露寺中有埋藏
備 聽說一聲有奸細 劉備撩衣跪酒席 甘露寺外刀兵起 要殺劉備做怎的	末 聞言不由心膽碎 嚇得劉備跪丹池 甘露寺外干戈起 不殺劉備卻殺誰	生 聽說一聲有埋藏 倒叫孤家著了忙 將身兒跪至在佛殿上 太后與備作主張

旦	后	
尊聲皇叔你請起 那個大膽把我愛婿欺	聞言怒從心頭起 那個大膽把愛婿欺	
	占 引 　笙歌迭奏孔雀開屏時候	正旦 引 　我兄把守在江南 　奴為公主非平常
旦（白） 昔日梁鴻配孟光 動樂吹蕭引鳳凰 丹山開遊巫峽上 古今烈女配才郎 耳傍內聽得笙蕭響 刀鎗烈烈擺兩傍	昔日梁鴻配孟光 今朝仙女會襄王 暗地笑壞我兄長 安排虎計害劉王 月老本是橋國丈 總有大事料無妨 耳傍又聽笙歌響 只見刀鎗列兩傍	慢板 孫尚香坐宮院自思自嘆 這才是為荊州結下鳳鸞 我兄長與周郎暗地定計 要害那劉皇叔所為那般 喬國老進宮來細講一遍 因此上我母后主配鸞凰 兩廊下擺鎗刀威嚴極壯 等貴人他到來細看一番
備 人逢喜事精神爽 先生八卦按陰陽 手搭涼蓬朝內看 刀鎗烈烈擺兩傍 東吳招親休要想 快快保孤轉荊襄	末 人逢喜事精神爽 月到中秋份外光 多虧軍師諸葛亮 他人八卦非尋常 我好比魚過千層網 受了風波著了忙 馬跳潭西遭凶險 趙雲保駕回荊襄 來在宮門抬頭望 刀鎗列列擺兩行 回頭又對四弟講 孤王言來聽端詳 東吳招親休枉想 速速保孤過長江	老生 元板 　掛紅綵鋪地氈甚是氣旺 　皇宮院與黎民大不一般 　行來在宮門外用目觀看 　兩廊下排劍戟孤躬膽寒
	小生 這椿喜事從天降 主公何必著慌忙 今日東吳招親事 好比玉龍配鳳凰	
備 分明擺的殺人場 反把好言哄孤王 此事非當兒耍 快保孤王出羅網	末 明明擺下殺人場 反把好言寬心腸 不願東吳為嬌婿 願歸故土樂安康	

云	小生	
主公且把心放寬 細聽爲臣說比方 昔日有個楚霸王 鴻門設宴害高皇 爲臣好比樊噲將 願保主公兩無傷	昔日楚漢兩爭強 鴻門設宴害高皇 臣比昔年樊噲將 願保主公脫禍殃	
備 趙雲你比樊噲將 孤王難比漢高皇	末 你倒比得樊噲將 孤王難比漢高皇 叫聲四弟隨孤往 你保爲王入洞房	
	小生 臣見君妻命該喪 怕的是韓信進未央	
	末 趙雲把話錯來講 孤不罪你又何妨	
云 將主公推入宮門內 候過年終轉荊襄	小生 送駕來在宮門上 候過年終轉襄陽	
備 人說趙雲是忠良 今日看來是奸黨 大膽來在宮門上 只見宮女跪兩傍	末 人說趙雲忠良將 孤王心下轉思量 邁步來在宮門口 宮娥彩女站兩傍 武士好比殺人樣 宮中坐的孫尚香 是是是是明白了 兄妹計設害孤王 大著膽兒往內闖 要問龍潭擾一場	老生 元板 兩廊下撤去了鎗刀不見 果然是孫權妹話不虛傳 來至在宮門口抬頭觀望 見皇姑不迎接禮上不端
		旦 慢板 聞聽得他弟兄飛魂喪膽 說什麼見鎗刀心中膽寒 論大禮我就該迎接當面 只差得孫尚香滿臉紅顏

		老生 元板 　滿劉備在宮院偷眼觀看 　好一似天仙女降下臨凡 　多虧了喬國老暗地撮合 　月下老配就了龍鳳百年
		旦 　孫尚香站宮院偷眼觀望 　三柳鬚耳垂肩果係貴男 　怪不得喬國老暗地誇獎 　這也是月下老配就鸞凰
		老生 元板 　我這裡走上前把禮來見 　有孤躬把來路細對你言
		旦 慢板 　尊貴人你不要提吊心膽 　小周郎他定下調虎離山 　但願得我的娘心不改變 　咱夫妻這也是前世姻緣
		老生 元板 　漢劉備聽此話把心放定 　果然是女英雄話不虛傳 　從今後把愁腸一概不管 　把愁腸一旦間不掛在心頭

附錄七 「楚曲」《花田錯》與車本、京劇本唱詞對照

楚 曲	車 王 府	戲 考
	李忠 　結交綠林威名爽	
	周通 　和風旭日春詔光	
	李忠 　閒暇無事把心散	
	周通 　弟兄一同到花田	
小生（下集） 　展不開兩道眉中選黃榜 　僥倖日占鰲頭金榜題名		
老生 　爲父的擇佳婿久有此願 　想我兒婚姻事常掛心間 　此一番到花田我兒擇選 　也免得到後來悲怨慈嚴	劉父 　我的兒不必帶愁腸 　爲父的言來聽衷腸 　爲我兒婚姻事常掛心上 　但願得此一去擇配才郎	
	老 　尊員外你且把寬心來放 　坐二堂聽妾身細說端詳 　婚姻事自有那月老執掌 　兒女事又何必常掛心腸	
小旦 　此一番到花田拋頭露臉 　誠恐怕陌路人談論慈嚴 　有孩兒年紀幼愁心未轉 　姻緣事望爹娘再過幾年	小姐 　在二堂聽孩兒把話來講 　尊一聲二雙親細聽端詳 　爲孩兒婚姻事休掛心上 　但願得二雙親福壽綿長	貼 　有孩兒在前堂把話來講 　尊一聲二雙親細聽端詳 　女兒的婚姻事休掛心上 　但願時二雙親福壽綿長
占 　老員外和安人有此心願 　尊姑娘你何必故意推牽 　此一番到花田由你心願 　有甚事小春蘭一身耽然	春 　有春蘭在二堂把話來講 　尊小姐你那裡莫待徬徨 　今日裡到花田閒去玩賞 　有奴婢保小姐略也無妨	花旦 　員外安人休掛念 　尊一聲小姑娘細聽根原 　花田會上任你選 　婚姻大事有春蘭

小生 　自到寶店一月餘 　滿懷心事有誰知 　心中到有凌雲志 　囊內無錢總是虛	卜 　讀進了十數載寒窗之下 　滿腹中這詩文不可自誇 　來至在渡仙橋我賣字畫 　但願得在高中名揚天涯	
生淨 　弟兄們結義在金鑾 　不料失散在那廂		
淨（周通） 　我和你相交情不淺 　有什麼心事對弟言		
生（李忠） 　有幾位朋友不曾見 　時時刻刻掛心間	李忠 　閒來遊逛花田景	
淨 　那幾位朋友不曾見 　細與小弟談一談	周通 　那傍坐定一書生	
生 　劉唐燕青和小阮 　李葵花榮在那邊 　自從打劫在皇杠 　不知他等安不安		
淨 　打劫皇杠咱在內 　等候起手同上山		
生 　徽宗皇帝坐乾坤		
淨 　四下豪傑起狼煙		
生 　淮西王慶稱好漢		
淨 　方臘霸占在江南		
生 　河北田虎造了反		
淨 　俺大哥那裡掌兵權		
生 　蒼天若隨吾的願		

淨 　這一統山河歸梁山		
丑（店小二） 　年年有個三月三 　來往遊玩有萬千 　度仙橋下擺桌案 　紙筆墨硯擺得全 　回頭便把相公請		丑 　一關一縮不成店 　一開一掀不見面 　他在頭裡走 　我在後頭趕 　二人見了面 　腰中不便 　改日再見改日再見
小生 　店東請我有何言 　花開三月豔陽天 　桃紅柳綠俱一般 　春遊芳草人人愛 　意賞荷花詩幾篇		小生 　可惜十載寒窗下 　諸吟文章不自誇 　花田以上賣字畫 　但願成名揚天涯
		周 　曾記當年把業闖 　誰人不知小霸王
		李 　閒下無事朝前往 　會場之中走一場
生 　緊勒馬嘶芳草地		周 　舉目抬頭四下望
淨 　美人醉倒杏花田		李 　花田美景好風光
小生 　花田錦對太湖邊 　四時八節景相連 　壯士有路青雲客 　得雲風送上九天 　家住湖廣襄陽城 　本是府學一廩生 　乙未年前中過舉 　姓卞名集字錦雲 　只因功名上京城 　怎奈家貧路也貧 　紫府鎮住了一月整 　因此上提筆來賣文		

生	李忠	李
文墨之士受寂寞	辭別先生登路道	先生但把寬心放
淨	周通	周
蛟龍無水困于河	先生字畫寫得高	明日一准送上門
丑	店	
行來打從橋下過 問相公生意有幾何	提起此人名	
他父是公卿 朝中出奸佞 屈害一滿門 埋名二十春 那日酒醉上林村 來了猛虎一群 他上前一拳一腳 正傷咽喉 打死二猛虎 人聞害頭痛	他父在朝爲功勳 朝中出了二奸佞 害死他一滿門 怒惱了小英雄 一拳一腳 打死二奸佞 四路去逃生 若問此人名和姓 打虎將李忠是他的名	
若問此人名 姓周名通自建文 家財萬貫驟馬成群 喜的拐子棍棒 愛的鏈鎗流星 專與私通梁山上 結交都是有名人 你若不惹他 便是太平人 你若惹著他 就是悔氣星	若問此人名 令人腦袋疼 家中豪富驟馬成群 有人敬奉他 便是太平春 有人惹著他 一家定遭瘟 若問此人名和姓 小霸王周通 不是好人噶雜子	
旦	小姐	花旦、貼
離深閨到花田雁飛一片 又只見百花開香透胸前	花田盛會人來往 王孫公子喜非常 渡仙橋前一才郎	三月天氣正豔陽 王孫公子樂非常 舉目抬頭朝前望
占		花旦
你看那玩花人來千去萬 你看那蝴蝶兒對對相連		渡仙橋前遇才郎
旦		
花田中並無有奴心欲蹇		

貼 　尊姑娘必須要細觀心間		
旦 　行步兒來至在度仙橋邊		
占 　見一位眞君子美貌少年		
旦 　眉又清目又秀令人稱讚		
占 　眞果是容貌兒壓賽潘安		
生 　看花人遇玩花神 　花田一個玉美人 　一片夢魂都攝去 　春風袖內不知春	卜 　三月天氣豔陽天 　花田一對玉美人 　桃紅柳綠來相襯 　燕語鶯啼動人情	小生 　三月裡天氣豔陽春 　花田會上遇美人 　桃紅柳綠來相襯 　燕語鶯啼動人情
旦 　見詩句果稱奇文又秀雅 　一霎時引得奴渾身酸麻 　叫春蘭你近前聽我答話 　你問他那裡人住在那家 　你問他名和姓一一一留下 　你問他讀書人可登科甲 　你問他尊貴庚年紀多大 　你問他閨房中可有婚家 　叫春蘭你休要高聲講話 　由恐怕轎夫們得知笑咱		貼 　叫春蘭帶路回家轉 　見了爹娘說根原
生 　他那裡叫春蘭嬌聲答話 　引得我意馬兒難捨與他	卜 　一對美人回家轉 　到叫小生不耐煩	小生 　他主僕二人回府去 　坐在橋頭等信音
丑 　將身來至在度仙橋下 　請相公吃點心用盃香茶	店 　人逢喜事精神爽 　月到中秋分外光	
	周通 　花田見那先生面 　猛然一事上心間	
	小姐 　適才花田去遊玩 　見了雙親說根源	貼 　適才花田去遊賞 　只見那卜先生才貌無雙

占	春蘭	花旦
員外安人容我講 細聽春蘭說端詳 我同姑娘去玩賞 度仙橋邊遇才郎 姓卜名集住湖廣 府學舉子在襄陽 一來員外洪福大 二來姑娘好緣法 員外修帖前去請 請我收拾姑娘入洞房	員外安人容奴講 細聽春蘭把話說端詳 奴隨小姐去玩賞 渡仙橋前遇才郎 姓卜名繼住湖廣 甲午年間一舉郎 員外不信差人往 扶侍小姐拜華堂	員外安人容我稟 細聽春蘭說分明 我與小姐去遊玩 渡仙橋前遇才郎 先生姓卜住湖廣 甲子年前一舉郎 員外不信差人往 伏侍小姐拜花堂
外 聽他言咬得我牙關不放	**外** 見黑漢不尤我魂膽嚇壞	
老旦 嚇得我戰戰兢兢無處躲藏	**老** 只嚇得我二老珠淚滿腮	
外 叫安人看過了彩緞銀兩 尊壯士休發怒再作商量		
周 俺本是大丈夫昂昂氣象 今日裡冒犯我非比尋常 限三日我定要帶人來搶 俺不搶你女兒怎為豪強		
外 這才是家中坐禍從天降	**外** 聽說他是周通到	
老旦 一家人戰戰兢兢無有主張	**老** 不由二老魂魄消	
	周通 俺非是貧寒家捆承蔴章 爾莫要誇豪富來討無光 曾記得劫黃槓聲勢浩蕩 三日內著你女那裡躲藏	
外 大不該叫女兒花田玩賞	**外** 大不該命女兒花田遊逛	
老旦 這都是小春蘭膽大主張	這也是我二老自找災殃	

占	春	花旦
我今日在花田明明朗朗 難道說遇麒麟變做豺狼	聽說是叫春蘭心內著慌 急忙忙進前來侍立一傍 那一日在花田明明朗朗 又誰知到作了黑的霸王 老員外和安人道奴是謊 願請出小姑娘細問端詳	忽聽得喚春蘭愁鎖眉上 我只得站一傍不敢聲張 老員外休埋怨我春蘭莽撞 若不信請小姐細問端詳
	小姐 忽聽雙親一聲喚 急忙邁步到堂前	貼 忽聽春蘭一聲請 急忙上前問根原
外 他二人說的話都是一樣 好叫我心糊塗難解其詳		
老旦 花田中一吒是殺人戰場 難道說把高祖認做霸王		
旦 我豈肯落賊手惹人談講 到不如早一死命喪黃泉	小姐 聽一言來心著忙 不如碰死在二堂	貼 聽一言來心著慌 不如碰死在二堂
外 虎入籠我這裡豈肯輕放 若遇蛇不打死反遭其殃		
老旦 我姣兒休得要悲聲大放 忍著聲吞著氣且歸上房		
旦 我和你在花田明明朗朗 難道說把惠明錯認張郎 飛虎將圍普救兵馬擾亂 誰去搬白馬將來解圍場		
占 任憑他滿江中湧起波浪 尊姑娘穩坐在釣魚船艙 倘若是周通賊帶人來搶 就把我春蘭女抵擋姑娘		
淨 劉德明他那裡欺心大量 惱得我怒沖沖轉回草堂	淨 可恨劉德明不仁不義 太歲爺頭上來撢塵	
旦（周妹）		

今日回為何事怒氣愁腸		
淨 非是我愛美色親事來搶 由恐怕外人談失卻豪強 若不搶劉玉瓊同入羅帳 俺周通怎稱得人中霸王		
旦 笑吟吟走近前尊聲中長 小妹子有一言細聽端詳 凡事兒必須要自己忍讓 學好人與爹娘祖上爭光		
淨 你平日知道我情性猛壯 為什麼細叨叨強來阻擋 限三日我定要帶人去搶 小鬼兒怎當得五殿閻王		
旦 我中長他本是情性猛壯 把好言對他講付與汪洋 全不想自己妹他人一樣 怕的是到後來天理昭彰		
小生 有卜集坐花田沉吟已久 思情人他不到是何情由 多感得賢大姐再三問候 引得我魂靈兒飛上九霄	卜 春蘭此去無音信 到叫小生掛在心	
占 在上房我領了姑娘嚴命 到花田找尋那卜集先生	春 家中領了姑娘命 去至花田看先生	花旦 辭別小姐出府門 見了相公問分明
生 耳傍內又聽得人聲高叫 原來是春蘭姐來到此間	卜 聽一言來吃一驚 涼水澆頭懷抱冰 眼望小姐不能見 棒打鴛鴦兩離分	小生 將身坐在花田上 春蘭不來為那般
占 這樁事分明是冤家的路 也是你命運低該湊機謀 老員外和安人廳前等候 一家人見了他氣絕咽喉	春 辭別先生回家轉	花旦 辭別相公回家轉

他名叫小霸王如同虎 降州城那一個敢作對頭		
囑咐你言和語切要緊記 怕的是花正香又遇風吹		
生 　多蒙得賢大姐思念與我 　這姻緣但不知天意如何	生 　我與小姐配成婚	小生 　春蘭到來配鸞凰
小旦 　春蘭女一去了況且良久 　怕的是到學了蝴蝶莊周		
占 　受人托必須要與人成就 　為人謀而不忠何算女流	春 　急急忙忙回家往 　見了姑娘說端詳	
小旦 　聽醮樓打罷了初更時候 　我和你巧用工勤繡前樓	小姐 　聽醮樓打罷了初更鼓響 　想起了卞先生美貌無雙 　但願得我二人夫隨婦唱 　學一對小織女許配牛郎	貼 　耳聽得醮樓上初更鼓響 　想起了卞先生美貌無雙 　實指望配姻緣夫婦隨唱 　又誰知起風波拆散鴛鴦
占 　醮樓上打罷了二更時分 　主僕們在樓台膽戰心兢	春 　小春蘭在樓上心中暗想 　尊一聲小姑娘細聽衷腸 　獨只為婚姻事牽掛心上 　急得我小春蘭晝夜奔忙	
老旦 　醮樓上打罷了三更時分 　這時候燈不滅必有情由	老旦 　邁步且把樓梯上 　見了我兒說端詳	老旦 　行走來在閨閣外 　叫聲春蘭把門開
		花旦 　聽醮樓打罷了三更鼓點 　為小姐婚姻事晝夜不眠
小旦 　見母親他來到面紅眉皺 　嚇得我戰兢兢兩鬢汗流	小姐 　都只為婚姻事牽掛心上 　小春蘭為奴家晝夜慌忙	貼 　滿腹中多憂悶心慌意亂 　可憐那小春蘭為奴奔忙
占 　勸姑娘放寬心只管勤繡 　有什麼大小事春蘭出頭	春 　聽醮樓打四更自思自想 　到叫我一陣陣好不愁腸	花旦 　聽醮樓打發了四更鼓上 　到叫我為奴的淚流千行
		花旦 　小姐且把寬心放 　管叫你二人配鸞凰

小生	卜	小生
巫山夢楚襄王時纔牽引 准備了桃花村箭射帷屏	春蘭一去未回還	春蘭一去不回轉 盼得小生兩眼穿
占 這椿事把我的心兒想盡 都只為他二人前世姻緣	春 心忙意亂往前進 見了先生說分明	花旦 花色濃濃亂我腸 綠水遍青別鳳凰
取頭巾脫藍衫搽上水粉 卜先生要才女換做釵裙		
生 那知道離難中有此妙引 敢把我一舉子扮做釵裙 怪不得張君瑞越牆等候 怪不得小紅娘引動鴛鴦	卜 卜纔頭上去頭巾 巧粧改扮女花容 可恨周通太狠心 要搶小姐為何情 大搖大擺朝前進 我與小姐配為婚	小生 花田之上把衣換 男扮女粧會裙釵
小旦 每日裡在繡樓自思自忖 但不知月老簿怎樣平分	小姐 春蘭一去信渺茫 到叫奴家掛心傍	貼 春蘭一去不回轉 使我時刻掛心傍
占 勸先生這時候把膽放定 你二人姻緣事盡在我身	春 心中有事走得慌 不覺來到自己門牆	花旦
卜先生可算得人中魁首 我姑娘也算得女中班頭 但願得你二人姻緣成就 春蘭女也算得三教女流	勸相公與小姐休把眉皺 細聽我小春蘭細說根由 你夫妻前世裡姻緣配就 但願得同歡暢永樂無憂	今日好比七月七 牛郎織女會佳期

附錄八 「楚曲」《轅門射戟》與車本、京劇本唱詞對照

楚　　曲	車　王　府	戲　　考
生（劉備） 西皮 　聽一言來氣心懷 　不由珠淚灑下來 　倘若小沛城池壞 　弟兄何處把兵排		
外（關羽） 　大哥不必臉帶憂 　愚弟自幼觀春秋 　桃園結義誰不曉 　兄弟威名貫九州		
淨（張飛） 　大哥不必淚滿腮 　二哥且自放開懷 　三人扣定連環馬 　紀靈小兒何懼哉 　虎牢惟有呂布勇 　被弟打下金冠來 　三人威名天下在 　與我抬鎗帶馬來		
生 　三弟說起戰奉先 　不由劉備喜眉尖 　叫人來看過紙筆硯 　字字行行寫一篇 　今聞紀靈奪小沛 　怎奈我兵少將又微 　書信特來無別事 　准望溫侯來湊威 　一封書信忙寫起 　交與溫侯得知情		
二弟三弟一聲叫 　愚兄言來聽根苗 　弓上弦來刀出銷 　把守城池要緊牢		

小生（呂布） 引	呂布 引	小生（呂布） 引
轅門站立千員將 　統領貔貅百萬兵	轅門站立千員將 　統領貔貅百萬郎	轅門站立三千將 　統領貔貅百萬郎
西皮 　看過金帖紙二張 　手執羊毫寫幾行 　一非待客葡萄釀 　略表薄盞待鹵漿 　回言多拜紀靈將 　准備明午候威光 　回去你對使君講 　叫他心中放寬腸 　來日清晨准准望 　席前自有話商量 　獨戰江場在范陽 　諸侯聞言心膽寒 　丁公不仁被吾斬 　鎗刺董卓爲貂蟬 　阻擋曹兵千百萬 　單人獨騎戰千員 　虎牢關前打一仗 　玄德翼德關美髯 　他弟兄扣定連環馬 　區區畫戟任賠還 　方天戟掛下青絲散 　陣前失落紫金冠 　自古道一人能擋千員將 　誰人不道奉先強	西皮二六 　看過了花箋紙二張 　手提羊毫寫幾行 　亦非是代客葡萄樣 　國中大事有商量 　二封請帖忙修上 　明日定要候吾光 　回去你對試軍講 　叫他只管放心腸 　明日清晨早早往 　同到席前共商量 　戰敗疆場某心爽 　諸侯見我也心慌 　丁公不仁劍下喪 　鎗挑董卓一命亡 　虎牢關打一仗 　大戰桃園劉關張 　三人連環難敵擋 　只殺兒郎喪疆場 　方天戟掛心堂 　張飛將我金冠傷 　氣得某家收兵將 　含羞代愧臉無光	西皮倒板 　看過了筆墨紙二張 原板 　手提羊毫寫幾行 　一非待客葡萄釀 　共同大事有商量 　二封請帖忙修上 　明日清晨候午光 　回去你對使君講 　叫他只管放心腸 　明日清晨早須往 　席前大事有商量 　三軍暫退蓮花帳 　明日席前做商量
丑（紀靈） 　一分厚禮正相當 　今日才得飲瓊漿	紀靈 二六 　奉命奪沛擺戰場 　好似蛟龍下長江	
看來都是人眼淺 財帛一見動人心	三軍與我往前闖 休要放走劉孫張	

生 西皮 　催著馬兒往前行 　只爲大事掛在心 　怕的是席前獻兵將 　弟兄們三人要提防		劉 搖板 　時才探馬報一聲 　紀靈帶兵來困城 　你我帶馬敵樓進 　旌旆招展好驚人 　重重疊疊兵和將 　叫聲三弟莫高聲 　下得城來把帳進 　想一妙計破兵 搖板 　三弟作事休莽撞 　大事總要來商量
外 　大哥本是帝王相 　三弟好比賽虎狼 　小沛城池把兵養 　那怕紀靈小兒郎		
淨 　勒住絲鞭停戰馬 　此處料然也無妨		張 　要去何必多議論 　老張出世不怕人
		劉 　弟兄三人徐州闖 　準備兩下動刀鎗
		小生 原板西皮 　戰罷疆場在濮陽 　諸侯見我也心忙 　丁公不仁被我斬 　戟刺董卓爲貂蟬 　虎牢關前打一戰 　偶遇劉備與關張 　三人扣住連環戰 　掩殺兒郎讓刁鞍 　方天畫戟情不讓 　張飛愼挑紫金冠 　含羞帶愧收兵轉 　誰人不知俺呂奉先

小生 某家今日設瓊漿 只爲和好免參商 席前坐定英雄將 兩傍站立眾兒郎 二家不必心著忙 自有某家作主張 飲酒但把寬心放 事宜從容慢商量	呂布 倒板西皮 　某家今日設瓊漿 西皮正板 　只爲合好免爭強 正板 怒氣不息紀靈將 那一傍悶壞了劉孫張 回頭我對將軍講 看某金面免動刀鎗	小生 倒板西皮 　中軍帳內飲瓊漿 搖板 　只爲和好免爭強 怒氣不息紀靈將 那一傍悶壞了劉關張 回頭便對將軍講 看某且免動刀鎗
丑 吾主命我帶兵往 數日未曾動刀鎗 不是溫侯開談講 酒席筵前戰殺場	紀 西皮正板 　坐在席前把話講 　尊聲文侯聽端詳 　不看文侯金面上 　某家傾刻擺戰場	紀 搖板 　多蒙溫侯賜瓊將 　某家言來聽端詳 　不看溫侯臉面上 　霎時席前擺戰場
		劉 　走上前來忙告退 　今日此宴難奉陪
淨 　誰敢欺押吾兄長 　莫把桃園看尋常 　兄弟若有千員將 　殺得你主不安康	張 二六 　紀靈休把大話講 　把俺大哥當平常 　慢說你是無名將 　分明誰勝那家強	
小生 　二家不必來爭強 　區區有個巧妙方 　叫人來抬過畫戟杆 　酒席筵前比殺場 　某家有個平天斷 　但憑天公作主張 　畫杆插在轅門上 　待某拿弓搭穿楊 　刁翎中在畫杆上 　兩下擺兵息戰場 　刁翎不中畫戟上 　任你二家刀對鎗 　三軍看過葡萄釀 　只管放心飲瓊漿	呂 　將軍休要逞剛強 二六板 　剛強好比楚霸王 　霸王剛強烏江喪 　韓信強來喪未央 　昔日楚漢兩征強 　鴻門設宴害高皇 　高祖不戰強似將 　項羽自刎在烏江 　征戰那有歇戰好 　退後一步有何妨 搖板 　叫人來看這葡萄樣 　紀將軍進前來飲瓊漿	小生 快板 　畫戟抬在轅門外 　兩家人馬站兩旁 　人來看過弓和箭

		劉
		漢劉上前來祝告神威 但願得老天爺扶保劉備
說什麼腹中無酒量 分明有事在心傍 你比南山金錢豹 豪傑英雄賽虎狼 狼虎相鬪殺場上 狼不受殃虎受傷 爭戰那有息戰好 兩下擺兵都無傷 昔日高祖創家邦 楚漢二家逞豪強 高祖百戰陣陣敗 霸王一敗死烏江 那怕項羽有志量 江山一統歸劉邦 看來世事休免強 強中更有強中強 縱有武藝莫使盡 退後一步又何妨 三人挽手同一往 看看轅門射穿揚	那裡是腹內少酒量 分明有事在心傍 一個好似出山虎 一個好比奎木狼 他二人相爭陣頭上 狼不受傷虎受傷 方天戟抬在轅門上 二六 看某彎弓射川楊 刁翎若中畫戟上 兩下收兵免征強 刁翎不仲畫戟上 但憑兩家擺戰場 三人挽手東路往 論誰弱來論誰強 倒板西皮	
威風凜凜出寶帳 二下三軍站兩傍 左邊站的淮南將 右邊站的劉關張 兩眼睜睜朝某望 都看某家射穿楊 接過狼牙箭一枝 銅台鐵把弓一張 對著畫杆撒手放 射中小戟響叮噹	威風凜凜出虎帳 二六 大隊人馬歸兩傍 左邊站定紀靈將 右邊站定劉孫張 一各個出心把某望 看某灣弓射川楊 來忙把刁翎放 箭射畫戟世無雙	小生 使君休要心發愁 雙手搭上珠紅扣 這一箭射去了兵有數千
箭中小戟世間稀 誰人能中畫杆戟 虎爪提起羊毫筆 字字行行把話題 今聞紀將奪小沛	二六板 箭射畫戟是奸細 誰知後與我見高低 人來看過羊毫筆 手提羊毫寫端的 上寫紀靈奪小沛	快板 上寫拜上多拜上

怎奈兵少將又微 各人保守疆土地 切莫爭強逞雄威 一封書信忙寫起 煩勞將軍順帶回	請來兵權將又希 一封書信忙修起 煩勞將軍轉代回	拜上袁王看端詳 劉備看在我面上 免得兩下動刀鎗 一封書信忙修上 煩勞將軍奏你王
丑 用手接過書一封 殺人心事不改移 上前行過分別禮 受了委曲轉回歸	紀 紀靈接書面代愧 背轉身來自胸吹 向前施個分別禮 奉命奪沛空走一回	紀 紀靈接書面帶愧 背轉耳來把胸搥 上前施個分別禮 奉命奪沛空走一回
小生 紀靈收兵怒不息 玄德攸攸喜雙眉 回頭叫聲劉賢弟 回去還當要准備 今日飲酒原爲你 莫忘我轅門射戟作解危	呂 紀靈上馬面代愧 劉備一傍笑微微 走向前試軍請 某家言來聽端的 今日射戟只爲你 千萬莫忘轅門射畫戟	小生 快板 這一箭射卻了百萬雄隊
生 辭別溫侯下虎帳 感你仁義好心腸	劉 文候多仁又多義 誰能轅門射畫戟 劉備有朝得了地 結草啣環答報你	劉 呂溫侯可算得將中之魁
	孫 辭別文侯跨坐騎	
淨 轅門射戟全仗你 將軍武藝是好的 刁翎不中畫戟杆 要殺要砍誰懼誰	張 任殺任砍誰怕誰	
小生 紀靈收兵眞沒趣 劉備兄弟笑微微 不是某家設一計 他兄弟難逃目下危	呂 二六板 張翼德說話不知禮 氣得某家怒不息 不是今日射畫戟 難勉他弟兄紀靈欺 吩咐兒郎歸隊裡 蓋世英雄某地一	

附錄九 「楚曲」《洪洋洞》與車本《洪羊洞》、京劇《洪洋洞》唱詞對照

楚 曲	車 王 府	戲 考
洪洋洞	洪羊洞	洪洋洞
外（楊繼業鬼魂） 有楊業似鬼魂飄飄蕩蕩 命喪在北番地他鄉鬼魂 保宋主秉忠心掃除賊黨 又誰知父子們命喪番邦	外 大英雄真面目為國喪命 真名士自風流萬代留名 為武將遭離亂臣之本等 可憐我老屍骨丟在番營	外 我楊家保宋主忠心秉正 到如今屍骸骨不曾回程 六郎兒他命人搬屍回郡 這都是蕭天佐以假為真 叫鬼卒駕陰風宋營來 進了那六郎細聽分明
生（楊六郎） 為國家費心機那得安靜 奉王旨勦北番未得太平 宋王爺待楊家恩如山重 食君祿秉忠心當報君恩 我父親兩狼山李陵喪命 弟中們一個個命喪番營 進上房一霎時神爽不定 聽譙樓鼓三更睡臥片辰	生 這幾載感帝德干戈寧靜 馬放山鎗入庫共享太平 我楊家受皇恩封妻廕子 君有道臣保國忠心耿耿 孝雙親教子孫萬世芳名 聽譙樓鼓咚咚人言悄淨 一霎時體不爽神魂不定 臥床上兩眼朦朧	老生 為國家也何曾半日開空 我也曾征過了塞北西東 官封我節度使皇王恩重 一霎時間身不爽磕睡朦朧
外 嘆楊家投宋王屢建立功 可憐我父子們未得善終 進上房見六子安然睡穩 痛將星沒光亮耀氣無光 叫鬼卒速將他夢魂喚醒	外 嘆楊家蓋世功屢逢奸佞 血身子保皇家那有後成 進上房見延昭安然睡穩 慟將星落光輝氣宇不寧 叫鬼卒速將他夢魂喚醒	外 聽譙樓打罷了三更時分 進宋營見六郎細說分明 叫鬼卒急忙的大營來進 又只見我的兒磕睡沉沉 叫鬼卒將他的陰魂推醒
生 猛抬頭又只見吾父令公 曾記得兩狼山李陵喪命 那有個人死了又能逢生 我這裡忙扎掙不能行動	生 猛抬頭見爹爹像貌如生 曾記得兩狼山受困光景 命我到雁門關搬取救兵 今日裡父子們團圓破鏡想 則是重相會好似夢中	生 猛投頭又只見去世爹尊 曾記得兩狼山何等光景 那有個人死後又能復生 父子們重相會猶如破鏡
外 見姣兒好一似刀割心中 想當初父子們來投宋營 由如那八隻虎奔下山林	外 我的兒休推睡不必驚恐 聽為父夢中言兒要記清 你祖父鐧換帶歸順南宋	外 我的兒休貪睡細聽分明

可憐你兄弟們爲國喪命 爲父的老屍骸還在番營 你前番命孟良盜骨搬運 那都是蕭天佐假扮粧成 眞骸骨洪洋洞石櫃裝定 望鄉台第三層那還是眞 兒速要將骸骨搬回本郡 爲父的在九泉暝目甘心 囑咐你必須要勞勞記緊 又聽得雞報曉要歸天庭	父子們如猛虎塞北驚恐 可憐我身遭困兩狼山中 李陵碑喪了命屍撇番營 兒前番命孟良搬屍回郡 盡都是蕭天佐假扮粧成 眞屍骨現在那洪洋洞內 望鄉台第三層石櫃粧成 那才是父屍骨拋撇番營 我的兒速遣人搬回本郡 將爲父老屍骨葬入墳塋爲 父的死九泉甘心暝目 我的兒全忠孝萬代芳名爲 父的囑咐你須當緊記 雞報曉犬有聲我歸天庭	兒前番盜父的屍骸回郡 這都是蕭天佐弄假成眞 父屍骸在北國洪羊洞 望鄉台第三層那才是眞 父本當與我兒多把話論 怕的是天明亮難以回程
生 我適才見爹爹衷腸訴盡 醒來時不見了吾父年尊	生 夢兒裡見吾父離腸難盡 醒來時只覺得熱汗淋身	生 時才間遇我父來到宋營 醒來時不由我遍體汗淋
	生 將軍去必須要私藏暗隱 休驚動塞北的眾多番兵 盜骸骨你一人休逞本領 若走漏這消息大事難成	
	淨 尊元帥休叮嚀請放寬心 我孟良雖粗魯頗有經綸 這件事俺去做神鬼難測 盜不來眞骸骨誓不回營	
	生 孟伯日他做事從來心細 此一番下胡營必定成功 一霎時頭發暈時難扎掙 五腑內似崩烈心血不寧 攙扶我到病房將藥調治 休驚動後堂上年邁太君	
花（焦贊） 焦贊聞言怒心間 要與孟良把功爭 後面打扮換衣巾 要到番邦走一巡	花 宋天子錦江山千斤多重 想元帥統貔貅焦孟保定 有孟良兩柄斧威風猛勇 俺焦贊打將鞭四海揚名	焦 元帥作事差又差 差了孟良不差咱 家院帶過爺的馬 這場功勞豈讓他

淨（孟良） 　巧粧打扮去番營 　那怕路途艱苦辛	淨 　領軍令盜骸骨私下番地 　願蒼天保佑我早把功成 　楊元帥報君恩孝當竭力 　因此上俺晝夜不辭勞辛	孟 　元帥昨晚得一夢 　遇見了白髮老元戎 　他言道 　前番盜骨乃是假 　眞骸骨 　現在北國洪羊洞 　望鄉台上第三層 　揚鞭催動我的馬走龍 　盜回屍骨立頭功
焦 　焦贊私自出府門 　扮做尋常一老軍 　此番盜不得骸骨轉 　死在番邦不回程	花 　楊元帥往日間用人平正 　今日裡差孟良私下番營 　俺焦贊在宋營光景無用 　因此上到番營要把功成	焦 　宋王爺作江山風調雨順 　全憑著楊家將扶保乾坤 　孟仁兄施板斧狼煙掃盡 　俺焦贊施鋼鞭保定乾坤 　催馬加鞭往前進 　盜不轉屍骨誓不回程
	丑 　爹娘想我難見面 　我想爹娘淚不乾	
孟 　北國有個洪洋洞 　路隔千里信不通 　元帥三更得一夢 　夢見陰靈老令公 　前番盜骨俱是假 　眞骸還誰洪洋洞 　催馬來在洞門口 　只見鑽下又加封		孟 　北國有個洪羊洞 　千里迢迢路不通 　揚鞭催動馬走龍 　只見他鎖上又加封 　板斧劈開洪羊洞 　只見裡面黑洞洞 　一進二進連三進
		焦 　後面來了焦克明
孟 　我只說殺死番兵卒 　原來自殺自己人 　既是私來洪洋洞 　冤家爲何不做聲	孟 　焦賢弟你爲何私下番營 　這是我黑夜裡慪下絕情 　嘆好漢不到頭枉送性命 　也是你命該喪狹路相逢	孟 　一見賢弟喪了命 　怎不叫兄痛在心 　哭哭一聲焦賢弟 　叫叫一聲焦克明 　休怪伯昌下絕情
程 　四更月明到西邊 　洞口好像有人言		

孟 洪洋洞向南方叩拜宋君 這一拜拜謝了元帥深恩 回頭來哭賢弟慘喪性命 到今日你死了我生則甚 叫一聲焦賢弟等一等 爲兄的一路行同歸九泉	孟 洪洋洞門向南拜 拜謝宋王爵祿恩 回首雙膝忙跪倒 拜謝元帥往日深恩 你在鬼門關上相等候 等候愚兄一路行	孟 走上前來拜君恩 回頭再謝元帥情 可嘆焦贊慘喪命 弟兄作鬼一路行
		生 孟良盜骨無音信 好叫本帥掛在心
生 見骸骨不見我年邁爹尊 自兩狼一別後仙逝天庭 爲皇家秉忠心李陵喪命 兒朝夕爲天倫憂盡千辛 幸今日見一面兒心方定 恕孩兒不肖罪少奉嚴君		生 見屍骨不由我淚雙流 怎不叫人咬指頭 鮮血淋淋屍骨透 稟明了太君快把骨收
聽說焦孟喪番營 好似鋼刀刺在心 一霎時四肢無方難扎掙 多有死來命歸陰		聽說焦贊喪番營 汗馬功勞一旦傾 聽說是二賢弟命喪北洲 好似鋼刀刺心頭 叫程宣到北國去搬屍首 一路上要小心急早回頭 一霎時腹內痛心血上嘔 渾身上下冷颼颼 家院挽扶我上房來走 怕的是保宋室不能到頭
付 孤本是金枝葉南宋後根 扶叔王號北宋錦繡乾坤 御妹夫楊延昭忠心秉政 偶得病因上君臨臣門 見猛虎擋御道惡向心間 對猛虎放刁翎料難逃生 白虎帶箭歸山林 天波府看一看御皇親	付 孤本是金枝葉南宋後根 扶叔王坐北宋錦繡乾坤 御妹夫楊延昭忠心秉政 偶得病因此上君臨臣門 見猛虎擋奔坡下任橫行叫 本御皺雙眉惡向心生 左攀弓右搭箭照定虎形 放白龍緊擔鞭急趕飛騰 虎咆嘯帶箭逃料難活命 似飛蛾撲燈火自送殘生	付 我本是玉金枝大宋後根 保定了我叔王錦繡龍廷 內侍報御妹夫身染重病 因此上我這裡親自來臨 耳邊廂又聽得虎聲盈盈 又只見那猛虎下山林 左拿弓右搭箭射準虎影 這也是那猛虎自送殘生

生	生	生
時才恍惚遊都城 見一長官放弓翎 對我胸膛放一箭 好似鋼丁釘在心 叫宗保扶我寢榻上 休要驚動老太君	自那日偶得病晝夜不寧 前心裡似鋼釘錠在我心 宗保兒扶為父牙床穩睡 料今生不過有幾寸光陰	我楊家保宋主心血雨盡 最可嘆焦孟將命喪番營 宗保兒攙為父病房來進 休得要驚動了年邁太君
	生	
	見骸骨不見我年邁天倫 自兩狼一別後仙遊天庭 爹本是保皇王李陵喪命 我朝夕為天倫費盡子心 幸今朝見一面兒心方穩 這件事雖瞞過祖母太君 這匣兒和板斧暫且停定 候為父病去時面奏當今	
	聽說報焦孟將命喪邊廷 叫本帥急煎煎心似油煎 數十年我何曾執鞭墜蹬 今一旦為我父血染衣襟	
付	外	外
御林軍休得報高聲 一步來到寢榻房 見了妹夫問端詳	昨夜夢真凶險心口推問 吉凶是全不曉提防在心 孤特來回你父得何病症 傳御醫來診視調治安寧 急忙忙到病房細問端詳	來至在郡馬府金鐙 宗保免禮且平身 問宗保你的父何處養靜 又只見御妹夫磕睡沉沉
	生	生
	聽說道賢王駕我心自忖 那裡有大看小君臨臣門 猛睜開昏花眼精神難定 你為何放弓翎射我前心	時才間在荒郊閒遊散悶 遇見了一官長放弓翎 對準我前心射一箭 險些喪了命殘生 猛然間睜開了昏花眼 我面前站定了對頭人 我和你一無有冤 二無有讐恨你你你 你不該放弓翎射我的前心

	外	外
	聽他說射前心孤吃一驚 那白虎卻是他本命元辰 和你自那日朝房議政 到如今又何況郎舅相稱 數十年好親眷並無破損 休把孤認作了放箭之人	聽罷言來才知情 卻來那猛虎是他本命星君 我與你好親眷無有傷損 休把孤當作了放箭之人
	生	生
	八千歲為君臣大禮不論 量寬洪他還念郎舅至親 救為臣病沉重洪恩寬恤 快上前替為父賠罪頂荊	八千歲為駕臨門恕臣有病 宗保兒上前去替父參君
生 自那日朝罷面三更時分 見吾父陰靈到前來托夢 道前番差孟良盜回屍靈 儘都是蕭天佐假扮粧成 真骸骨還在那石匣裝定 洪洋洞第三層那還是真 命孟良去北番搬骸回郡 又誰知焦克明私往番營 有 一卒將吾父骸骨送運 又不見孟伯昌轉回汴京 探子報他二人番營喪命 因此上得下了冤業病根	生 自那日朝罷歸睡夢三更 見吾父來指引話實言真 他說道潘洪賊九泉心恨困 兩狼受飢餓撞死李陵那前 番命孟良把屍搬運 盡都是蕭天佐將假扮真 真骸骨洪洋洞木匣裝定 望鄉台第三層不假是真 囑咐我把屍骨搬回原郡 死在那九泉下暝目甘心 我醒來南柯夢又驚又喜因 此上差孟良私下胡營 一霎時五腑裂血光難忍 朝夕憂為天倫染病在身 救為臣萬死罪言狂語蠢 還須念椒房戚莫論君臣 有小卒把吾父骸骨搬運 匣兒上皇封寫吾父姓名又 有那孟伯昌板斧為証 方信得那屍骨不假是真 探子報洪洋洞二將喪命 細查看卻原是焦孟二人 我三人統貔貅何曾安枕 一心心保宋王秉正忠心 他二人今已死我生則甚因 此上把病症加上十分	生 自那日朝駕歸安然睡定 三更時夢見了年邁爹尊 臣前番命孟良屍骸搬請 盡都是蕭天佐弄假成真 真屍骨在北國洪羊洞 望鄉台第三層那才是真 二次裡命孟良番營來進 又只見焦克明他私自後跟 老軍報他二人在洪羊洞喪 命 去了我左右膀難以飛行 為此事終日裡憂成此病 因此上臣的病加重十分

付 御妹夫你休要憂慮在心 放寬懷身保重自然安寧	付 御妹夫說此話多欠經綸 他二人今已死不能復生 我叔王錦江山仗你保定 必須要自保重休得輕生	付 御妹夫休得要珠淚淋淋 那有個人死後又能復生 叫宗保到後堂急忙相請 請出了兒的母與祖母娘親
生 臣時才恍惚遊都城 見一官長放刁翎 扎掙睜開昏花眼 千歲為何放刁翎		
付 我只射的白猛虎 誰知他是白虎星 回頭便把宗保叫 快快請上老太君		
	生 八千歲勸為臣休得輕生 臣的病急上起堆積在心 不能夠把北番胡兵掃盡 空在朝食君祿享負平生 臣一死捨不得汴涼世景 捨不得宋天子治國愛民 捨不得八千歲待臣恩厚 捨不得老太君母子連心 捨不得柴夫人忠孝愛敬 捨不得宗保兒年少姣生 衷腸話這一時訴說不盡 叫你母快請出年邁太君	
老旦 聽說宗保報一聲	老旦 聽宗保一聲請著我心驚	老旦 聽說宗保一聲請
正旦 急忙病房看分明	正旦 急忙忙到病房看望夫君	正旦 急忙上前問分明
老旦 回姣兒得的什麼病 一一從頭說與為娘聽		
生 耳傍內又聽得人言語 抬頭看又只見年邁娘親 你孩兒得下了冤業病症	生 見太君手挽手血淚淋淋 恕孩兒病沉重甘旨不勤 兒不能送老母黃金入庫	生 耳邊廂又聽得有人聲音 猛抬頭又只見年邁娘親 老娘親所生我兄弟七個 到如今白髮人

兒做了不孝子少奉膝前	今作了不孝子無義罪人	反送了兒黑髮的身 兒的娘吓好不傷情
回頭來叫一聲柴郡公主 年邁母全仗你朝夕奉敬 我死在九泉下感你大恩 叫宗保你在朝須當秉政 盡忠心保皇家報答聖恩 柴夫人宗保兒將我扶定 到階前望空拜叩謝君恩	柴夫人奉太君須當教敬 我死在九泉下感你大恩 宗保兒你在朝須要秉正 休辜負我楊家世代忠勳 柴夫人子宗保將我扶定 到階前望空拜叩謝君恩 臣延昭扶江山血力用盡 南邦征北番戰不畏艱辛 恕為臣染重病不久命喪 再不能執朝簡拜見龍亭 再不能在朝房議論國政 再不能軍陣上調將提兵 叩罷頭謝罷恩頭暈眠昏	柴夫人近前來夫有話論 必須要早晚間侍奉娘親 宗保兒跪床前聽父教訓 必須要秉忠心扶保乾坤 柴夫人宗保兒將我攙定 楊延昭離病床叩謝龍恩 再不能與我主把狼煙掃盡 再不能與我主在那萬馬軍 營
上前來別了八千歲 你是我楊家大恩人 八旬老母全仗照應 分屍碎骨難報恩 這一傍拜別我年邁母 你孩兒不能報娘養育恩 一霎時我心內鮮血湧 猛抬頭見吾父令公來到 孟伯昌焦站立兩傍	那兩傍站定了一群鬼魂 焦克明氣昂昂心懷不忿 孟伯昌笑盈盈拱手相迎 那岳勝在一旁威風凜凜 回頭來見吾父陰容如生 老爹爹在九泉慢慢相等 兒即刻到陰司侍奉嚴君	叩罷頭抽身起站立不穩 我面前站定了許鬼魂 焦克明在一傍心懷憤憤 那孟伯昌笑嘻嘻拱手相 迎 小岳勝在一傍威風凜凜 猛抬頭又只見去世爹尊 老爹爹在陰曹慢慢相等 等候了你六郎兒一路同行 叩罷頭來抽身起心血上奔 無常到萬事休去見先人
一霎時五臟腑心疼氣緊 大限到萬事休氣絕咽喉	一霎時五腑裂心疼氣緊 無常鬼萬事足氣絕咽喉	
老旦 一見姣兒命歸陰 到不如母子一路行	老旦 姣生子一霎時氣絕命喪 拋娘親年高邁身靠何人	老旦 一見我兒喪了命
	正旦 我夫君命歸西一旦廢傾 好鴛鴦兩拆散不能同林	正旦 怎不叫人痛在心
	小生 慘爹爹今一死陰陽兩境 拋孩兒苦伶仃舉目無親	

付	外	外
勸太君不必太憂心 御妹休要放悲聲 本御上殿奏一本 保你宗保做公卿	一家人休得要哭聲太甚 御妹夫仙遊去不能復生 且將他死屍骸病房停定 待本御上金殿面奏叔君 與妹夫討一個金井玉葬 候旨下再掛孝設位安靈 御外甥隨孤王快上龍亭 把你家蓋世功件件奏明	勸太君休得要珠淚淋淋 這一付千金擔有我擔承 急急忙將老帳二堂擺定 叫宗保隨定孤去見當今
老旦 宗保兒今日安排你父靈 明早上朝奏當今	老旦 八千歲他心中還念至親	
	正旦 上金殿與郡馬討下封贈	
	老旦 宋天子待我家屢有封贈	
	正旦 奴的夫秉忠心蒙賜天恩	

附錄十 「楚曲」《二度梅》與京劇《失金釵》唱詞對照

楚　曲	戲　考
二度梅	失金釵
杏元投崖	一場
	正旦（昭君娘娘） （點降唇） 　神威大顯祥光瑞現 　靈台坐四海雲煙 　吾奉玉帝嚴命
	眾 （尾聲） 　如雲會中妙 　好似蟠桃架玉堂 　共齊唱 　子婦曾代代香 　天倫樂福壽康 　占高魁狀元名揚 　一派壽命長 　好一代歡暢
十一回落花園	二場
	老旦（鄒夫人） 引 　夫受皇家爵 　妻沾雨露恩
	三場
小旦 　征風寂寂惹動秋波	
小旦 　鄒云英坐繡閣消遣 　身帶著丫環女去到花園 　出深閨又只見皓月明現 　孤鴻雁一聲聲口叫空懸 　眞乃是秋風景星移斗轉	

焚清香爲的是爹娘安全 但願得二雙親身體康健 每日裡焚清香答謝蒼天 猛聽得叫苦聲卻也不遠 夜深沉這花園那有人言	
	花旦（杏元） 二簧搖板 　心兒內只把那盧杞賊怨 　苦苦的要害奴往北和番 　渺渺走茫茫行心神已亂 　忽然間不覺來到那邊 　眼望家鄉難得轉 　可嘆姣生孤單單 　哭一爹娘今何在 　兒的爹娘吓
杏 　耳邊廂又聽得呼喚人言 　想必是到陰曹閻君面前 　無奈何睜開了昏花的眼 　投深崖爲什麼來到此間 　又只見一小姐丫環同伴 　但不知是何處官宦花園 　望小姐發慈悲行個方便 　念奴家落難女搭救殘生 　有難女坐花園一言稟告	花旦 西皮倒板 　霎時間不由我魂魄無影 　我七魄悠悠的漂渺天庭 　睜開了昏花眼用目觀定 搖板 　見一位老夫人坐在花廳 　奴非是妖魔怪休得疑心 　奴本是避難女受了苦情
老夫人和小姐細聽根苗	正板 　老夫人請上坐容奴細稟 　小女子住在那揚州元郡 　世居住東城外有奴家門 　我的父陳東初身遭不幸 　奴伯父離紅塵深山修行 　我的母陳傅氏年邁之人 　我名叫陳杏元我母喪 　上無兄下無弟奴單一人 　小女子受茶禮早以聘定 　許了那梅良玉未曾完婚 　盧杞賊在朝中良心喪盡 　勾動了土番國擾亂朝廷

	萬歲爺寵愛賊誰人不敬 用冷本害夫父一命歸陰 土番國興人馬威風凜凜 逢州搶遇縣劫殺害黎民 杏黃旗止不住空中飄定 一字字一行行寫得分明 上寫著進美女干戈平定 若不進兩下裡要動刀兵 言一來那盧杞一本奏定 傳旨意曉諭了眾家公卿 眾公卿在金殿閉口不應 盧杞賊金殿上又奏一本 他又奏陳杏元美貌不輕 **快板** 萬歲爺准了本聖旨飄定 要奴家到北國與賊完婚 奴本是千金體閨閣繡錦 怎能夠與反賊兩下成親 因此上昭君塘落崖自盡 是何人救奴家來到花廳 **哭板** 真心話對夫人一言難盡 後來事奴不知所為何情
都只為北國中賊蠻造反	
盧杞賊做一本杏元和番 選民女四十人隨相作伴	
小女子隨貴人去到邊關 怕只是那番兒將奴作賤 昭君廟投深崖自喪黃泉 蒙神聖護保佑將奴救轉 但不知一霎時送到花園 家住在揚州地父是官宦 小女子王月英深閨少年 望夫人發慈悲行個方便 憐難女無奔處搭救殘生	
	老旦 搖板 聽他言不由我珠淚雙淋 底下頭看他是一女千金 只因他家門中遭了不幸 我把話說了你且來聽
杏	花旦 搖板 聽一言背轉身珠淚滾滾 底下頭暗思忖父母無影 到如今與父母不能分論 那裡訪那裡找何處去尋 走向去拜繼母意下應允 慢慢的恭身拜謝過母親
走上前施一禮深深跪下 尊母親容孩兒細聽根芽 多蒙了老母親將兒收下 到後來不忘恩剪肉報答	

	老旦 　叫一聲我的兒忙忙隨定 　我把話說了丫環且聽 　快到那後樓上前去送信 　快請了你小姐來把禮行
	占旦 西皮搖板 　忽聽得丫環們將奴來請 　但不知請出奴所為何因 　奴這裡走向前把禮恭敬 　尊母親忽喚兒所為何因
	老旦 　我的兒有所不知情 　為娘言來你且聽 　為娘的收下了有一繼女 　你向前先施禮慢敘衷情
	占旦 　姐姐請上禮恭敬
杏 　蒙母親和賢妹將我收下 　不到處望賢妹指教奴家	花旦 　為姐還禮不消停
小旦 　今日裡花園內姐妹結拜 　你愛我我愛你由如同胎	占旦 　今日你我共一處
	花旦 　你我就是一母生
	占旦 　姐妹雙雙奉母命
	花旦 　滿肚含冤在我心
	占旦 　叫聲姐姐來隨定
	花旦 　何日才得放寬心
老旦 　他二人一見時心歡喜暢 　從今後學針指共成一雙	老旦 　杏元生來是烈性 　可算世間大賢人 　丫環代路後堂進 　見了員外說分明

杏	
我雖然在此間安心住下 但不知你二人落在那家 但願得你二人名榜高掛 報此冤洩此恨要把賊殺	
二十場書房思釵	四場
梅良玉 　想爹爹不由我憂愁不了 　自逃難已三次只此歡行 　我好比墻上草隨風弄轉 　此一番到大名去見夫人	梅良玉 引 　苦費心機 　食奸賊害卻我身
旦（鄒夫人） 　我老爺書中寫十用 　因此上有意兒許女配婚 　今見他行和止言詞妙敏 　看將來必非是下等之人	
小生 　自那日到鄒府真個寧靜 　困坐時看書本仔細追尋 　在任所蒙大人視如己子 　今又有賢夫人款待殷勤 　用手兒打開了書廚番卷 　這就是陳小姐頭上金釵 　曾記得在重台那等光景 　不由人一陣陣痛在心懷 　這如今到番邦生死難測 　怎知我又遭難落在此來 　他那裡贈釵時衷腸訴盡 　淚珠兒似泉湧才下此釵 　有義人將你來交我爲記 　今叫你不做聲卻爲何來 　想當初在重台你是活的 　到今日拿在手顧影偏呆 　釵我看你是他的心中所愛 　怎不會在此間替說苦言 　看罷了金釵淚珠洒 　一霎時五腑似刀開 　我這裡正在心疼際 　那廂人聲鬧將來 　睹物思情愁難解 　肝腸寸斷烈將來	西皮正板 　梅良玉出書房珠淚滾滾 　思想起二雙親好不傷心 　你看那春風起葫蘆生定 　又只見蜜蜂兒落在花心 　蝴蝶兒息花枝觀之不盡 　紫燕兒繞畫樑想起前情 　恨奸賊害得我身遭不幸 　終日裡把冤愁懷恨在心 　將身兒且出了書房外行 　我去到大路邊前去散心

二十一場失釵相思	五場
春香 　才離卻書房內心中疑惑 　穆相公害了病私自悲哀 　細思量好叫我其情難解 　恨不得破機關忖度不該 　看他那裡拿物件嘆息不已 　我這裡有意兒要看分明 　輕移步忙把那止房來進 　報與我二小姐識破機關	大丫環 　有錢之人人扶侍 　無錢之人扶侍人
	六場
	占旦 　鄒云英坐在了閨閣蘭房 　每日裡閒無事繡刺鴛鴦
	花旦 　離卻了閨閣內忙出房來 　我心中思憂憂愁眉不開
	我一見這金釵愁眉來代 　低下頭我這裡心中自惴 　這一支黃金釵令人可愛 　問一聲賢妹妹這是何處來
	占旦 　賢姐姐問此話眞眞奇怪 　你不談別閒語單問金釵 　分明是納紅他將釵來代 　此乃是我爹爹押信前來
	花旦 　聽說是這金釵押信前來 　暗思忖代愁腸難把口開 　辭別了賢妹妹忙下樓台
	猛然間聽說是大事前來 　我橫身發了魂魄不在 　夫妻們要相會再等投胎
	占旦 　姐姐他見金釵愁眉來代 　這件事到叫我解也不開 　叫丫環你代路忙下樓台 　我見了老娘親細說開懷

－485－

	七場
小生 　當年表記付重台 　萬苦千愁總是哀 　可恨生離猶死別 　見金釵不見玉人來 　實指望見鞍來思馬 　誰知又被賊子偷 　罵聲賊子心忒狠 　拿去此物我命將亡 　到了陰司見小姐 　豈不說我把恩忘 　開言就把賊子罵 　誰叫你將我寶貝偷 　偷我別件猶自可 　拿去了此性命休 　告稟夫人行追究 　那時叫你不得干休	良玉 　閒下裡無別事游春觀影 　回到了書房內讀念五經 　我一見這金釵無有形影 　好一似萬把刀刺在我心 　將金釵失落了不大要緊 　枉辜負陳小姐一片好心 　霎時間不由我頭暈一陣 　盜去了那金釵所為何因
書童 　相公說話差又差 　休將寶貝賴著咱 　書房古玩多多少 　我們偏偏不來拿	
小生 　見書童說話硬似鐵 　不由人心疼淚珠跌 　叫書童將我來扶定 　一霎時氣緊兩眼黑	
春 　一步兒來在繡房內 　忙將小姐說從頭	
英 　聽得春香一聲請 　忙上前來問根源 　我爹爹說此人至誠君子 　誰知他暗地裡結下絲羅 　又不知那家女情投意合 　將金釵送與了並頭情人 　他人事與你我有何瓜葛 　拿此物送還他以免話著	

春 　這時候他正在書房靠棹 　今送去又恐怕一頭撞著	
占（杏元） 　閑來時到妹妹房中來坐 　又只見他二人笑臉哈哈 　手挽挽忙把繡房出	
英 　探一探母親可安寧	
春 　他那裡見金釵心中叫苦 　想必是其中有古怪根由	
	八場
	老旦 　眼跳心驚坐不定 　不知有何事與因
	占旦 　離了繡閣到二堂 　見了母親說端詳
	老旦 　聽說是二姣兒染成重病 　到把了老娘我著了一驚 　快叫那老院公去把醫請 　叫丫環忙代路看過分明
	九場
占 　離了母親上簪堦 　思思量量淚滿腮 　一見金釵魂不在 　隨身之物到此來 　想是梅郎不在世 　霎時五內似刀開 　叫了丫環將我來扶定 　心疼氣緊湧上來	花旦 慢板西皮 　昨日裡見金釵身得一病 　思想起我梅郎珠淚雙淋 　那金釵既然是送來押信 　想必是我梅郎一命歸陰 　忍住了珠淚含病房來進 　但不知我這病何日安甯
二十二場請醫詰問	
旦 二凡	老旦 散板

才聽得穆相公身染重病 唬得我戰兢兢責罵書童 耳邊廂又聽得人聲喧鬧	叫丫環忙代路上房來進 見了那我的兒細問分明
春 　急忙將昏迷事報與夫人	
丑（醫生） 　他二人身占了無名病症 　好叫我心兒裡沒有主張	
旦 　聽他言來魂不在 　裡外雙雙報死來 　用手將門簾高掛起 　又只見滿房中動了悲啼	
占 　耳邊廂又聽得兒聲高朗 　抬頭見母親同放悲聲 　兒非念爹和媽不能相見 　蒙母親和妹妹教養收留 　實只望依膝下少申定省 　誰知道大限滿不能復生 　兒一死捨不得爹娘未見 　捨不得老娘親活命之恩 　捨不得賢妹妹終朝受敬 　捨不得在月下發過誓言 　尊母親若念我魂飄異地 　買棺木朝南葬死也甘心 　九泉下見閻君百般哀告 　添母親和賢妹福壽駢臻	
旦 　我的兒得此病蹊蹺難辨 　爲娘的並不知半點根苗	
英 　見姐姐染重病根苗問盡 　到如今死復生不吐眞言 　蒙姐姐受妹子月下有誓 　生同房死同穴斷不改移 　因此我不忍將棺木來 　恨不得要依著月下誓言	
占 　聽賢妹說衷腸悲哀難忍 　月下誓分不改怎不傷心	

英 　你得病是那日我拿玉蟹 　你一見臉變色強忍悲哀 　當時問此金釵出在何處 　我就說是爹爹押信回來 　你回房私流淚昏死無氣 　想則是見金釵得下病來 　那枝釵並不是爹爹押信 　守釵人也不在海闊天涯	
占 　賢妹妹說此言令人難解 　守釵人在何處怎不明言	
	花旦 　母親不必問其情 　女兒言來說娘聽 　自從昨日得了病 　心內疼痛不安寧
旦 　兒不把衷腸事略表幾句	老旦 　我兒得了心頭病 　快快來為娘聽
英 　我豈肯將他事說與你聽	
占 　聽罷言叫丫環將我來扶定 　下床來見母親跌跪塵埃 　兒本是陳杏元和番難女 　曾許配梅良玉托下終身 　遭奸賊賊保和番難以違命 　沒奈何別爹媽只得起程 　打從那河北地重台之上 　那時節卻只有梅郎在傍 　夫妻們遭拆散實難割捨 　不得已取下了一股金釵 　我二人頭抱頭題詩為記 　約定了來生的綢繆姻緣 　前日見金釵在妹妹之手 　想則是梅良玉早赴幽冥 　他既然喪黃泉我生則甚	花旦 快板 　老娘親你在上容兒言道 　女兒的心裡內好似油澆 　昨日裡與賢妹繡樓坐道 　梳粧內有金釵細細觀瞧 　問賢妹這金釵何處來到 　他說道老爹爹押信來交 　這金釵是女兒重台敬表 　贈與了梅郎夫不差分毫 　為什麼這金釵父押信道 　因此上這根苗真蹊巧 　怕是梅郎命赴陰曹 　莫不是被公差鎖拿住了 　到如今這金釵才有下稍 　女兒我得此病難以得好

恨不得到酆都去見情人	看起來兒的命要赴陰曹 再不能與母親歡言談道 再不能問安寧侍奉年高 女兒我赴陰曹感恩不少 恕女兒少侍奉收留恩勞
旦 　我的兒說隱情衷腸訴盡 　回頭來問此人果在何方	老旦 　我的兒你不必珠淚雙拋 　重台的分別事細聽根苗 　有何見有何證對娘一表 　管叫你夫妻相會就在今朝
二十三場探病究根	
小生 　想姣娥想得我肝腸烈碎 　想姣娥想得我氣緊心疼 　想姣娥想得我茶飯減少 　想姣娥想得我坐臥悲哀 　想姣娥想得我昏迷不醒 　想姣娥想得我光陰寸埃 　想姣娥想得我身染重病 　想姣娥想得我日夜不寧 　叫書童摻扶我牙床睡穩 　睡夢中見小姐飄蕩魂靈	
旦 　一步兒來至在書房門外 　見書童忙稟報京動穆生	
良玉 　偶得病蒙夫人延醫調治 　命僕婦來扶持早晚不離 　已感了二天德何勞下降 　恕晚生梁重病未來遠迎	
旦 　穆先生莫不是思鄉得病 　待老爺回家來再去探親	
小生 　尊夫人休題起家鄉一事 　我乃是天地間第一罪人	

旦	
穆先生你不必兩淚濠淘 且聽著老身的細說根苗 但凡人得了病七情共害 我老爺與先生得意之交 舍間事同任斤先生頗曉 你的事我老爺不曉分毫 他一非是刻薄寡恩之輩 二非是那趨虀附勢土豪 我雖然屬女流勸夫為善 這年分未舉子前世少修 難道我還敢來損人的事 造自己冤業障怎得干休 穆先生或有那為難之事 對我說老爺回或可分憂 為什麼苦悲哀骨如柴瘦 他回來必要問得病之由 細思量那時節難以回答 到不如稱此時對我說明	
小生	
蒙夫人來教訓晚生深感 愁煩事百般苦結在心中 想起來咽喉便難以訴盡 病略愈再登堂細表隱情	
旦	
穆先生必須要自寬自解 每日裡茶和水勉強加餐	
見穆生說的話其中帶隱 這場病若要好須探其情	
占	
老娘親他為我把穆生試問	
英	
但不知穆相公可是梅郎	
旦	
在書房試穆生藏頭露尾 進房檢見妓兒把話來揚 為娘的到書房千般試問 他那裡開言語似有隱情 我的兒你心中只管寬放 穆相公是梅郎十有九分	

占	花旦
我二人贈釵時有詩爲憑 頭抱頭哭一堆難捨分離 別什麼言和語訴說不盡 他也有和我詩記得爲憑	尊母親有所不知情 女兒的言來聽根苗 有詩句爲證也知道 他吟來我賀記心梢
	老旦
	聽兒之言微微大笑 詩句爲證細說根苗
	花旦
分袖重台似火焦 天南地北是明朝 願君高拆蟾宮桂 便勝銀河架鵲橋	一句焚心似油澆 二句分別到北朝 三句若要相會到 四句除非渡鵲橋
英	老旦
聽罷言來由人心生巧計 走近前叫母親細聽兒言 在重台有此詩與他爲記 那怕他不說出其中隱情 到晚來叫春香在書房門外 唸起了重台詩惹動愁心 他那裡一聽得必要追問 那時節方信得不假是眞	時才可聽喜眉梢 木榮定是梅家的後根苗 回言便把納紅叫 我有一言聽根苗 假扮小姐書房到 口念詩句聽聲胶 一聲焚心似油澆 二聲分別到北朝 三聲若要相會到 四聲除非渡鵲橋 擺擺搖搖月光照 看他可會偷觀瞧 回來報與我知道 再用機謀作計較
占	
但願得此一去把眞情來透	
英	
尊姐姐放寬心切莫悲哀	
旦	
大孩兒好一比失群孤雁 二女兒好一比三國刁蟬 四下裡安非了靈籠計巧 那怕著穆相公不上鈎杆 抬起頭又只見天色將晚 急忙忙到大廳暗用機關	

	大丫環 散板 　夫人言語我知道 　改扮小姐走一遭 　邁步就把書房到 　月光之下聽聲效
	老旦 　丫環代路後堂到 　納紅回來得知曉
二十四場以假試真	十場
生 　臨崖勒馬收韁晚 　舡到江心補漏難 　書童扶我牙床上 　昏昏沉沉睡夢鄉	良玉 搖板 　人不測得下了冤孽病症 　大諒得我的命要赴幽冥 　忍住了淚珠兒書房來進 　思想起我賢妹更加傷心
旦 　主婢忙把書房進	
英 　安排巧計試眞情	
小生 　這一傍眞可像杏元小姐 　那一傍水只見陳氏杏元 　夢魂中見小姐玉容珍面 　醒來時只落得淚濕襟幃	
春香 　分袖重台似火焦 　天南地北是明朝 　願君高拆蟾宮桂 　便勝銀河架鵲橋	丫環 搖板 　時才夫人對我道 　假扮小姐聽聲效 　將身進在書房道 　念了詩句作計較 　一聲焚心似油澆 　二聲分別到北朝 　三聲若要相會到 　四聲除非渡鵲橋

小生 你那裡吟詩句親耳聞聽 梅良玉並非是負心之人	良玉 在夢魂只聽得昏昏閒道 重台別四句詩才到 手扶著床欄杆月光明照 口兒內念詩句耳聽生姣 想此人在那裡相會過了 好似那分別時就到今朝 身穿著色衣服窗外走繞 想必是陳杏元靈魂飄飄 倘若是小姐你貴駕來到 正是我梅良玉相會姣姣
春香 你既是梅公子因何到此 可記得在重台和我詩題	丫環 納紅低頭微微笑 只說杏元回南朝 將身就把上房到 快報夫人得知曉
小生 鬱火焚心早已焦 華夷誰忍隔明朝 情傷破鏡悲無限 惟有夢魂度過橋	
春 那時節我贈你金鑲玉蟹 到如今可取來小妹認明	
小生 那金釵我放在書箱之內 被賊人盜卻了無處找尋	
春 既然是失卻了不必追問 為什麼因何得病改換聲音	
小生 目那日失金釵偶得一病 因此上聲音變飄蕩魂靈	
春 在邊關我何等叮嚀吩附 為什麼獨自兒四海飄零	

小生 　這事兒提起來一言難盡 　叫書童掌銀燈細說分明	
旦 　日間裡坐書房百般盤問 　你那裡出言語似有隱情 　沒奈何命春香黑夜試你 　方知道梅良玉是你真名 　身染病皆因是失卻玉蟹 　又誰知那金釵還歸主人	
	良玉 　時才杏元妹妹到 　霎時不見為那條 　越思越想心頭腦 　想是夢中會姣姣
	十一場
	老旦 　那木榮與杏元身得重病 　叫老身時時刻刻卦在心 　我命那納紅假扮書房進 　等候了納紅回使知分明
	丫環 　木榮只言杏元道 　見了夫人說根苗
	時才離了上房道 　走到書房聽聲姣 　口念詩句窗外繞 　他喚小姐玉姣姣
	老旦 　聽他言來才知道 　真是梅家後根苗 　納紅代路書房到
	占旦 　再與母親說根苗
	老旦 　自古姻緣事前生造定 　五百年才結下這段婚姻 　叫丫環忙代路書房來進 　扶出了木相公把話來云

小生	良玉
非是兒不說眞情話 欽犯之子罪難承 望伯母將我來瞞過 但不知金釵歸何人	病體不愈心懷恨 大諒不久赴幽冥 抬頭只見老娘親 把話托與老年人 母視大德言不盡 只恐不久命歸陰 也是無常大數定 向北山林做土墳
	老旦
	我兒不必細叮嚀 爲娘言來聽分明 從前何事心可存 一一從頭說娘聽
	良玉
	清明兒去閉游玩 盜去金釵好傷心 小姐分別無可敬 賜我金釵到如今 金釵遺失不當緊 枉費小姐一片心 因此我今成了病 神魂顚倒不安寧
旦	老旦
用手摻扶休要跪 金釵仍歸舊主人 叫丫環掌燈來引路 他二人心病可安寧	聽一言不由我喜笑盈盈 未知是那金釵一伴事情 這金釵他現在心中放定 休得要把此事常罣在心 陳杏元雖然是身遭不幸 准保那陳小姐落我門庭 他現在上房內身得重病 你若是不深信去看分明
	良玉
	聽說是陳小姐有了音信 猛然間我的病自覺安甯 有道是忠良臣天神保應 一陣風吹散了一遍浮雲 辭別了老娘親後堂來進 我見了陳小姐敘說冤情

	老旦 　一見木榮病體好 　杏元病症也要消 　丫環帶路回房到 　老爺回來作計較
二十五場春香採花	
春 　金風吹動寒徹骨 　惹得丹桂滿園香	
有福之人人伏侍 　無福之人伏侍人	
小生 　病體輕微精神爽 　來到花園散步行 　聞聽春香高聲朗 　急忙上前看分明	
春 　奉命差遣到花園 　一見桂花喜歡然	
上粧梳的盤龍髻 　下穿云頭戰靴鞋 　番邦衣服眞可愛 　紅綠鮮明賽錦緋 　聲音好比嬌鶯朗 　容貌勝似嫦娥妃 　邊關馬高他難上 　相公扶他上刁鞍	
生 　邁步懷把中堂進 　叩見夫人便知情	
旦 　你二人身染病把我唬壞 　請醫士難調治不得安寧 　有書童來說到賢侄哀告 　買棺木向北葬死也甘心 　賢侄婦又說到朝南而葬 　他死在九泉下感我大恩 　一朝南一向北令人疑惑 　命春香來試你才知根由 　進上房與侄婦細說一遍 　才得你心中病不藥安寧	

生	
感怕母活命恩終身難報	
恕侄兒病顛狂不遜之言	
旦	
梅公子他人中急如烈火	
大孩兒在上房早知下落	
明日裡花園內夫妻說破	
也是我鄒氏門一派恩波	
二女兒與杏元洪誓發過	
生同房死同穴姻緣無錯	
細思量梅生把春香認錯	
才落得這一場笑臉呵叮	
二十六池邊相會	**十二場**
占	花旦
引	正板西皮
繡幃牽情	可嘆我孤怜怜終日思想
終日悲哀為別離	梅郎夫在那廂見面實難
	拼著命淒泠無別望
	想今生心不戀錦繡綾羅
	只等到黃泉路走一場
占	
天賜奇緣真可喜	
去到花園會情人	
站立在池裝遊戲	
見了梅郎敘前盟	
旦	
人逢喜事精神爽	
月到中秋分外明	
邁步忙把花亭上	
等待梅璧用盃巡	
生	
離弦刁翎往前行	
又只見夫人坐花亭	
	花旦
	二六
	昏昏沉沉心如麻
	越思越想咬碎銀牙
	可憐生小無有家
	寄人浮沉在籬下
	終日思想肝腸炸
	前生造定今生法
	對著明燈珠淚洒

	良玉
	人得喜事精神爽
	月到中秋分外光
	面代笑容上房到
	小姐醒來說端詳
	花旦 倒板
	時才一夢昏沉沉
	耳邊聽得有人聲
	猛開昏化來觀定
	只見梅郎面前存
生占同 　自從夫妻別重台	實指望我二人不能相見
不覺相逢到此來	良玉 　有誰知今日裡又能團圓
占 	花旦 流水板
未曾開口淚先流	未曾開言珠淚降
尊一聲公子聽根由	叫聲梅郎聽端詳
自從分別邊關外	自從往北去和番
黑水河邊洒衣襟	江山已定送回還
我也曾遊過蘇武廟	我想此番禍必降
賀鸞山上笑李陵	去時姐妹如群羊
那日朝拜昭君殿	霎時一旦兩分張
懇求夢兆定終身	千思萬想無計量
北天山上尋自盡	因此上自盡到了花園塘
將身跳在澗河流	夢中昭君來指點
蒙神聖扶我到中原地	夫人恩愛養一常
鄒家花園夢方休	
夫人將我來救起	
才得今日說由情	
小生 	
聽罷言來兩淚流	
千磨百難實可憐	
送過賢妹別邊關	
兄弟雙雙轉家鄉	
盧賊回朝奏一本	
他說賢妹罵宰卿	
罵臣就有欺君罪	
拿你爹娘受苦刑	

黨年伯中途接意 還要作拿我二人 蒙年伯發放來逃走 兄弟孤寒奔前程 途逢餉馬遭拆散 失落春生沒處尋 更大慍拿我為盜 萍水舟中遇樂天 鄒公出任為巡撫 薦我到任作幕賓 回京著我歸家轉 因此夫妻會花亭	
占 聽一言來苦心胸 元弟飄流杳無蹤 爹娘天牢無人奉 但不告何得相逢	
小生 夫妻跪在塵埃地	
占 叩謝天地水神祇	
小生 後來若還有好處	
占 設醮修齋謝神明	
小生 叩罷頭來抽身起	
占 破鏡團圓黃道期 夫妻相逢在花園 丫環院子喜歡然	
小生 先前只說難得見 誰知相逢在池邊	
占 邁步且把中堂進	
小生 挽手同行見夫人	
	十三場

附　圖

附圖一：《轅門射戟》封面

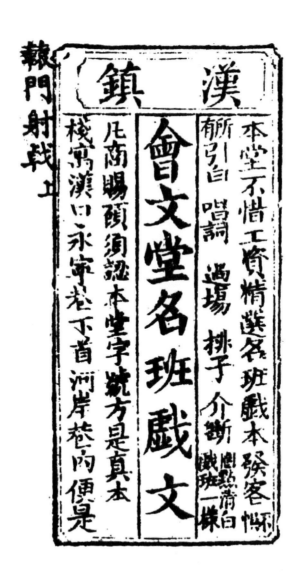

附圖二：《曹公賜馬》封面

附圖三：《東吳招親》封面

附圖四：《日月圖賣畫》封面

附圖五：《魚藏劍》總綱目次

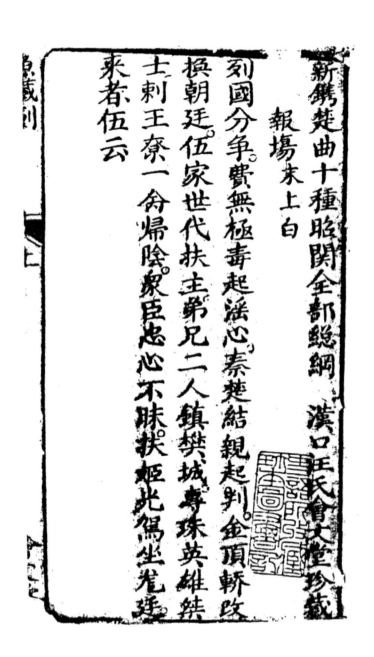

附圖六：《上天臺》總目

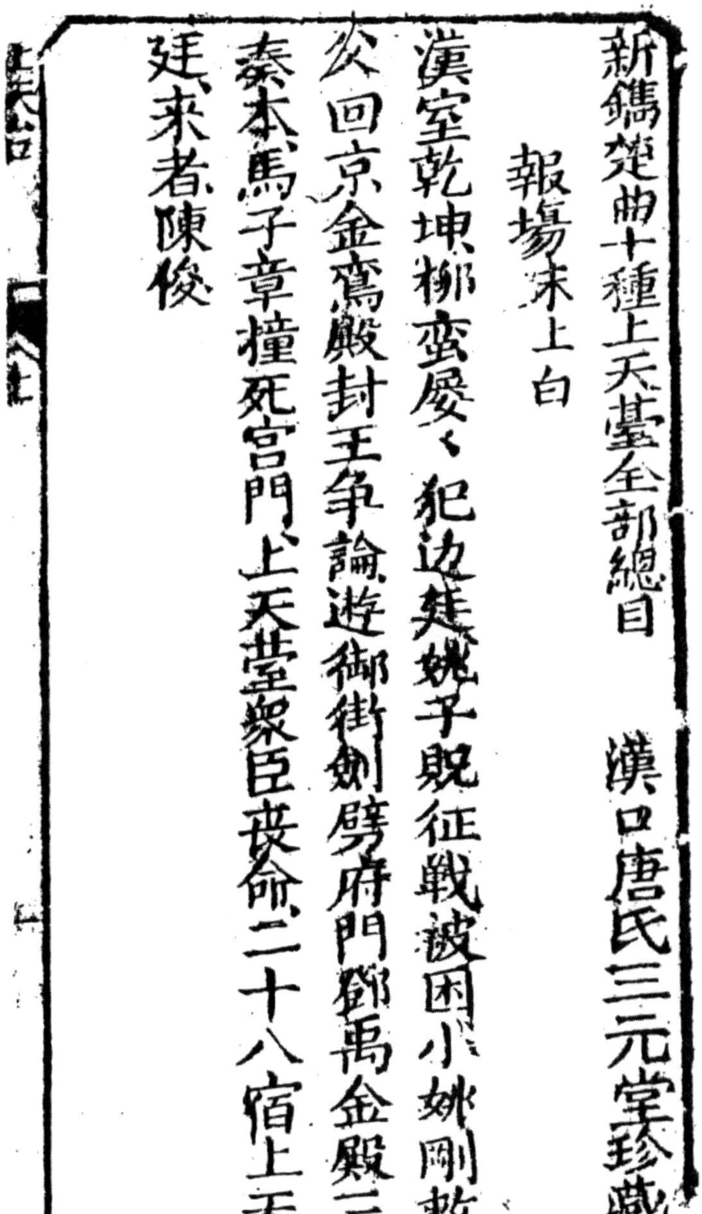

新鐫楚曲十種上天臺全部總目　　漢口唐氏三元堂珍藏

報場末上白

漢室乾坤綳蠻屢、犯边娃姚子睨征戰被困小姚剛救

公回京金鸞殿封王爭論遊御街劍劈府門鄧禹金殿三

秦本馬子章撞死宮門上天臺眾臣受命二十八宿上天

廷來者陳俊

－507－

附圖七：《祭風台》總綱目次

新鐫戲曲十種祭風臺全部總綱目次　　　　　第　種

　　小引　　　　　　　　　　　　　　　　堂貢本

英雄所爭者才智曹兵大至周郎猶有戒心自孔明視

之戎如之也工人之高下見矣然則赤壁之功實孔明

祭風之力占得荆裘諸郡不爲過分嗚呼周郎亦才智

兼招之人但爲卧龍所壓生瑜生亮之嘆英風凛凛

千載也　　　　　　　　　　　陳肇源

第上册　　　　　第下册

[illegible]

第上冊

報場 回朝

舌戰 討識

敗陣 借刀討

巾計 二用借刀

粧呆獻計

第下冊

獻苦肉 詐降 押蔣

薦龐 獻連環 粧病

巡營閲 看病 祭風

點將 發兵 擋曹

請罪 占城 團圓

祭風臺小引目次終

附圖八：《英雄志》總綱目

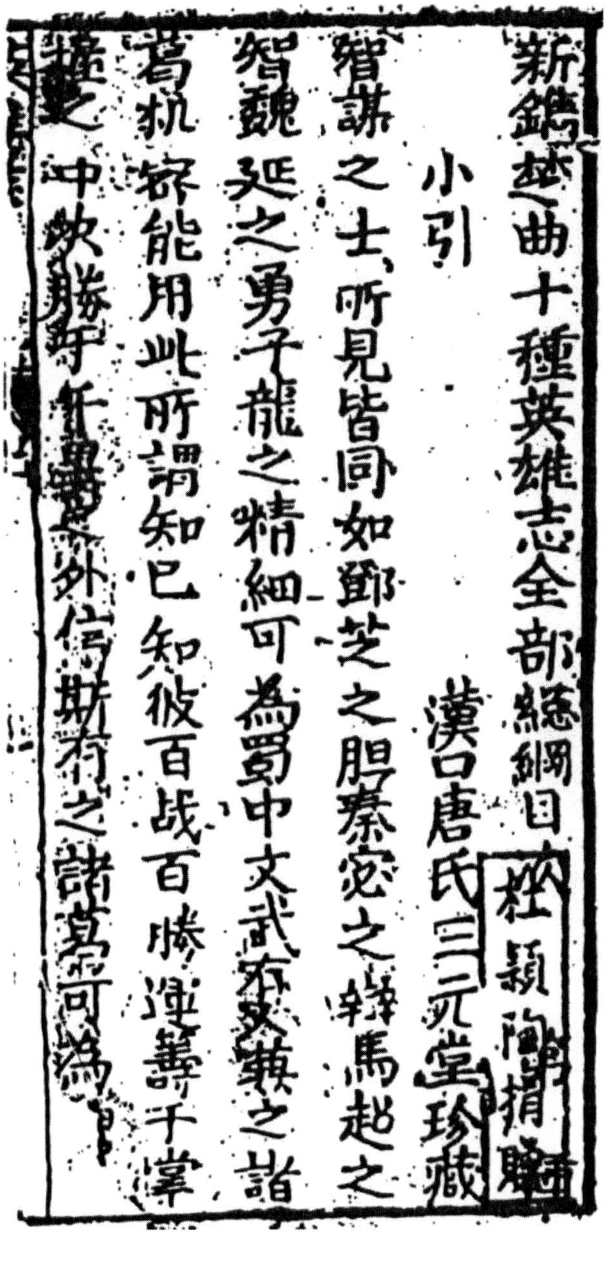

新鍥□曲十種英雄志全部總綱目

漢口唐氏三元堂珍藏

小引

智謀之士，所見皆同如鄧芝之膽蔡宓之辯馬超之

智魏延之勇子龍之精細可為蜀中文武有義勇之諸

葛机谋能用此所謂知已知彼百戰百勝□籌千掌

□之中欲勝好□□□外信斯有之諸□□可為目

附圖九：《二度梅》總綱

新鐫楚曲十種二度梅全部總綱

小引

漢口汪□書堂真本

世之忠烈代不乏人如給事精忠公子純孝昭君烈節誓□其
義屠申報恩此數人之志塞乎天地可謂與日月爭光矣即如
陳馮陸郤黨諸賢代為培植遂有水淹法場梅開二度昭君顯聖
幻□奇□曲□析□此乃天公之巧非人力之能為嗟乎震□
侯之輩身為宰輔宿應三台上不能與國家出力下不能與廟
民分憂任恃豺狼之性貪婪無厭一朝事發嗚呼是誰之過

附圖十：《辟塵珠》總綱目次

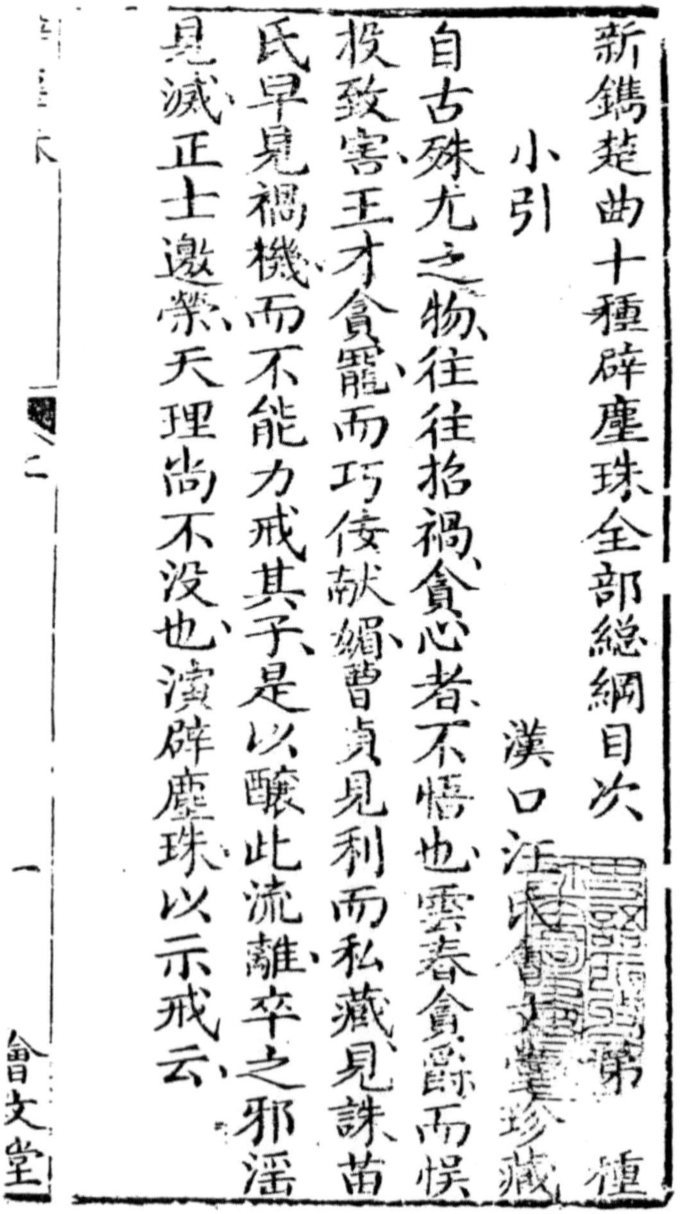

新鐫楚曲十種辟塵珠全部總綱目次　　　　　　　　　　第　種

小引　　　　　　　　　　　　　　　　漢口汪永春建業珍藏

自古殊尤之物往往招禍貪心者不悟也雲春貪獸而懼
投致害王才貪罷而巧佞獻媚曹貞見利而私藏見誅苗
氏早見禍機而不能力戒其子是以釀此流離卒之邪淫
見滅正士邀榮天理尚不沒也演辟塵珠以示戒云

會文堂

一

附圖十一：《打金鐲》總綱目次

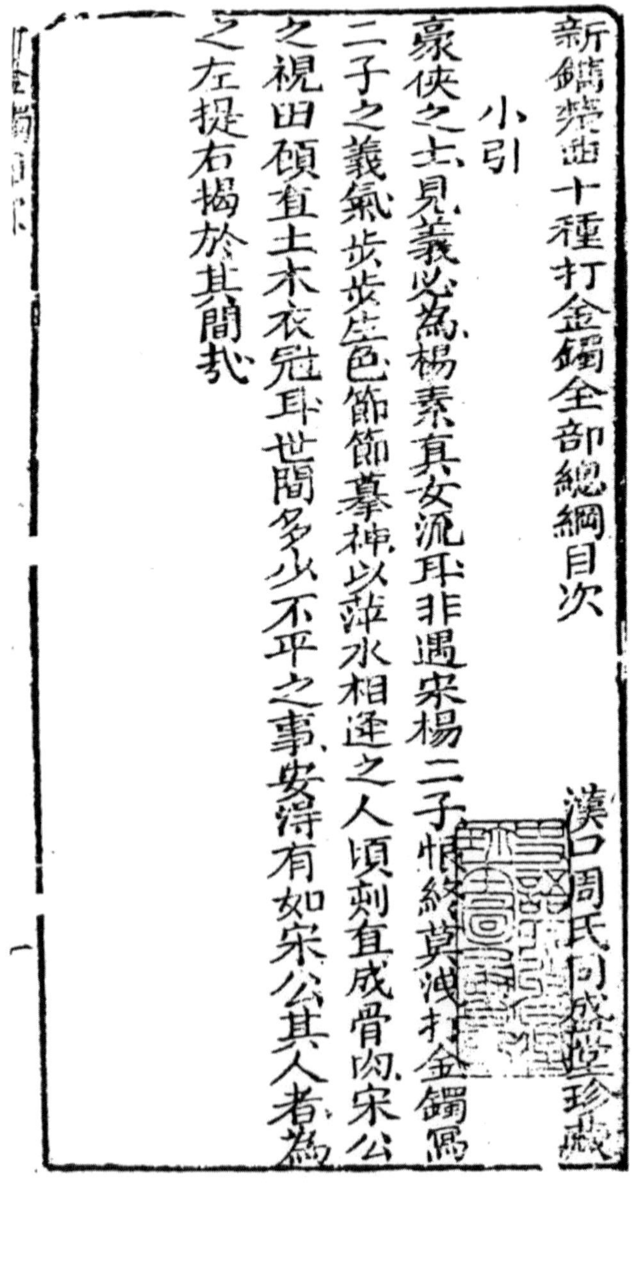

新鐫樂曲十種打金鐲全部總綱目次

小引

豪俠之士見義必為楊素真女流耳非遇宋楊

二子之義氣故故生色節節摹神以萍水相逢之人頃刻直成骨肉宋公

之視田頎直土木衣冠耳世間多少不平之事安得有如宋公其人者為

之左提右揭於其間乎

漢口周氏問然堂珍藏

二子情緣其流打金鐲寫

附圖十二：《烈虎配》總綱目次

君子小人其雄英傑宇宙之中無所不容悲歡離合一聽于英雨
妙春蘭揆都堂兩錯周官保代戮仙救劉小姐善相金十金之
休兩有檻杖之決臣弄徽外有孽王道罡之生豐裏烈虎苑
如渡生陰虎逢古難中遇救逕渭既分許生因勤浮福子英豪
英然後周翰林父子蒙莫後俱劉青金殿評尺恭都堂自愧悔
由又大然進化...父...先年

小引

漢口唐氏三元堂珍藏　第　種

新鐫楚曲　種刻烈虎配全部總綱目次

附圖十三：《回龍閣》報場

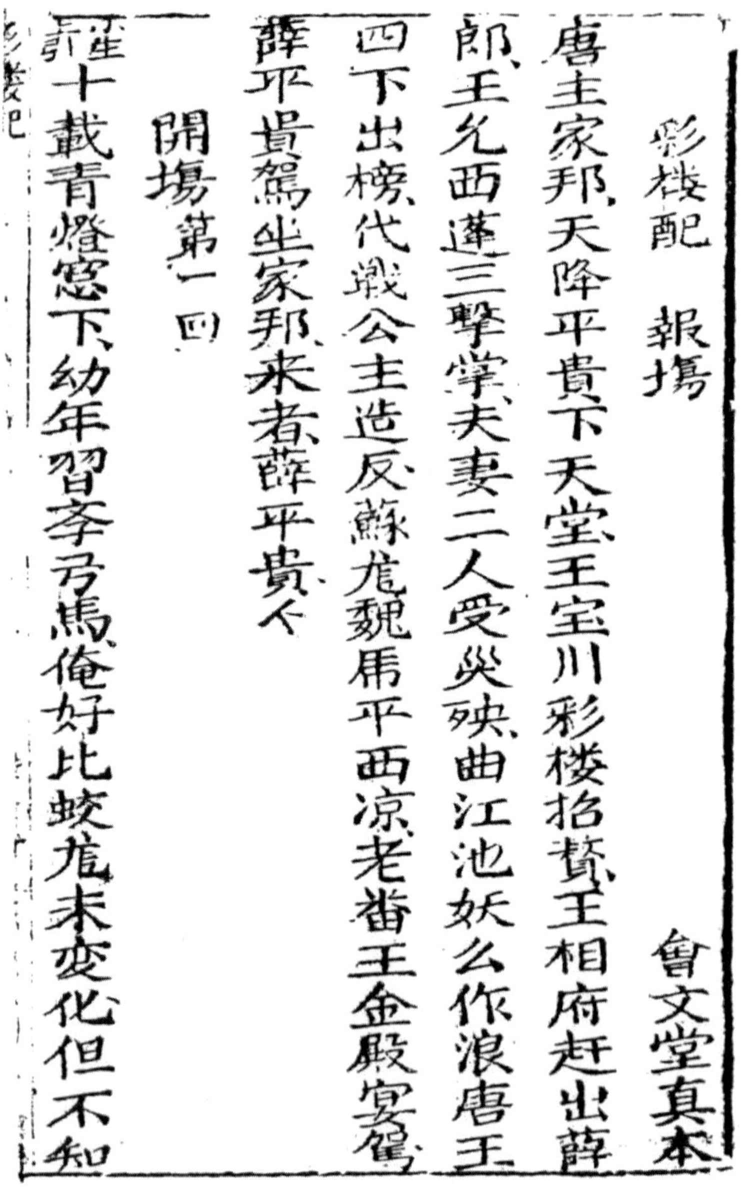

彩楼配　報場　　　　　　　　曾文堂真本

唐圭家邦，天降平貴下天堂王宝川彩楼招贊王相府赶出薛

郎、王允西蓮三擊掌夫妻二人受災殃曲江池妖么作浪唐王

四下出榜代戰公主造反蘇龍魏虎平西涼老醬王金殿宴駕

薛平貴駕坐家邦来者薛平貴人

　　開場第一回

咱十載青燈窗下，幼年習李弓馬、俺好比蛟龍未変化但不知

附圖十四：《龍鳳閣》總綱目

新刻名班戲文龍鳳閣全本總綱目　會文堂真本

上本

第一回　楊波上壽

第二回　李良詐殿

第三回　徐楊保國

第四回　徐楊三奏

第五回　李良封宮

下本

第六回　楊波修書

第七回　趙飛頒兵

第八回　夜嘆觀兵

第九回　徐楊進宮

第十回　楊波登基

附表　京劇沿用改編楚曲關係表

楚曲劇名	京劇相關劇目	楚曲影響京劇情況	京劇流傳情況
長篇楚曲			
魚藏劍	戰樊城 長亭會 文昭關 浣紗記（蘆中人） 魚腸劍 刺王僚	1. 梨園集成幾乎全本沿用 2. 今日京劇沿用	流傳
上天臺	上天臺（綁子上殿）	沿用 但因轍口不同略作更改	流傳
祭風臺	舌戰群儒 借東風 華容道	1. 梨園集成幾乎全本沿用 2. 今日京劇沿用	流傳
英雄志	安五路	非京劇祖本	流傳
二度梅	落花園 失金釵	〈落花園〉沿用楚曲 楚曲非〈失金釵〉祖本	流傳
龍鳳閣	大保國 嘆皇陵 二進宮	沿用	流傳
辟塵珠	碧塵珠	梨園集成有連台本戲	不傳
打金鐲	四進士	1. 梨園集成幾乎全本沿用 2. 今日京劇沿用	流傳
回龍閣	彩樓配 三擊掌 平貴別窯 趕三關 五家坡 算糧登殿 迴龍閣	部份沿用 然恐非京劇祖本	流傳

烈虎配		不詳	不傳
短篇楚曲			
臨潼鬧寶		不詳	不傳
鬧書房		不詳	不傳
青石嶺		不詳	不傳
蝴蝶夢	大劈棺	非京劇祖本	流傳
斬李廣	慶陽圖	沿用 但略作刪減	流傳
探五陽		不詳	不傳
轅門射戟	轅門射戟	沿用 但略作更動	流傳
曹公賜馬	贈袍賜馬	非京劇祖本	流傳
東吳招親	甘露寺 回荊州	沿用 但略作更動	流傳
新詞臨潼山	臨潼山	沿用	流傳
李密降唐	雙投唐	沿用 但略作刪減	流傳
鬧金堦		不詳	不傳
殺四門	餵藥	非京劇祖本	流傳
洪洋洞	洪洋洞	沿用 但略作更動	流傳
楊四郎探母	四郎探母	沿用 但略作刪減	流傳
楊令婆辭朝	太君辭朝	沿用 但略作刪減	流傳
日月圖賣畫	日月圖	沿用 但略作刪減	流傳
大審玉堂春	玉堂春	沿用	流傳
花田錯	花田錯	沿用 但略作更動	流傳

引用書目

（依年代及姓氏筆劃排列）

一、專　書

（一）戲曲劇本

1. 〔元〕李壽卿：《說專諸伍員吹簫》，《元曲選》（北京：中華書局，1989重排版）。

2. 〔元〕無名氏：《兩軍師隔江鬥智》，《元曲選》（北京：中華書局，1989重排版）。

3. 〔元〕鄭廷玉：《楚昭公疎者下船》，《元曲選》（北京：中華書局，1989重排版）。

4. 〔明〕王錂：《彩樓記》，《全明傳奇》（台北：天一出版社，1983影印版）。

5. 〔明〕欣欣客：《袁文正還魂記》《全明傳奇》（台北：天一出版社，1983影印版）。

6. 〔明〕邱濬：《舉鼎記》，《全明傳奇》（台北：天一出版社，1983影印版）。

7. 〔明〕無名氏：《商輅三元記》《全明傳奇》（台北：天一出版社，1983影印版）。

8. 〔明〕無名氏：《長安城四馬投唐》，《孤本元明雜劇》（台北：台灣商務印書館，1977初版）。

9. 〔明〕無名氏：《十八國臨潼鬥寶》，《孤本元明雜劇》（台北：台灣商務印書館，1977初版）。

10. 〔明〕胡文煥編：《群音類選》，《善本戲曲叢刊》（台北：學生書局，1987初版）第四輯。

11. 〔明〕龔正我編：《摘錦奇音》，《善本戲曲叢刊》（台北：學生書局，1984初版）第一輯。

12. 〔明〕馮夢龍:《墨憨齋定本傳奇》,《馮夢龍全集》(上海:上海古籍出版社,1993 一版)。

13. 〔清〕李玉:《一捧雪》,《全明傳奇》(台北:天一出版社,1983 影印版)。

14. 〔清〕李玉:《風雲會》,《古本戲曲叢刊五集》(上海:上海古籍出版社,1985 一版)。

15. 〔清〕朱佐朝:《九蓮燈》,《古本戲曲叢刊五集》(上海:上海古籍出版社,1985 一版)。

16. 〔清〕朱素臣:《文星現》,《古本戲曲叢刊五集》(上海:上海古籍出版社,1985 一版)。

17. 〔清〕張勻:《十美圖》,《古本戲曲叢刊五集》(上海:上海古籍出版社,1985 一版)。

18. 〔清〕錢德蒼編《綴白裘》,《善本戲曲叢刊》(台北:學生書局,1987 初版)第五輯。

19. 〔清〕葉堂:《納書楹曲譜》,《善本戲曲叢刊》(台北:學生書局,1987 初版)第五輯。

20. 《盛世鴻圖》,,《古本戲曲叢刊》(北京:中華書局,1964 一版)第九集。

21. 《鼎峙春秋》,,《古本戲曲叢刊》(北京:中華書局,1964 一版)第九集。

22. 《新鐫楚曲十種》,《續修四庫全書》(上海:上海古籍出版社,1995 原板影印)集部,戲劇類,1782 冊。

23. 〔清〕余治《庶幾堂今樂》,〔清〕待鶴齋刻本,北京大學圖書館,馬廉「不登大雅文庫」。

24. 〔清〕余治《庶幾堂今樂》,《不登大雅文庫珍本戲曲叢刊》(北京:學苑出版社,2003 年一版),冊 23。

25. 〔清〕李世忠輯纂:《梨園集成》,光緒七年(1881)木刻本。

26. 〔清〕李世忠輯纂:《梨園集成》,《續修四庫全書》(上海:上海古籍出版社,1995 原板影印)集部,戲劇類,1782 冊。

27. 《俗文學叢刊》(台北:新文豐出版公司,2002 初版)第二輯。

28. 《俗文學叢刊》(台北:新文豐出版公司,2002 初版)第三輯。

29. 《清車王府藏曲本》(北京:學苑出版社,2001 初版)。

30. 上海人民廣播電台文藝台戲曲科編:《京劇小戲考》(上海:上海文藝出版社,1990 一版)。

31. 王大錯述考、鈍根編次:《戲考》(台北:里仁書局,1980 初版)。

32. 吳迎、盧文勤整理記譜:《梅蘭芳唱腔集》(上海:上海文藝出版社,1983

一版）

33. 周妙中、王永寬點校：《千忠錄‧未央天》，收在《明清傳奇選刊》（北京：中華書局，1989 一版）。

34. 周育德點校：《古柏堂戲曲集》（上海：上海古籍出版社，1987 一版）。

35. 孟繁樹、周傳家編校：《明清戲曲珍本輯選》（北京：中國戲劇出版社，1985 一版）。

36. 柳香館主人編：《京戲考》，亦名《京戲大觀》（台北：正文出版社，1966 初版）。

37. 胡菊人編：《戲考大全》，（台北：宏業書局，1986 再版，原爲 1937 年上海圖書公司印行）。

38. 梅花館主鄭子褒編：《大戲考》，《平劇史料叢刊》（台北：傳記文學出版社，1974 影印初版）第十二種。

（二）戲曲史

1. 丁汝芹：《清代內廷演戲史話》（北京：紫禁城出版社，1999 一版）。

2. 毛家華：《京劇二百年史話》（台北：行政院文建會，1995 出版）。

3. 王芷章：《中國京劇編年史》（北京：中國戲劇出版社，2003 一版）。

4. 北京市藝術研究所、上海藝術研究所組織編著：《中國京劇史》（北京：中國戲劇出版社，1999 一版）。

5. 吳梅：《中國戲曲概論》（台北：廣文書局，1980 再版）。

6. 周妙中：《清代戲曲史》（河南：中州古籍出版社，1987 一版）。

7. 周貽白：《中國戲曲發展史綱要》（上海：上海古籍出版社，1979 一版）。

8. 周貽白：《中國戲劇史講座》（台北：木鐸出版社，1986 初版）。

9. 孟瑤：《中國戲曲史》（台北：傳記文學出版社，1979 再版）。

10. 波多野乾一：《京劇二百年歷史》（台北：傳記文學出版社，1974 一版）。

11. 青木正兒：《中國近世戲曲史》（台北：台灣商務印書館，1988 台五版）。

12. 馬少波等主編：《中國京劇發展史》（台北：商鼎文化出版社，1992 一版）。

13. 張庚、郭漢城：《中國戲曲通史》（台北：丹青圖書公司，1987 三版）。

14. 許金榜：《中國戲曲文學史》（北京：中國文學出版社，1995 一版二刷）。

15. 郭英德：《明清傳奇史》（南京：江蘇古籍出版社，2001 一版）。

16. 葉長海、張福海：《插圖本中國戲劇史》（上海：上海古籍出版社，2004 一版）。

17. 廖奔、劉彥君：《中國戲曲發展史》（山西：山西教育出版社，2003 一版二刷）。

18. 盧前：《明清戲曲史》（台北：台灣商務印書館，1988 台三版）。

19. 蘇移：《京劇二百年概觀》（北京：北京燕山出版社，1989 一版）。

（三）工具書

1. 《中國大百科全書‧戲曲曲藝》（北京：中國大百科全書出版社，1983 一版）

2. 《中國戲曲志‧湖北卷》（北京：文化藝術出版社，1993 一版）

3. 《中國戲曲劇種大辭典》（上海：上海辭書出版社，1995 一版）

4. 么書儀、王永寬編：《戲劇通典》（北京：解放軍出版社，1999 一版）

5. 吳新雷等編：《中國崑劇大辭典》（南京：南京大學出版社，2002 一版）

6. 陶君起：《平劇劇目初探》（台北：明文書局，1982 初版）

7. 曾白融主編：《京劇劇目辭典》（北京：中國戲劇出版社，1989 一版）

8. 蔡毅：《中國古典戲曲序跋彙編》（濟南：齊魯書社，1989 一版）

9. 蘇移：《京劇常識手冊》（北京：中國戲劇出版社，2002 一版）

（四）戲曲理論及相關研究

1. 〔明〕呂天成：《曲品》，《中國古典戲曲論著集成》（北京：中國戲劇出版社，1959）第四冊。

2. 〔明〕王驥德：《曲律》，《中國古典戲曲論著集成》（北京：中國戲劇出版社，1959）第四冊。

3. 〔明〕祁彪佳：《遠山堂曲品》，《中國古典戲曲論著集成》（北京：中國戲劇出版社，1959）第六冊。

4. 〔清〕李漁：《閒情偶寄》，（台北：廣文書局，1977 康熙翼聖堂原版影印）。

5. 〔清〕李調元：《劇話》，《中國古典戲曲論著集成》（北京：中國戲劇出版社，1959 一版）冊七。

6. 〔清〕嚴長明等：《秦雲擷英小譜》，〔清〕張潮等編：《昭代叢書》（上海：上海古籍出版社，1990 一版）。

7. 〔清〕吳長元：《燕蘭小譜》，《清代燕都梨園史料》正續編（北京：中國戲劇出版社，1988 一版）。

8. 〔清〕鐵橋山人、問津漁者、石坪居士合著：《消寒新詠》，《清代燕都梨園史料》正續編（北京：中國戲劇出版社，1988 一版）。

9. 〔清〕李斗：《揚州畫舫錄》（台北：世界書局，1979）。

10. 〔清〕小鐵笛道人：《日下看花記》，《清代燕梨園史料》正續編（北京：中國戲劇出版社，1988 一版）。

11. 〔清〕焦循:《劇説》,《中國古典戲曲論著集成》(北京:中國戲劇出版社,1959 一版) 第八冊。

12. 〔清〕留春閣小史:《聽春新詠》,《清代燕都梨園史料》正續編 (北京:中國戲劇出版社,1988 一版)。

13. 〔清〕粟海庵居士:《燕臺鴻爪集》,收在《清代燕都梨園史料》正續編 (北京:中國戲劇出版社,1988 一版)。

14. 〔清〕楊掌生 (蕊珠舊史):《夢華瑣簿》,《清代燕都梨園史料》正續編 (北京:中國劇戲出版社,1988 一版)。

15. 〔清〕劉熙載:《藝概》,(台北:華正書局,1988 一版)。

16. 李登齊:《常談叢錄》,收在《北京梨園掌故長編》,《清代燕都梨園史料》正續編 (北京:中國戲劇出版社,1988 一版)。。

17. 天柱外史 (程演生):《皖優錄》(台北:新文豐出版公司,1979 初版)。。

18. 王安祈先生:《當代戲曲》(台北:三民書局,2002 初版)。

19. 王芷章:《中國戲曲聲腔叢考》(北京:中國戲劇出版社,2003 一版)。

20. 王俊、方光誠合著:《湖北戲曲聲腔劇種研究》(北京:中國戲劇出版社,1996 初版)。

21. 王國維:《王國維戲曲論著宋元戲曲考八種》(台北:純真出版社,1982 初版)。

22. 丘慧瑩:《乾隆時期戲曲活動研究》(台北:文津出版社,2000 一版)。。

23. 吳迎、盧文勤整理記譜:《梅蘭芳唱腔集》(上海:上海文藝出版社,1983 一版)。

24. 吳新雷:《中國戲曲史論》(南京:江蘇教育出版社,1996 一版)。

25. 李惠綿:《戲曲批評概念史考論》(台北:里仁書局,2002 初版)。

26. 李曉:《比較研究:古劇結構原理》(北京:中國戲劇出版社,1989 一版)。

27. 汪詩珮:《乾嘉時崑劇藝人在表演藝術上因應之探討》(台北:學海出版社,2000 一版)。

28. 周貽白:《周貽白戲劇論文選》(湖南:人民出版社,1982 一版)。

29. 孟繁樹:《中國板式變化體戲曲研究》(台北:文津出版社,1991 初版)。

30. 東鄰:《鞠部拾遺》,附於《京劇二百年之歷史》(台北:傳記文學出版社,1974 一版) 之後。原為上海啟印務公司於 1926 年印刷,北京順天時報發行。今見劉紹唐、沈葦窗主編《平劇史料叢刊》第二種。

31. 林鶴宜:《規律與變異:明清戲曲學辨疑》(台北:里仁出版社,2003 初版)。

32. 徐凌霄:《皮黃文學研究》(台北:學藝出版社,1980 一版)。原世界編譯館北平分館,1936 初版。

33. 許子漢：《明傳奇排場三要素發展歷程之研究》（台北：國立台灣大學出版委員會，1999 初版）。

34. 許志豪、凌善清編著：《劇學全書》（上：，上海書店，1993 一版）。原1926 上海大東書局出版，原名《劇學匯考》。

35. 郭英德：《明清傳奇戲曲文體研究》（北京：商務印書館，2004 一版）。

36. 陳芳：《清代戲曲研究五題》（台北：里仁書局，2002 初版）。

37. 陳彥衡：《梨園舊話》，《清代燕梨園史料》正續編（北京：中國戲劇出版社，1988 一版）。

38. 陳彥衡：《舊劇叢談》，《清代燕都梨園史料》正續編（北京：中國戲劇出版社，1988 一版）。

39. 曾永義：《長生殿研究》（台北：商務印書館，1969 初版）。。

40. 曾永義：《詩歌與戲曲》（台北：聯經出版事業公司，1988 初版）。。

41. 曾永義：《說俗文學》（台北：聯經出版事業公司，1984 一版二刷）。。

42. 曾永義：《說戲曲》（台北：聯經出版事業公司，1976 初版）。。

43. 齊如山：《上下場》，《齊如山全集》（台北：聯經文化事業，1964 一版）第一冊。。

44. 齊如山：《五十年來的國劇》（台北：正中書局，1962 台初版）。

45. 齊如山：《五十年來的國劇》，《齊如山全集》（台北：聯經文化事業，1964 一版）第五冊。。

46. 齊如山：《京劇之變遷》，《齊如山全集》（台北：聯經文化事業，1964 一版）第二冊。

47. 劉菊禪：《譚鑫培全集》，劉紹唐、沈葦窗編：《平劇史料叢刊》（台北：傳記文學出版社，1974 年影印初版）第一輯，原上海戲報社發行，1940 初版。。

48. 歐陽予倩：《歐陽予倩戲劇論文集》（上海：上海文藝出版社，1984 一版）。

49. 錢南揚：《戲文概論》（台北：里仁書局，2000 初版）。

50. 顏長珂、黃克主編：《徽班進京二百年祭》（北京：文化藝術出版社，1991 一版）。

51. 譚帆、陸煒：《中國古典戲劇理論史》（北京：中國社會科學出版社，1993 一版）。

52. 譚霈生：《論戲劇性》（北京：北京大學出版社，1981 一版）。

（五）其 他

1. 〔晉〕陳壽：《三國志》，《二十五史》（台北：藝文印書館，1958 初版）。

2. 〔元〕羅貫中：《三國演義》（台北：三民書局，1971 初版）。

3. 〔元〕羅貫中撰，〔清〕褚人獲改撰：《隨唐演義》，《古本小說集成》（上海：上海古籍出版社，不詳）。

4. 〔宋〕羅燁《醉翁談錄》，《增補中國筆記小說名著》（台北：世界書局，1965一版）第一集第七冊。

5. 〔明〕馮夢龍：《東周列國志》（台北：三民書局，1976一版）。

6. 〔明〕馮夢龍：《墨憨齋定本傳奇》，《馮夢龍全集》（上海：上海古籍出版社，1993一版）。

7. 〔明〕馮夢龍編撰：《警世通言》（台北：三民書局，1983）。

8. 〔明〕馮夢龍編撰：《醒世恆言》（台北：三民書局，1988）。

9. 〔清〕吳偉業：《同人集》，《四庫全書存目叢書》（台南：莊嚴文化事業有限公司，1997初版）集部385冊。

10. 〔清〕青玉山房居士輯：《舟車所至》，《近代中國史料叢刊續輯》（台北：文海出版社，1983初版）511冊。

11. 〔清〕袁枚：《袁枚全集》（南京：江蘇古籍出版社，1993一版）。

12. 〔清〕昭槤：《嘯亭雜錄》（北京：中華書局，1980一版）。

13. 〔清〕包世臣：《管情三義》，《包世臣全集》（合肥：黃山書社，1997一版）。

14. 〔清〕惜陰堂主人：《二度梅全傳》，《古本小說集成》（上海：上海古籍出版社，不詳）冊231。。

15. 〔清〕葉調元：《漢口竹枝詞》，道光刊本。

16. 〔清〕清遠道人重編：《東漢演義評》，劉世德等編：《古本小說叢刊》（北京：中華書局，1991）第一輯。。

17. 〔清〕楊靜亭：《都門紀略》，《近代中國史料叢刊》（台北：文海出版社，1971一版）716冊。

18. 〔清〕鴛湖漁叟校訂：《說唐全傳》（上海：上海古籍出版社，2004一版）。

19. 《北平竹枝詞薈編》，《清代燕都梨園史料》正續編（北京：中國戲劇出版社，1988一版）。

20. 《史料旬刊》第二十二期（台北：國風出版社，1963初版）。

21. 《楊家將演義》，《白話中國古典小說大系》（台北：河洛出版社，1980一版）冊14。

22. 《龍圖公案》，王以昭主編：《罕本中國通俗小說叢刊》（台北：天一出版社，1974初版）。

23. 江蘇省博物館編：《江蘇省明清以來碑刻資料選集》（北京：三聯書局，1959）。

24. 郭慶藩輯：《莊子集釋》（台北：華正書局，1987）。

25. 雷夢水等編：《中華竹枝詞》（北京：北京古籍出版社，1997 一版）。

26. 趙曄：《吳越春秋》（台北：台灣商務印書館，1968）

二、單篇論文

（一）學位論文

1. 丘慧瑩《唐英戲曲研究——花雅爭勝期一個劇作家的考察》（中壢：中央大學碩士論文，1991）。

2. 范麗敏：《清代北京劇壇花雅之盛衰研究》（北京：首都師範大學博士論文，2002）。

3. 鄭志良：《明清時期的徽商與戲曲》（南京：南京大學博士論文，2002）。

（二）期刊論文、論文集

1. 刁均寧：〈徽戲遺產挖掘工作的收獲經驗〉，《戲劇論叢》第四輯，北京，1959。

2. 方光誠、王俊〈米應先、余三勝史料的新發現〉，《戲曲研究》第十輯，北京：文化藝術出版社，1983。

3. 王俊、方光誠：〈李翠官・米應先・余三勝〉，《爭取京劇藝術的繁榮——紀念徽班進京 200 周年振興京劇學術研討會論文集》，北京：中國戲劇出版社，1992。

4. 王俊、方光誠：〈漢劇西皮探源紀行〉，《戲曲研究》第十四輯，北京：文化藝術出版社，1985。

5. 丘慧瑩：〈風教與風情的左右傾斜——談明清文人對戲曲內容的品評標準〉《第一屆明清文學與思想研討會》，嘉義：南華大學，2003。

6. 丘慧瑩：〈清代揚州鹽商與戲曲活動研究〉，《戲曲研究》第六十七期，北京：中國戲劇出版社，2005 四月。

7. 丘慧瑩：〈場上與案頭的左右傾斜——談明清文人對戲曲劇本的品評標準〉《戲曲研究》第六十四輯，北京：中國戲劇出版社，2004。

8. 丘慧瑩〈明清戲曲敘事——以《三元記》故事演出本例〉，2004.8.4「第二屆民間文化青年論壇學術研討會」論文，由中國社會科學院文學所民間文學研究室、少數民族文學所、中國民俗學會主辦。

9. 何昌林：〈三簧說到二簧〉，《戲曲研究》第十二輯，北京：文化藝術出版社，1984。

10. 吳新雷：〈四大徽班與揚州〉，《藝術百家》，南京，1991 第二期。

11. 杜穎陶：〈二黃來源考〉，《劇學月刊》三卷八期，1934。

12. 周育德：〈乾隆末年進京的徽班——讀《消寒新詠》所見〉，《戲曲藝術》

第二期，1983。又見《戲曲藝術二十年紀念文集·戲曲文學戲曲史研究卷》，北京：中國戲劇出版社，2000 一版。

13. 周貽白：〈談漢劇〉，《周貽白戲劇論文選》，湖南：人民，1982。

14. 周傳家：〈魏長生論〉，《戲曲研究》第二十一輯，北京：文化藝術出版社，1987。

15. 孟繁樹：〈論花雅之爭〉，《地方戲藝術》第四期，鄭州，1984。

16. 邵茗生：《岑齋讀曲記》，《劇學月刊》第三卷第九、十二期，1934。

17. 流沙：〈清代楚調及漢劇皮黃腔〉，《戲曲藝術二十年紀念文集·戲曲文學戲曲史研究卷》，北京：中國戲劇出版社，2000 一版。

18. 范鈞宏：〈程式──編劇的基本功〉，《戲劇編劇論集》，上海：上海文藝出版社，1982 一版。

19. 崔恆升：〈說徽戲〉，《江淮論壇》，合肥，1994 三月。

20. 陸小秋、王錦琦：〈徽劇聲腔的三個發展階段〉，《戲曲研究》第七輯，北京：文化藝術出版社，1982。

21. 齊白石：〈皮簧之來源及改造〉，《齊如山全集》，台北：聯經文化事業，1964 一版），第三冊。

22. 齊白石：〈皮簧腔之盛衰〉，《齊如山全集》，台北：聯經文化事業，1964 一版，第三冊。